Kelly Oram

Girl at Heart

Weitere Titel der Autorin:

Cinder & Ella
Cinder & Ella – Happy End. Und Dann?
V is for Virgin
A is for Abstinence

KELLY ORAM

GIRL at HEART

Übersetzung aus dem amerikanischen Englisch von
Stephanie Pannen

one

Dieser Titel ist auch als E-Book und Hörbuch-Download erschienen

MIX
Papier aus verantwortungsvollen Quellen
FSC® C014496

Titel der amerikanischen Originalausgabe:
»Girl at Heart«

Umschlaggestaltung: Manuela Städele-Monverde unter Verwendung von Motiven von © Shctz/shutterstock, © ngebat/ shutterstock
Satz: 3w+p GmbH, Rimpar
Gesetzt aus der Adobe Caslon
Druck und Einband: GGP Media GmbH, Pößneck

Printed in Germany
ISBN 978-3-8466-0115-0

5 4 3 2 1

Sie finden uns im Internet unter one-verlag.de
Bitte beachten Sie auch luebbe.de

Für all meine Fans, die ebenfalls Baseball lieben.

1

Heute ist der Tag, an dem all meine Träume wahr werden. Eric Sullivan wird endlich mir gehören. Ich werde ihm meine unsterbliche Liebe gestehen, er wird mich zum Abschlussball einladen, wir werden heiraten, entzückende Baseball-Wunderkinder in die Welt setzen und bis an unser Lebensende glücklich sein. Oder … er wird mich abweisen und ich werde an Scham und gebrochenem Herzen sterben. Doch egal wie es ausgeht, heute ist Schluss mit der Heimlichtuerei. Zumindest, sobald ich den Mut aufbringe, ihm die Wahrheit zu sagen. Ich will nicht länger verstecken, dass ich in meinen besten Freund verliebt bin.

»Hastings!« Mit diesen Worten werde ich aus meiner inneren Motivationsrede gerissen – die sowieso nicht so richtig funktioniert – und sehe mich um, weil ich wissen will, wer meinen Namen gerufen hat.

»Yo, Charlie!«

Diego Escobar, der bei den Roosevelt High Ravens unser Center Fielder ist, steht an der hinteren Schiebetür und sieht mich ungeduldig an. Sobald er meine volle Aufmerksamkeit hat, deutet er über seine Schulter ins Haus. »Macht es dir was aus, wenn ich die Pizzareste aus dem Kühlschrank esse? Ich bin am Verhungern.« Ich steige aus dem Pool und verdrehe die Augen, während Kevin Jones, der auf der Third Base spielt, lachend auf das Sprungbrett klettert. »Alter. Du bist *immer* am Verhungern.«

Diego verzieht sein Gesicht. »Was auch immer. Du isst mehr als ich.«

Ich lache. »Kevin isst mehr als wir alle zusammen.«

Eric, unser Pitcher – und die geheime Liebe meines Lebens – nickt Kevin vom Beckenrand her zu. »Und sein dicker Hintern ist der Beweis.«

Wir alle lachen auf Kevins Kosten. Eric hat nicht unrecht. Kevins Hintern ist wirklich ein bisschen groß. Kevin schnaubt. »Ihr seid Idioten.«

Diego schnippt mit den Fingern, um meine Aufmerksamkeit wieder auf sich zu ziehen. »Und, kann ich?«

Ich winke ab. »Nur zu.«

Er verschwindet im Haus, und wir anderen machen mit unserem Sprungwettbewerb weiter. Es ist erst Anfang Mai, und es sind heute höchstens vierundzwanzig Grad, aber der Pool ist beheizt und es ist Tradition, dass meine Freunde und ich ihn einweihen, sobald er für den Sommer aufgedeckt wird.

Kevin, Eric und Diego sind schon meine besten Freunde, seit wir als Kinder gemeinsam T-Ball gespielt haben. Noch bevor uns klar wurde, dass es seltsam ist, als Mädchen Baseball zu spielen. Wir haben uns auf Anhieb verstanden, doch erst als andere Jungs in der Liga damit anfingen, mich zu hänseln oder mir zu sagen, dass Mädchen nicht Baseball spielen könnten, begannen wir, wie Pech und Schwefel zusammenzuhalten. Eric, Kev und Diego beschützen mich, egal was passiert. Nichtsdestotrotz ziehen auch sie mich hin und wieder auf – aber wenn es jemand anderes macht, bekommt er es mit ihnen zu tun.

Ich werde allen dreien immer dankbar sein, aber Eric und ich stehen uns besonders nahe. Das liegt vor allem daran, dass wir als Catcher und Pitcher so eng zusammenarbeiten müssen. Außerdem kommt er aus einem kaputten Zuhause und wird zwischen seinen egozentrischen, arbeitssüchtigen Eltern hin und her geschoben, sodass er einen Großteil seiner Zeit mit meinem Dad und mir verbringt. Wir sind fast rund um die Uhr zusammen.

»Arschbombe!«, brüllt Kevin und springt mit angewinkelten Knien in den Pool. Die Höhe und Reichweite des aufspritzenden Wassers ist beeindruckend. Mit einem breiten Grinsen im Gesicht taucht er wieder auf. »Versucht, das zu schlagen, ihr Verlierer!«

Ich schnaube. »Können wir nicht. Niemand hat so einen dicken Hintern wie du.«

Kevin lacht. »Musst du gerade sagen, Donnerschenkel.«

»Ich bin Catcher!«, rufe ich und lache, um zu überspielen, wie sehr mich diese Bemerkung verletzt. »Ich lebe praktisch in der Hocke!«

Leider hat Kevin mit meinen Schenkeln genauso recht, wie ich mit seinem Hintern. Meine Schenkel sind riesig. Es sind zwar alles Muskeln, aber dadurch fühle ich mich auch nicht besser. Zumindest bin ich mit meinen fast eins achtzig ziemlich groß und habe eine anständige Brust (D-Körbchen, vielen Dank auch). Meine aschblonden Haare sind irgendwie langweilig, doch meine großen blauen Augen gefallen mir. Was das Aussehen angeht, halte ich mich zwar nicht für hoffnungslos, aber das bedeutet nicht, dass es für mich in Ordnung ist, wenn sich meine Freunde über meine kräftigen Oberschenkel lustig machen.

Die Jungs brüllen vor Lachen und werden noch lauter, als ich sie böse anstarre. »Ich hasse euch. Geht nach Hause.«

»Ach, komm schon, Hastings«, sagt Diego, der jetzt mit einem großen Stück Pizza auf der Terrasse steht. »Du weißt doch, dass es uns egal ist, wie du aussiehst.«

»Vor allem nicht bei dem Schlag, den du drauf hast«, fügt Kevin hinzu.

Ich runzle die Stirn. »Was ist denn falsch daran, wie ich aussehe? Ich bin doch nicht hässlich.«

Kevin zieht sich aus dem Pool hoch und beginnt damit, seine Badehose auszuwringen. »Ich habe nicht gesagt, dass du hässlich wärst, aber ich achte bei dir einfach nicht auf so was«, sagt Diego mit vollem Mund.

Er macht Würgegeräusche, während Kevin beim bloßen Gedanken zu schaudern scheint. »Ja, Hastings. Du bist für uns wie ein Bruder.«

Ich schnaube. »Ein Bruder? Ernsthaft?«

Ich sehe Eric hilfesuchend an, doch der schüttelt nur den Kopf und lacht. »Du verhältst dich jedenfalls nicht gerade wie eine Schwester.«

Okay, das spricht nicht gerade dafür, dass er auch auf mich steht. Außer … es ist seine Art zu sagen, dass er mich nicht als Schwester sieht, sondern als potentielle Freundin. Er traut sich nur nicht, es zuzugeben. Ja ich weiß. Ich glaube auch nicht daran. Vielleicht sage ich es ihm besser nicht.

»Ich. Bin. Ein. Mädchen. Ihr Idioten!«

Wieder verfallen die Jungs in Gelächter.

Auf dem Weg zum Sprungbrett schubse ich Kevin zurück in den Pool, einfach nur weil ich es kann. Dann schaue ich verstohlen zu Eric, in der Hoffnung, dass er Kevin widerspricht und sagt, dass er mein Aussehen liebt, dass ich wunderschön bin und dass er es keinen einzigen Tag länger aushält, seine wahren Gefühle für mich zu verbergen. Er wird mich in seine starken Arme nehmen und mit seinen wunderschönen braun-goldenen Augen ansehen. Er wird sanft lächeln, meine Wange streicheln und sich langsam zu mir vorbeugen …

»Hastings!«

»Hm? Was?« Erschrocken sehe ich mich um und bete, dass keiner von ihnen bemerkt hat, wie ich Eric anhimmle, während ich mir unseren ersten Kuss ausmale. Alle starren mich an. Eric sieht genauso verwirrt – und glücklicherweise ahnungslos – aus wie die anderen, also kann ich meine Schwärmerei noch einen weiteren Tag verbergen. Oder zumindest ein paar weitere Stunden, denn heute ist der Tag, an dem ich es ihm sagen werde. Das schwöre ich. Ich werde es tun.

Als sich unsere Blicke treffen, zieht er seine Augenbrauen hoch. »Willst du da jetzt den ganzen Tag stehen?«

Stimmt ja. Ich bin auf dem Sprungbrett. Ich bin an der Reihe. Mit hochroten Wangen hole ich tief Luft und springe. Ich wollte einen doppelten Überschlag machen, weil ich die einzige von uns bin, die das kann, und ich diese peinliche Zurschaustellung meiner Tagträumerei wieder ausgleichen muss. Das Problem ist nur, dass ich abgelenkt bin. Beim Absprung rutsche ich aus und mache mit der Wucht eines Käfers, der auf die Windschutzscheibe eines fahrenden Autos knallt, einen Bauchklatscher.

Selbst unter der Wasseroberfläche kann ich das kollektive »OOOOHHHHH!« meiner Freunde hören. Das werde ich jetzt wohl jahrelang zu hören bekommen. Zumindest hatte keiner von ihnen sein Handy in der Hand, also gibt es auch kein Video dieses peinlichen Zwischenfalls.

Als ich prustend an die Oberfläche komme, ist mir ihr hysterisches Lachen und der Spott egal, denn meine Vorderseite brennt von dem epischen Bauchklatscher wie Feuer. Ich wate zum Beckenrand, ziehe mich aus dem Wasser und lege mich stöhnend auf den Rücken. »Oh, das tut weh.«

»Bist du okay, Charlie?«

Ich folge der Stimme meines Vaters zur Terassentür. Er trägt seine Arbeitsklamotten – ein Polohemd mit dem Logo der Pittsburgh Pirates und eine schwarze Hose – und hält mit einem breiten Grinsen im Gesicht sein Handy hoch.

»Nein, Dad. Sag mir bitte, dass du das *nicht* aufgenommen hast.«

»Oh nein, Chad, bitte sagen Sie, *dass* Sie es getan haben«, stößt Diego hervor, während er sich vor Lachen den Bauch hält. »Bitte, oh bitte, sagen Sie, dass Sie es draufhaben.«

Dads Grinsen wird teuflisch. »Alles. Es war eine tolle Aufnahme.«

Eric steigt währenddessen aus dem Pool und lässt sich auf einen der Liegestühle fallen. Dann nimmt er sich ein Handtuch und beginnt, seine umwerfende Brust abzutrocknen.

»Ich gebe Ihnen hundert Mäuse, wenn Sie mir das Video schicken«, bietet Kevin meinem Dad an.

»Nein!«, kreische ich. »Dad, wage es ja nicht!«

Mein Vater, der mich genauso gern foltert wie die Jungs, lacht nur. Doch dankbarerweise steckt er sein Handy wieder in die Tasche. »Du hast keine hundert Mäuse, Kev«, sagt er.

»Ja, du hast nicht mal fünf«, ergänzt Eric und rubbelt sich mit dem Handtuch die Haare trocken.

»Du schuldest mir zehn«, sage ich.

Kevin streckt mir die Zunge entgegen und macht vom Sprungbrett aus einen Überschlag ins Wasser. Ich richte meinen schmerzenden Körper auf, setze mich neben Eric und greife nach meiner Wasserflasche, die auf dem kleinen Tisch neben uns steht. »Bitte lösch das, Dad. Ich flehe dich an.«

Doch er grinst nur. »Nein, ich denke, ich werde dieses Video für deine Hochzeit aufbewahren.«

»Ha ha«, sage ich, plane innerlich aber, später heimlich an sein Telefon zu gehen und das Video zu löschen, denn ich traue ihm zu, dass er das Video *wirklich* bei meiner Hochzeit zeigen würde.

Er zwinkert mir zu, dann sieht er die anderen an. »Also gut, Leute, die Party ist vorbei. Raus aus meinem Pool und ab nach Hause.«

Die Proteste der Jungs bringen ihn zum Lachen. »Können wir nicht bleiben und das Spiel sehen?« Diego schiebt seine Unterlippe vor und klimpert übertrieben mit seinen Augenlidern. »Ihr Kinozimmer ist viel besser als unser beschissener Fernseher, den ich mir mit meinen kleinen Geschwistern teilen muss.«

Dad schnaubt, als er Diegos Schmollmund sieht. »Sorry. Nur weil ich euch mag, bedeutet das nicht, dass ich euch nicht zutraue, mein Haus niederzubrennen, während ich weg bin. Besonders du, Mister Metall-in-der-Mikrowelle.«

»Das war nur einmal!«, ruft Diego. »Und ich war elf!«

Dad schmunzelt. »Trotzdem hast du fast meine Küche abgefackelt.«

Ich öffne meinen Pferdeschwanz und beginne die Haare mit meinem Handtuch zu trocknen. »Außerdem bin ich ja nicht mal da, um das Spiel mit euch anzusehen.« *Denn ich werde es von meinem unglaublichen Platz in der ersten Reihe direkt hinter der Home Plate schauen.*

Mein Vater, der große Chad Hastings, war mal Pitcher in der Major League – hauptsächlich für Pittsburgh. Er war super. Dreimaliger Gewinner des Cy Young Awards, sechsmaliger All-Star, und er hat acht – ja, richtig gelesen – *acht* Gold Gloves gewonnen. Er hat sogar zwei No-Hitter geschafft.

Nach dem Ende seiner Sportkarriere hat er einen Abschluss in Journalismus gemacht und ist nun einer der Kommentatoren für die Fernsehübertragungen der Pirates. Sobald ich dreizehn war und alt genug, allein im Publikum zu sitzen, hat er mir Saisontickets besorgt, damit ich ihn zur Arbeit begleiten kann, wenn das Team Zuhause spielt. Seitdem war ich bei allen Heimspielen dabei – und genauso lange begleitet mich abwechselnd einer der Jungs.

Kevin legt seinen Arm um Diegos Schulter. »Na und? Euer Kinozimmer ist immer noch besser als jede unserer TV-Optionen. Wir können das Spiel ohne euch sehen. Wir versprechen auch, hinter uns abzuschließen.«

Dad schmunzelt. »Netter Versuch, Leute. Ab nach Hause. Eure Eltern vermissen euch bestimmt schon.«

Ich lache. »Eher unwahrscheinlich. Aber ihr solltet trotzdem verschwinden. Und viel Spaß, das Spiel auf euren beschissenen Fernsehern anzuschauen.«

Eric rutscht neben mich, legt seinen Arm um meine Schulter und grinst Diego und Kevin selbstgefällig an. »Ja, genau, viel Spaß. Wir winken euch von der ersten Reihe aus zu.«

Sein Arm fühlt sich um meine Schultern magisch an, und dort, wo sich unsere Seiten berühren, beginnt es zu kribbeln. Ich atme tief ein und gebe mein Bestes, nicht zu zittern oder rot zu werden.

Dad lacht, während Kevin und Diego empört schnauben. »Dann bist wohl heute du an der Reihe?«, fragt Dad Eric.

Eric grinst. »Gegen die Cubbies, Baby.«

Dad kneift die Augen zusammen. »Klingt ja fast so, als wärst du für Chicago …«

Eric schnappt entsetzt nach Luft. »Chad, das würde ich *niemals* wagen!«

Ich stoße ihm in die Rippen. »Ja, er vergöttert Bryce James.« Nicht, dass ich es ihm verdenken könnte. Ich vergöttere ihn auch. Ich meine, er ist schließlich momentan der talentierteste, freundlichste, umwerfendste Mann der Baseballwelt. Meiner unbedeutenden Meinung nach.

Dad hört auf, Eric zu beäugen, und lacht. »Okay. Ja. Das kann selbst ich nachvollziehen. Ihr ganzer Bullpen-Kader ist nicht zu verachten. Wird bestimmt ein tolles Spiel.« Er klatscht in die Hände, um uns alle zum Aufbruch zu bewegen. »Also gut, Eric und Charlie, macht euch jetzt fertig. Wir fahren in zwanzig Minuten los. Kevin und Diego … geht endlich nach Hause.«

Die beiden stöhnen leidend, nehmen aber ihre Sachen und brechen auf. Eric und ich gehen duschen. Natürlich getrennt. Er benutzt die Dusche vom Gästezimmer, das praktisch ihm gehört, weil er oft hierbleibt, wenn Dad unterwegs ist oder sich seine Eltern mal wieder irgendwo herumtreiben. Ich hingegen nutzte die zwanzig Minuten in meiner eigenen Dusche, um mich geistig auf den Abend vorzubereiten. Denn heute ist es soweit. Ich werde es ihm sagen. Ich werde auf jeden Fall mit der Wahrheit herausrücken. Das *werde* ich. Ich kann bereits spüren, wie unsere Beziehung Gestalt annimmt.

2

Ich warte bis zum achten Inning, bis ich es wage. Nicht weil ich ein Feigling bin und die Worte nicht aussprechen kann, sondern weil ich ein *Riesenfeigling* bin und die Worte nicht aussprechen kann. Und wenn ich ihn schon im ersten Inning gefragt und er mich abgewiesen hätte, wäre das restliche Spiel ziemlich unangenehm geworden. Das achte ist wohl spät genug. Außerdem steht es eins zu Null. (Superspannend.) Ich würde gerade jede Art von Drama begrüßen.

Der Pitcher wirft den Ball, und neben mir seufzt Eric. »Dein Dad hat echt nicht gelogen, was den Bullpen der Cubs angeht. Castillos Knuckle Curve ist wirklich ein Gesamtkunstwerk. Ich muss unbedingt lernen, auch so zu werfen.«

Ich sehe zu, wie Castillo einen weiteren Wurf ausführt. *Slider.* Es sieht fast so gut aus wie sein Knuckle Curve. »Wenn du das hinbekommst, wird sich jedes Team der Liga um dich reißen, statt nur die Hälfte von ihnen.«

Seine Mundwinkel gehen nach oben, aber sein Blick bleibt auf den Pitcher gerichtet. *Fastball in.* »Solange es die gleiche Hälfte ist, die sich um dich reißt.«

Ich verdrehe die Augen, doch das Lob lässt mir das

Herz aufgehen. Eric stößt mich mit dem Ellbogen an. »Wenn wir unter Vertrag genommen werden, müssen wir nur als Bedingung festlegen, dass man uns zusammen engagiert. Ich will nicht, dass irgendjemand anderes für mich fängt.«

Ich seufze. So sehr mir sein Vertrauen auch schmeichelt, ist es doch unrealistisch. Noch nie hat eine Frau in der Major League gespielt. Mein Traum hört nach der Highschool auf. Ende der Geschichte.

»Hey.« Endlich nimmt Eric den Blick vom Spiel und sieht mich stirnrunzelnd an. »Lass dieses deprimierte Seufzen. Du weißt, dass es im Major League Baseball keine Regel gibt, die Frauen ausschließt.«

»Und doch war noch nie eine dabei.«

»Dann bist du eben die Erste.«

»Das ist doch nur Wunschdenken. Am Ende dieser Saison ist Schluss für mich. Du weißt es, und ich weiß es. Aber es war eine schöne Zeit.«

Eric sieht mich wütend an. »Charlotte Hastings, du bist der beste Batter unserer Division, und du hast die beste Statistik aller Catcher in diesem Bundesstaat. Du hast genauso viel Chancen wie wir, und du verdienst es sogar noch mehr, weil du doppelt so hart an dir arbeitest wie der Rest von uns zusammen.«

Das stimmt nicht. Eric arbeitet genauso hart wie ich. Dad trainiert uns beide, seit wir vier sind. Und ein guter Linkshänder-Pitcher ist schwer zu finden. Er wird bereits von einem Haufen Talentscouts beobachtet. Solange er diese Saison ohne Verletzungen abschließt, ist er ein sicherer Kandidat dafür, direkt nach dem Schulabschluss unter Vertrag genommen zu werden.

Für mich wird es nicht so laufen. So sieht einfach die Realität aus. Doch wenn Eric mir sagen will, dass ich gut genug bin, um in der Major League zu spielen, warum sollte ich ihn davon abhalten? Aber die Sache ist die: Er sagt es nicht nur. Er ist fest davon überzeugt. Ich sehe die Sache realistisch, doch Eric wird überrascht sein, wenn kein College oder Profiteam an meine Tür klopft.

Eric legt seinen Arm um die Rückenlehne meines Stuhls und drückt mich. Die Umarmung lässt mich dahinschmelzen. Die einzige Person, die bessere Umarmungen gibt als Eric, ist mein Dad. »Sei nicht immer so pessimistisch«, sagt er. »Das klappt schon. Du wirst sehen.«

Wieder umarmt er mich, dann legt er seinen Arm auf dem Stuhl hinter mir ab. Mein Herz beginnt wie verrückt zu klopfen. Er hat seinen Arm um mich gelegt. Das ist neu. Vielleicht habe ich doch eine Chance. Apropos … ich hole tief Luft. Jetzt oder nie. «Also …« Ich räuspere mich. »Totaler Themenwechsel jetzt, aber …«

Eric wirft mir einen Seitenblick zu und wartet darauf, dass ich mit der Sprache herausrücke. Es sieht mir gar nicht ähnlich, so nervös zu sein. Innerlich trete ich mir in meinen feigen Hintern, zwinge mich dann zu einem lässigen Schulterzucken und sage: »Hast du eigentlich schon Pläne für den Abschlussball?«

Er grinst. »Klar. Ich gehe mit Shelly Turner.« Er sagt es ganz beiläufig. Als ob es die normalste Sache der Welt wäre, und nicht das verhängnisvolle Geständnis, das es in Wahrheit ist.

Meine Gedanken kommen mit quietschenden Bremsen zum Stillstand. Er hat bereits eine Begleitung. Ich lehne mich vor, und sein Arm fällt von meiner Rückenlehne. Er zieht ihn zurück.

»Shelly Turner?« Ich habe noch nie mit ihr gesprochen, aber plötzlich hasse ich sie.

Erics Grinsen wird breiter. »Scharf, oder?«

»Natürlich ist sie scharf. Wenn man auf diesen zu perfekten, kurvigen Rotschopf-Look à la Jessica Rabbit oder Scarlett Johansson steht«, brumme ich. Ich kann einfach nicht anders, denn ich kämpfe gleichzeitig gegen mein gebrochenes Herz und meine Eifersucht an.

Eric starrt mich an, als wäre ich verrückt. »Ähm. Ja, klar. Jeder Junge steht auf diesen Look.«

Ich verdrehe die Augen und konzentriere mich wieder auf das Spiel. Jetzt sind die Pirates dran, und der erste Batter rückt mit einem Walk vor. Ugh. Unser Bullpen sollte sich mal ein Beispiel an Chicago nehmen. (Verratet Dad nicht, dass ich das gesagt habe.)

Als ob die Neuigkeiten über Eric und Shelly noch nicht schlimm genug sind, muss er mir den Abend noch mehr verderben, indem er sagt: »Ein paar von uns Jungs im Team teilen sich eine Limo.«

Mein Mund klappt auf, und ich verspüre auf einmal noch eine ganz andere Art von Schmerz in meiner Brust. »Diego und Kev auch?«

Eric runzelt die Stirn über meinen Tonfall. »Ja, und ein paar der anderen.«

Ich weiß nicht, was ich sagen soll. Meine eigenen Teamkameraden – meine besten Freunde – haben zusammen Pläne für den Abschlussball geschmiedet, und keiner von ihnen hat mich dazu eingeladen. Das tut tatsächlich mehr weh als die Tatsache, dass Eric ein Date hat. »Ihr habt euch das also alles schon überlegt, und keinem von euch ist eingefallen, mich auch zu fragen?«

Es gelingt mir nicht, die Kränkung aus meiner Stimme zu halten. Eric nimmt die Augen wieder vom Spielfeld und sieht mich überrascht an. »Wir dachten nicht, dass du hingehen willst.«

Dass ich nicht zu meinem eigenen Abschlussball gehen will? Jeder will auf seinen eigenen Abschlussball. »Warum nicht?«

Eric blinzelt ein paarmal, dann lacht er auf. »Hastings, komm schon. Du bist nicht gerade der Typ für formelle Tanzveranstaltungen.«

Der Schmerz in meiner Brust wird noch ein bisschen stärker, und plötzlich fühlt es sich an, als hätte ich einen Kloß im Hals. Ich verschränke die Arme und versuche, ihn nicht wütend anzusehen. Es gelingt mir nicht. »Was soll das denn bedeuten?«

Er schüttelt immer noch grinsend den Kopf. »Du weißt schon, dass du ein Kleid tragen müsstest, oder? Und dich schminken, dir deine Haare machen und Mädchenschuhe tragen? Und du müsstest tanzen. Außerdem müsstest du eine Begleitung finden. Niemand geht allein zum Ball.«

Es wirkt so, als ob er absolut keine Ahnung hätte, wie sehr er mich mit seinen Worten verletzt. Der Schmerz droht mich beinahe ganz zu verschlingen, aber jetzt macht er mich obendrein auch noch wütend. Wut ist gut. Mit Wut kann ich arbeiten. Wut wird mich davon abhalten, das zu tun, was ich eigentlich machen will, nämlich zur Toilette rennen, mich dort einschließen und wie ein Loser bis zum Ende des Spiels heulen.

»Du denkst, ich würde niemanden finden, der mich begleitet?«

Eric zuckt mit den Schultern und schaut wieder zum Spielfeld. »Ehrlich gesagt will ich überhaupt nicht auf diese Weise über dich nachdenken. Diego hatte recht vorhin. Du bist für mich praktisch wie eine Schwester. Wenn es mal soweit ist, dass du mit Jungs ausgehst, werde ich bestimmt so schlimm wie dein Vater sein. Diego und Kev auch. Wir werden uns alle Schrotflinten zulegen. Ich befürchte, du bist am Arsch.«

Ich bin so wütend und verletzt, und mein Herz ist gebrochen, aber gleichzeitig ist ein kranker Teil von mir irgendwie auch gerührt. Eric denkt, dass kein Junge gut genug für mich ist? Das ist gerade süß genug, um mich davor zu bewahren, in Tränen auszubrechen. Aber als er mir ein schelmisches Lächeln zuwirft, erwidere ich es mit einem, das eher einer Grimasse gleicht.

Ich kann ihn einfach nicht mehr ansehen, also richte ich meinen Blick aufs Spiel und konzentriere mich darauf, nicht zu weinen. Eric erwidert meine unsterbliche Liebe mit Sicherheit nicht. Ein Teil von mir hat es irgendwie schon vorher gewusst, aber das heißt nicht, dass ich darauf vorbereitet gewesen wäre, wie sehr es wehtut.

»Hey. Hastings. Alles okay?«

Ich sacke auf meinem Platz in mich zusammen und ziehe mir meine Baseballkappe tiefer in die Stirn. »Alles bestens.«

»Bist du sauer auf mich?«

Ich bringe es nicht über mich, ihn anzusehen, auch wenn ich spüre, wie mir sein Blick ein Loch in den Kopf brennt. »Warum sollte ich sauer auf dich sein?« Wenn er es nicht weiß, werde ich es ihm ganz sicher nicht erklären.

»Keine Ahnung, du wirkst irgendwie so.«

»Tja, bin ich nicht«, blaffe ich. Ja, das war total glaubhaft.

Eric lehnt sich genervt zurück. »Meine Güte. Entspann dich mal. Ich hab ganz ehrlich gedacht, dass du nicht hingehen willst. Aber wenn du willst, such dir eine Begleitung und komm mit uns. Du weißt, dass du eingeladen bist. Du musst doch jetzt deshalb nicht eingeschnappt sein.«

Ich knirsche mit den Zähnen. Es ist in diesem Moment besser, keine Diskussion anzufangen. »Ja, klar, wie auch immer. Ich sag dir Bescheid.«

Das scheint Eric zu reichen, denn er richtet seine Aufmerksamkeit wieder zurück auf das Spiel, während ich dasitze und stumm vor mich hin leide. Mein Leben wird nie wieder sein wie vorher. Ich will einfach nur nach Hause, um eine Packung Ben & Jerry's in mein Zimmer zu schmuggeln, eine alberne Liebeskomödie bei Netflix anzuschauen und mir dabei die Augen aus dem Kopf zu heulen. Es ist ein guter Abend für *DUFF – Hast du keine, bist du eine.* Ich kann Biancas Schmerz absolut nachvollziehen.

Wenigstens habe ich bis zum achten Inning gewartet. Ich muss nur noch ein weiteres durchstehen, bevor ich nach Hause kann. Und hey, sogar ein langweiliges Eins-zu-Null ist ein Sieg für die Pirates. Also ist zumindest eines heute richtig gelaufen.

3

Das restliche Wochenende esse oder schlafe ich kaum. Wie könnte ich, nachdem mir Eric das Herz gebrochen hat? Als am Montagmorgen mein Wecker klingelt, bin ich so erschöpft, dass ich ihn ausschalte, mich nochmal umdrehe und wieder eindöse. Dad bemerkt, dass ich verschlafen habe und weckt mich gerade rechtzeitig auf, um pünktlich zum Klingeln in der Schule anzukommen. Aber ich habe weder geduscht noch gefrühstückt, und ich vermeide es nur knapp, wegen des Zuspätkommens nicht nachsitzen zu müssen.

Als ich mich auf meinen Platz sinken lasse, erwarten mich die neugierigen Blicke meiner Tischnachbarn, bei denen es sich zufälligerweise auch um meine Teamkameraden handelt. Ich bin nicht besonders gesellig. Eric, Diego und Kevin sind meine einzigen Freunde. Die einzigen anderen Leute, die ich in dieser Schule überhaupt kenne, sind alle Teil meines Baseballteams. Glücklicherweise sind drei von ihnen in meinem Chemiekurs, also konnte ich das ganze Jahr über vermeiden, mit Fremden zusammenarbeiten zu müssen. Doch jetzt gerade wäre es mir lieber, denn sobald Mrs Kendrick die Tagesaufgabe erklärt hat und uns an die Arbeit gehen lässt, stellen mir die Jungs eine Million Fragen.

Zuerst weiß ich überhaupt nicht, was ihr Problem ist. Normalerweise schenken sie mir nicht so viel Beachtung. Ich bin Teil der Gruppe, rede aber nicht viel, also versuchen sie auch nicht, mich in ein Gespräch zu verwickeln. Ich bin nicht schüchtern, nur unheimlich introvertiert. Und es ist so leicht, sich zurückzulehnen und Reynolds, Cabrera und Springer reden zu lassen.

Ich bin nicht sicher, warum sie mich gerade alle so anstarren, aber sie scheinen auf etwas zu warten. Reynolds grinst mich an und beginnt die Unterhaltung dann mit: »Du siehst echt übel aus, Hastings.«

Ich verdrehe die Augen, muss aber auch ein bisschen lächeln. Ich mag Reynolds. Mark Reynolds ist ein Utility Outfielder und der Spaßvogel des Teams. Seine Scherze sind immer gutmütig. Abgesehen von Eric, Diego und Kevin sind Mark und sein bester Freund Jace King die einzigen Jungs, die sich bemühen, mit mir zu reden. Aber Jace ist der Mannschaftskapitän. Wahrscheinlich fühlt er sich verpflichtet, mich miteinzubeziehen, und ich bin mir sicher, dass er Mark dazu ermutigt, das Gleiche zu tun. Sonst macht sich niemand die Mühe.

Es ist nicht so, dass mich das Team nicht mag – zumindest denke ich das – wir stehen uns einfach nur nicht so nahe. Das hat vor allem zwei Gründe:

A) Ich bin ein Mädchen. Die Jungs haben sich inzwischen an mich gewöhnt, aber manchmal ist es trotzdem seltsam, wenn sie furzen oder Witze über Mädchen machen.

Und B) Da ich meistens für mich bleibe, sind zwar alle

nett zu mir, aber wir sind keine Freunde. Nicht wirklich. Eher so was wie Bekannte. Abgesehen vom Training haben wir nicht viel miteinander zu tun.

Ich will Mark widersprechen, aber ich habe dunkle Ringe unter den Augen und wirke heute Morgen ziemlich erschöpft. Er hat recht. Ich sehe übel aus. »Genau das, was jedes Mädchen hören will, Reynolds. Danke. Nur zu deiner Information, ich hab letzte Nacht nicht viel geschlafen.«

Es folgt eine aufgeladene Stille, die ich nicht verstehe.

»Schlimme Nacht gehabt?«, bohrt Reynolds nach. Wieder sehen mich alle drei neugierig an. Es ist so seltsam.

»Schätze schon«, gebe ich zu.

Dann schockiert mich Springer so dermaßen, dass ich fast vom Stuhl falle. »Miese Trennung, was? Bist du okay?«

»Trennung?« Ich habe nicht die geringste Ahnung, was er meint.

Cabrera stößt ihm den Ellbogen in die Seite, aber Springer ist ein chronischer ins-Fettnäpfchen-Treter und weiß einfach nie, wann er die Klappe halten muss. »Du und Sullivan. Er geht mit Shelly Turner zum Abschlussball. Das ganze Team versucht herauszufinden, wer mit wem Schluss gemacht hat.«

Mark verpasst Springer unterm Tisch einen Tritt. »Klappe, Alter. Das ist unhöflich.«

Springer läuft tomatenrot an. »Tut mir leid.«

Ich brauche einen Moment, um zu verarbeiten, was er gesagt hat, denn es fühlt sich an, als wäre es aus dem Nichts gekommen. Es sollte mich wohl nicht überraschen, dass die anderen alle angenommen hatten, Eric und ich wären ein Paar. Wir sind einfach immer zusammen. Dennoch bin ich überrascht. Wir haben nie Händchen gehalten, uns geküsst oder sonst etwas getan, was Pärchen normalerweise so tun. Und es schockiert mich, dass das Team über uns geredet hat. Ich hätte nicht gedacht, dass es sie überhaupt kümmert. Eric ist genau wie ich – ein Teil der Mannschaft, aber irgendwie trotzdem eher für sich. Ich schätze, ich habe wohl in meiner eigenen kleinen Blase gelebt. »Ähm.« Mein Gesicht fühlt sich an, als stünde es in Flammen. Ich schüttle den Kopf, um mein Gehirn wieder in Gang zu bringen. »Eric und ich sind nicht … ich meine, wir waren nie … wir sind beste Freunde, aber …«

Jetzt sehen sie überrascht aus. »Ihr wart gar nicht zusammen?«, fragt Springer. »Im Ernst?«

»Die ganze Zeit nicht?«, fragt Reynolds.

Ich schüttle den Kopf.

»Stehst du auf Mädchen?« Alex Cabreras direkte Frage überrascht mich nicht. Er ist der Antreiber der Mannschaft. Er scheint keinen Filter zu haben und fängt ständig Streit an, sowohl aus Versehen, als auch mit Absicht.

Es ist mir unangenehm, dass er fragt, aber ich kann es ihm nicht verübeln. Während der ganzen Zeit im Team war ich weder mit jemandem zusammen, noch bin ich auf Dates gewesen. Ich scheine für die meisten meiner Teamkollegen ein absolutes Mysterium zu sein.

Alle drei lehnen sich vor und warten auf meine Antwort. Keiner von ihnen weiß es. Ich bin mir nicht sicher, wie ich das finde. Es ist ja nicht so, als wäre es ein Zeichen sexueller Präferenz, ob sich jemand eher wie ein Junge oder wie ein Mädchen anzieht oder einen Sport treibt, der nun mal eher mit Männern in Verbindung gebracht wird. Aber es verletzt mich ein bisschen, dass es keiner von ihnen erraten kann. Das ist nach der Sache mit Eric wirklich das Letzte, was ich jetzt brauche.

Am liebsten will ich mich in einer Höhle verkriechen, aber sie sollen nicht merken, wie sehr es mich trifft. Sie würden mich dann nie in Ruhe lassen. »Nein.« Ich sehe ihn ausdruckslos an. »Ich stehe auf Jungs.«

Cabrera hebt seine Hände, als ob er *Ich gebe auf* sagen wolle, Springer wird rot, als ob er sich an meiner statt für mich schämt, und Reynolds nickt abwesend, als ob er über meine Antwort und ihre Bedeutung nachdenken würde. Als ich ihn fragend ansehe, verschwindet sein seltsamer Gesichtsausdruck und er lächelt. »Okay, aber wenn Sullivan mit Shelly Turner zum Ball geht, wen nimmst du dann mit?«

Und ich dachte, die Frage nach meiner sexuellen Orientierung wäre peinlich genug gewesen. Aber jetzt muss ich ihnen sagen, dass mich niemand, weder Junge noch Mädchen, gefragt hat, ob ich sie zum Ball begleite. Stattdessen versuche ich abzulenken, indem ich eine Gegenfrage stelle. »Mit wem gehst *du* denn?«

Einen flüchtigen Moment lang überlege ich, ob er mich fragen wird. Dass er vielleicht deshalb so nachdenklich gewirkt hat, als ich sagte, dass ich Jungs mag, und mich sofort danach gefragt hat, ob ich schon eine Begleitung für den Abschlussball hätte. Aber er fragt nicht. Stattdessen erscheint ein breites Grinsen in seinem Gesicht, und er streckt stolz seine Brust vor. »Ich gehe mit Rachel Judge.«

Es dauert einen Moment, bevor mir einfällt, von wem er redet. »Diese Cheerleaderin?«

Sein Grinsen wird noch breiter, und er nickt begeistert.

»Sie ist gut mit Jace' Schwester Leila befreundet. Sie hat das eingefädelt.«

Ich nicke beeindruckt. Rachel ist sehr beliebt und wahnsinnig hübsch. Nicht, dass Mark ein Mädchen wie sie nicht verdienen würde, aber er ist eher der Klassenclown als der beliebte Quarterback. Vielleicht ist das jetzt nur Schubladendenken, aber ich hatte angenommen, Cheerleader würden nur mit dieser Art von Sportlern ausgehen. »Glückwunsch«, sage ich zu ihm und meine es sogar so. »Sie ist echt hübsch.«

»Superscharf«, stimmt Cabrera mir zu. »Ich bin überrascht, dass sie eingewilligt hat, mit einer Lusche wie dir zu gehen.«

Mark runzelt die Stirn und schlägt endlich sein Schulbuch auf. Ich hatte vergessen, dass wir eigentlich arbeiten sollen. »Mann, halt die Klappe«, sagt Mark. »Wir sind Athleten. Und bald sind wir auch noch State Champions. Wir sind genauso beliebt wie das dumme Footballteam.«

Cabrera schnaubt und schlägt ebenfalls sein Textbuch auf. »Na klar. Rede dir das nur weiter ein.«

Ein Schatten fällt auf unseren Tisch, und als sich Mrs Kendrick räuspert, klappe ich schnell mein Buch auf. »An die Arbeit mit euch, oder ihr macht die Aufgabe in eurer Mittagspause fertig.« Also beginnen wir, und das Thema Abschlussball ist erstmal fallen gelassen.

*

Doch auch in der zweiten Stunde kann ich nicht aufhören, an diesen Ball zu denken. Oder genauer gesagt daran, dass mich keiner der Jungs in seinen Plänen berücksichtigt hat.

Eric hat Shelly gefragt, und Diego und Kev haben Begleiterinnen, von denen ich bisher noch nichts weiß. Erst da fällt mir auf, dass die Jungs nie über Mädchen reden, wenn ich dabei bin. Ich dachte immer, dass wir uns alles erzählen würden, aber offensichtlich lag ich da falsch.

Ich kann nicht glauben, dass sie Pläne geschmiedet haben, ohne dass mich einer von ihnen fragt, ob ich schon eine Begleitung habe, ich zum Essen mitkommen oder in der Limo mitfahren will. Sie haben Mark und Jace gefragt, aber nicht mich. Weil ich nicht mädchenhaft genug bin für solche Dinge wie den Abschlussball. Ganz abgesehen davon, dass keiner von ihnen »der Typ für formelle Tanzveranstaltungen« ist, freuen sich alle auf den Abend. Was für eine Doppelmoral. Warum dürfen sie den Abschlussball mögen, ich aber nicht?

In der dritten Stunde bin ich vollkommen besessen von der Idee, dass etwas mit mir nicht stimmt. Dass ich ein Freak oder so etwas bin. Ich bin kein Junge, aber es akzeptiert mich auch niemand als Mädchen. Eric will mich nicht. Kev und Diego müssen bei der Vorstellung, mir sagen zu müssen, dass ich nett aussehe, würgen. Die anderen in meinem Team wissen nicht mal, ob ich auf Jungs oder Mädchen stehe.

So ungern ich es zugebe, aber sie haben recht. Ich bin kein normales Mädchen. Ich habe mich nie als burschikos betrachtet. Nicht wirklich. Es ist ja nicht so, dass ich keinen Mädchenkram mag. Ich bin nur eben immer von Kerlen umgeben. Meine Mutter starb, als ich sechs war. Ich bin mit meinem Vater, seinem Baseballteam und meinem Großvater aufgewachsen. Ich habe nie *gelernt*, ein Mädchen zu sein. Es gab nie jemanden, der es mir hätte zeigen können.

Ein leises »Hey, Charlie« reißt mich aus meinen Gedanken.

Jace King setzt sich neben mich. Er ist der einzige andere Teamkollege in diesem Kurs, und er sitzt immer neben mir. Ich versuche, ihm ein Lächeln zu schenken, weil ich ihn mag. Neben Eric, Kev und Diego ist Jace derjenige im Team, den ich am meisten mag. Er ist wirklich talentiert. Er hat den zweitbesten Schlagdurchschnitt der Mannschaft nach mir, und er ist *schnell.* Die meisten Stolen Bases in der ganzen Division. Er spielt Shortstop, und er ist richtig gut. Er ist neben Eric der einzige, der eine Chance darauf hat, am College professionell Baseball zu spielen, und der einzige, der das Training so ernst nimmt wie Eric und ich. Und er ist ein sehr guter Kapitän. Jace ist immer so aufmerksam und nett. Ihm liegt jedes Mitglied des Teams am Herzen. Ich bewundere ihn dafür.

Als ob er spüren kann, dass etwas nicht stimmt, verschwindet das Lächeln aus seinem Gesicht, und er runzelt besorgt die Stirn. Ich murmle ein kurzes »Hey« zurück, dann wende ich mich von ihm ab und fange an, in meinem Notizbuch herumzukritzeln. Ich will nicht, dass er mich fragt, was los ist. Ich habe keine Lust, darüber zu reden.

Ich versuche so sehr, ihn zu ignorieren, dass ich höre, wie er mit mir spricht, ich die Worte aber nicht verstehe. Meine Abneigung gegen Unhöflichkeit meldet sich, und ich zwinge mich dazu, mich zu ihm umzudrehen. »Entschuldige, wie bitte?«

Überraschenderweise wird er ein wenig rot und beginnt nervös herumzuzappeln. Er muss sich räuspern, bevor er wiederholt, was er eben zu mir gesagt hat. »Ich hab dich am Samstag im Fernsehen gesehen.«

Im Fernsehen? Was?

»Du warst mit Sullivan am Samstag beim Baseballspiel«, versucht er es noch einmal. »Sie haben dich in der Übertragung gezeigt. Sie haben davon gesprochen, dass wir eine Chance auf die State Finals haben. Dein Dad hat die Geschichte erzählt, wie du Catcher geworden bist, weil du als Kind so viel mit ihm trainiert hast. Je besser du wurdest, desto fester hat er geworfen. Er meinte, deine Position sei unausweichlich gewesen.«

»Oh. Richtig.« Na klar. »Diese Geschichte erzählt er mindestens einmal pro Saison. Ich sage ihm immer, dass er sich mal neues Material zulegen soll.«

Ich verstumme wieder und kritzle weiter in mein Notizbuch. Die Erwähnung des Spiels am Samstag erinnert mich an Eric. Ich bin so dumm. Wie konnte ich mir nur einbilden, ich hätte eine Chance bei ihm?

»Hey … ich hab gedacht …, wenn du dir gern die Spiele ansieht, könnten wir ja mal hingehen. Du weißt schon … zusammen?«

Natürlich hat Eric eine andere zum Abschlussball eingeladen. Ich bin für ihn quasi so etwas wie eine Schwester. Das wusstest du, Charlie. Und darum warst du nicht überrascht. Moment mal. Jace redet wieder mit mir. Was war das? Mist.

»Tut mir leid, was hast du gesagt?«

Jace verzieht sein Gesicht, und ich fühle mich schlecht. Ich bin gerade alles andere als eine gute Gesprächspartnerin. Er sieht mich an, als würde er am liebsten weglaufen, doch dann strafft er seine Schultern und zwingt ein Lächeln in sein entschlossenes Gesicht. »Ich habe gefragt, ob du mal irgendwann mit mir zu einem Spiel gehen willst. Ich kann mir keine Plätze an der Home Plate leisten, aber Nasenbluten macht ja auch irgendwie Spaß, oder?«

Ich blinzle einmal. Dann noch mal. *Hat mich Jace King gerade um ein Date gebeten?* Ich bin geschockt. Fassungslos. Erstarrt. Sprachlos. Erstaunt. Perplex. Alle anderen Synonyme für überrascht. Ich starre ihn an und bin unfähig zu sprechen, während mein Mund wie bei einem Fisch auf und zu klappt.

Jace ist eine Nummer zu groß für mich. Zuallererst mal ist er einfach umwerfend. Eins neunzig groß, mit lockigen blonden Haaren, die immer ein wenig zerzaust aussehen. Ich bin mir nicht sicher, ob er sie so stylt, oder ob sie von selbst so aussehen. Er wirkt nicht wie jemand, dem seine Frisur besonders wichtig ist. Generell ist er ein äußerst entspannter Typ. Seine Augen sind schokoladenbraun. Aber eher wie die gute dunkle Schokolade. Und sein Lächeln … sein Lächeln ist purer Sonnenschein. Es lässt sein ganzes Gesicht strahlen und wärmt einen von innen.

Abgesehen von seinem guten Aussehen ist er auch noch klug, talentiert, ein großartiger Anführer, unkompliziert, nett, aufmerksam und bodenständig. Warum in aller Welt will er ausgerechnet mit mir ein Date? Ist es überhaupt ein Date? Oder fragt er mich als Freund? Sind wir überhaupt Freunde? Betrachtet er mich als Freundin? Das hätte ich nicht gedacht. Er hat mich noch nie gefragt, ob wir irgendwas zusammen machen sollen. Niemand hat das. Lädt er mich aus Mitleid ein, weil er denkt, ich wäre traurig wegen meiner «Trennung« von Eric?

Er sieht mich an und wartet auf eine Antwort. Ich habe immer noch nichts gesagt. Ich zwinge meine Stimme in

Aktion, und was aus meinem Mund kommt, ist folgendes: »Du fragst mich, ob wir mal zusammen zu einem Baseballspiel gehen sollen?«

Hervorragend. *Das haben wir doch schon festgestellt, Charlie.* Und jetzt denkt er bestimmt, ich wäre eine Idiotin. Warum? Warum muss ich mich so dämlich aufführen?

Jace' Mund verzieht sich zu einem schiefen Lächeln, als ob er mich ehrlich bezaubernd finden würde. Meine Wangen werden rot. »Ja.« Er lacht leise auf. »Ich frage dich, ob wir mal zusammen zu einem Baseballspiel gehen sollen. Wenn du willst.«

Das klingt nach einem Date. Einem tollen Date. Nicht nach dem üblichen Abendessen mit anschließendem Kinobesuch. Sondern nach einem entspannten Ausflug, bei dem wir einfach abhängen und uns das Spiel ansehen können, das wir beide lieben. Aber will ich überhaupt ein Date mit Jace? Warum nicht? Eric will schließlich nicht mit mir ausgehen.

Nach einem Moment des Zögerns, während Jace geduldig auf meine Antwort wartet, entscheide ich: Warum nicht? Egal, ob er es nur aus Mitleid macht, Jace ist nett. Es könnte Spaß machen, und ich brauche die Ablenkung. »Okay.«

Jace zieht überrascht die Augenbrauen hoch, doch er schenkt mir sein umwerfendes Lächeln, als ob ich ihm gerade den Tag gerettet hätte. »Wirklich?«

Seine Überraschung überrascht mich nicht. Ich weiß, dass jeder im Team denkt, ich sei eines dieser arroganten reichen Mädchen, weil ich nicht viel rede und nie jemanden zu etwas einlade. Aber ich bin nicht arrogant. Zumindest denke ich das nicht. Ich halte mich nicht für besser als die anderen. Ich bin nur unsicher.

Jace ist anscheinend total überrascht, dass ich ja gesagt habe. Es ist offensichtlich, dass er erwartet hat, dass ich das Gegenteil tue. Aber er ist über meine Antwort sichtlich erfreut. Das kann ich sehen. Vielleicht ist es doch keine Mitleidseinladung.

Plötzlich spüre ich etwas Seltsames im Bauch. Nur ein kurzes Aufflackern von Freude und Aufregung. Aber ich ignoriere es und versuche, lässig zu wirken. »Ja. Ich meine, ich gehe sowieso zu allen Heimspielen. Ich habe Saisontickets. Normalerweise nehme ich einen meiner Freunde mit, aber wenn du mal mitkommen willst, können sie sicher auch mal eine Runde aussitzen.«

Jace studiert mich einen Moment, als ob er nach einer versteckten Bedeutung meiner Worte suchen würde, doch dann nickt er, wie um unsere Pläne zu verfestigen. »Klar. Das wäre toll.«

Oh mein Gott, ich hab mich gerade mit Jace King verabredet. Ich habe ein Date mit Jace King!

Ich versuche mir bewusst zu machen, dass das eine gute Sache ist, und dass ich Eric damit nicht hintergehe. Nur weil ich mich darüber freue, ein erstes Date zu haben, und nur weil ich Jace als Person mag, bedeutet das nicht, dass ich plötzlich *ihn* liebe und über Eric hinweg bin. Und was spielt es schon für eine Rolle? Eric erwidert meine Liebe nicht. Ich muss über ihn hinwegkommen. Wie könnte ich das besser tun, als mit Jace auszugehen? Es ist ja nicht so, dass Eric darüber wütend sein wird. Er wird sich für mich freuen.

Mit einem Mal wird mir klar, dass ich mich gerade mit

Jace verabredet habe und nun nicht weiß, was ich als nächstes tun soll. Plötzlich bin ich so schüchtern, dass ich fast nicht mehr atmen kann. Mein Gesicht brennt, und ich kann Jace kaum in die Augen sehen. Ich streiche eine Strähne, die sich aus meinem Pferdeschwanz gelöst hat, hinter mein Ohr und versuche zu sprechen. »Ähm …« Meine Stimme zittert, und ich muss mich räuspern. »Okay, ja. Toll.« Oh nein. Ich klinge wie eine Idiotin. »Ähm, hast du ein Lieblingsteam, das du gern sehen willst?«

Jace sieht mich stirnrunzelnd an. »Äh. Die Pirates?« Seine Lippen zucken, und er fügt hinzu: »Natürlich.«

Oh nein. Oh nein. Oh nein. *Ich bin so dämlich!* »Na klar.« Wenn mein Gesicht noch heißer wird, wird es schmelzen. »Natürlich die Pirates. Ähm, ich meine, welches *gegnerische* Team würdest du gern spielen sehen?«

Er schenkt mir wieder dieses Lächeln und lehnt sich zurück. »Mir ist egal, gegen wen wir spielen, solange sie verlieren.«

Gute Antwort. Eigentlich sogar perfekt. Endlich gelingt auch mir ein Lächeln. Wahrscheinlich das erste des Tages. »Also gut. Ich schicke dir den Plan für die restlichen Heimspiele, und du kannst sagen, wann es dir am besten passt.«

Jace sieht mich seltsam an. »Du hast meine Nummer schon?«

»Ja. Sie steht auf der Spielerliste … *Kapitän.*«

Ich kann sehen, wie er innerlich die Hand vors Gesicht schlägt. »Na klar. Das wusste ich.« Er verzieht sein Gesicht, und seine Wangen werden ein wenig rot. Er ist total süß, und ich muss wieder lächeln. Jace hat mich offiziell aufgeheitert.

4

Jace und ich gehen zum Mittagessen, wo wir immer zusammensitzen. Jedenfalls irgendwie. Okay, wir sitzen an den entgegengesetzten Enden des gleichen Tischs, und zwischen uns befindet sich praktisch das ganze Baseballteam mitsamt einiger Freundinnen. Als wir uns heute trennen – weil er sich zu Reynolds setzt und ich mich neben Eric – schenkt er mir ein kleines Lächeln, das andeutet, wir hätten ein gemeinsames Geheimnis. Wieder verspüre ich dieses Kribbeln im Bauch. »Dann bis zum Training«, murmle ich, bevor ich noch mehr erröte.

Sein Lächeln wirkt fast spitzbübisch. »Ich freue mich drauf.«

Es gelingt mir nur ganz knapp, meine Augen nicht aufzureißen. Hat er gerade mit mir *geflirtet?* Jungs flirten nicht mit mir. Niemals. Was soll ich jetzt nur tun? Soll ich zurückflirten? Ich weiß doch nicht wie!

Vielleicht gelingt es mir doch nicht so gut, meine Überraschung zu überspielen, denn Jace lacht leise auf. »Bis später, Hastings.«

»Bis dann«, krächze ich und flitze an das Ende meines Tischs.

Als ich mich zwischen Eric und Diego setze, unterhalten sie sich schon wieder über den Abschlussball. Beide lehnen sich vor, so dass sie um mich herum weiterreden können. »Wir müssen irgendwo essen gehen, wo es schick ist«, sagt Eric.

»Ja, aber nicht zu schick, Krösus. Kev und ich sind keine Mitglieder im Country Club, so wie Hastings und du.«

Eric winkt Diegos Bedenken ab, als wären sie nichts. »Mach dir deswegen keine Sorgen. Mein Dad hat bereits für die Limousine gezahlt. Jetzt muss ich das nur noch meiner Mom erzählen, und sie wird mir genug Kohle mitgeben, um im schicksten Restaurant der Stadt essen zu gehen.«

Auch wenn Eric nicht so wohlhabend ist wie ich, sind seine Eltern beide sehr erfolgreiche Anwälte. Ihm fehlt es nicht an Geld, und seine Eltern geben es gern für ihn aus. Meistens deshalb, weil sie sich gegenseitig übertrumpfen wollen. Natürlich macht es Eric etwas aus, dass sie ihn als Spielfigur in ihrer dysfunktionalen Beziehung missbrauchen und beide denken, dass es in Ordnung wäre, Fürsorge durch Geld zu ersetzen – aber er hat kein Problem damit, das System zu seinem Vorteil zu nutzen.

»Klasse.« Diego zögert nicht, Erics Angebot anzunehmen. Kevin und er haben über die Jahre gelernt, sich von Eric und mir verwöhnen zu lassen. Ich finde es gut, dass sie es zulassen, ohne dass es sich komisch anfühlt. Sie wissen, dass wir nicht versuchen, sie mit unserem Geld zu beeindrucken. Eric und ich – und besonders mein Vater – sind einfach sehr großzügig, und wir lieben es, den Leuten, die wir gernhaben, etwas Gutes zu tun.

Ich habe mich wegen unseres Wohlstands immer unsicher gefühlt, weil es mich so sehr von allen anderen Menschen um mich herum unterscheidet. Dad hätte mich in eine protzige Privatschule mit anderen superreichen Kindern stecken können, aber er selbst stammt aus bescheidenen Familienverhältnissen und wollte, dass ich weiß, wie die Realität aussieht und dass unser Wohlstand nicht die Norm ist. (Weiß der Himmel, dass ich es nötig habe, denn mein Zuhause könnte wirklich geradewegs aus einer Seifenoper stammen.) Außerdem hat Roosevelt eines der besten Sportprogramme des Staates, und so war die Wahl meiner Schule besiegelt. Und dann hat er Erics Eltern dazu überredet, ihn ebenfalls dort anzumelden. Sie würden alles tun, was mein Vater sagt. Das ist wohl sein Promi-Bonus. Besonders wenn es um ihren Sohn geht, mit dem sie gern angeben und den sie herumzeigen wie eine Art Trophäe.

»Super«, sagt Eric. »Ich rede mit meiner Mutter. Wo sollen wir hingehen?«

Ich fange zu essen an und bin ein wenig gekränkt, dass sie diese Diskussion führen, als wäre ich gar nicht anwesend.

Als könnte Eric meine Gefühle spüren, stößt er mich mit dem Ellbogen an. »Was denkst du, Hastings? Wo willst du essen gehen?«

Diego lässt sein Sandwich fallen und packt mich an der Schulter. »Wie bitte? Du kommst mit zum Abschlussball, Hastings? Im Ernst?«

Er wirkt über die Tatsache, dass ich mitkommen würde, genauso überrascht wie Eric am Samstag, aber eins muss ich ihm lassen: Er grinst, als ob er sich aufrichtig darüber freut, dass ich mich ihnen anschließe. Leider wird das aber wohl nichts. »Ich würde ja, aber ich habe keinen

Begleiter«, murmle ich. »Niemand hat mich gefragt, und ich bin mir ziemlich sicher, dass der Abschlussball eine von diesen Gelegenheiten ist, zu denen man nicht allein geht.«

Diego runzelt die Stirn. »Hmm. Das ist in der Tat ein Problem.«

Meine Güte. Muss er es so klingen lassen, als wäre es für mich unmöglich, einen Begleiter zu finden? Schmollend esse ich weiter.

»Wer könnte Charlie begleiten?«, fragt Diego Eric. »Sie muss unbedingt mitkommen. Charlie in einem Kleid. Das *muss* ich einfach sehen.«

Ich runzle die Stirn. »Ich hab schon mal Kleider getragen. Bei Preisverleihungen meines Vaters und so etwas.«

Diego verdreht die Augen. »Das ist doch schon Jahre her. Jetzt wo du ... du weißt schon ... ganz ausgewachsen bist ...« Er deutet bei sich Brüste an. »Das kann ich mir einfach nicht vorstellen.«

Ich boxe ihn gegen den Arm, und hinter mir verpasst ihm Eric einen Schlag gegen die Schulter. »Alter. Du redest hier von Charlie!«

»Aua! Aufhören!« Diego boxt mich zurück, nicht so fest, wie ich ihn geschlagen habe, aber fest genug. Dann lehnt er sich über meinen Teller, um auch Eric zu schlagen. »*So* denke ich doch gar nicht von Charlie. Igitt.« Er schüttelt sich. »Ich meinte doch nur, dass ich sie mir nicht als Mädchen vorstellen kann.«

Ich knurre frustriert. »Ich *bin* aber ein Mädchen. Wie oft soll ich das denn noch sagen?«

Kevin, der bei der Rangelei angestoßen wurde, mischt sich in die Unterhaltung ein. »Du bist ein Mädchen?« Er schnappt in gespielter Überraschung nach Luft. »Wieso wusste ich das nicht?«

»Ha, ha. Wahnsinnig komisch.«

Er grinst. »Ich weiß. Worum geht es eigentlich?«

Diego stößt mich mit dem Ellbogen an. »Hastings will zum Abschlussball gehen.«

Kevin blinzelt überrascht, und ich seufze. »Ja, ich will zum Abschlussball gehen. Was ist daran so falsch?«

»Du willst ein Kleid tragen, dir die Haare machen und das alles? Tanzen? Mit einem *Date*?« Kev nickt. »Ja, daran ist alles falsch.«

Als ich meinen Blick wieder auf mein Essen sinken lasse, schmolle ich nicht mehr. Ich bin aufrichtig verletzt.

»Keine Sorge, Hastings«, sagt Eric. »Ich mach das schon.« Er hebt die Stimme und ruft dem ganzen Tisch zu. »Hey! Hört mal her!«

Alle verstummen. Sie sind erstaunt, dass Eric sie anspricht. Im Ernst, er ist schlimmer als ich, was soziale Kontakte angeht. Ich kenne niemanden, der mehr in seiner eigenen Welt steckt, als Eric. Ich habe einfach Glück, dass ich Teil dieser Welt bin.

Nachdem er jedermanns Aufmerksamkeit hat, legt er seinen Arm um meine Schultern. »Hastings hier braucht ganz dringend einen Begleiter für den Abschlussball. Ist einer von euch Schwachköpfen verzweifelt genug, um sich freiwillig als Tribut zu melden?«

Mir stockt der Atem. Ich weiß, dass es nur ein Spaß ist, aber trotzdem. *Verzweifelt genug, um sich als Tribut zu melden?* Als ob jemand erst verzweifelt sein müsste, um mich zu fragen! Und als ob den Abend mit mir zu verbringen einer Teilnahme an den Hungerspielen gleichkäme. *Mistkerl!*

Wieder fühlt sich mein ganzes Gesicht heiß an. Ich bin noch nie so beleidigt und erniedrigt worden. Eric hat keine Ahnung, was er da gerade getan hat. Und dann, als wäre es nicht schon schlimm genug, entsteht eine Pause, während das ganze Team über seinen Schock hinwegkommt, bis schließlich alle in wildes Gelächter ausbrechen.

Ich muss schlucken und starre auf meinen Schoß. Ich hasse es, im Mittelpunkt zu stehen, und noch mehr hasse ich es, Zielscheibe des Spotts zu sein. Es passiert beim Baseball oft genug, weil ich eben ein Mädchen bin. Ich brauche das nicht noch in meinem restlichen Leben.

»Hastings?«, lacht jemand hysterisch. »Beim Abschlussball? In einem Kleid? Ja, klar!«

Diego stößt mich spielerisch mit dem Ellbogen an. »Nee. Hastings wird wahrscheinlich in einem Smoking aufkreuzen.«

Wieder lachen alle. Ich möchte etwas sagen, doch ich kann nicht.

Niemand bietet sich als meine Begleitung zum Abschlussball an.

Niemand bemerkt, wie sehr mich ihre Worte verletzen.

Das Gelächter legt sich, und die anderen wenden sich wieder ihrem Essen zu. Ich bringe meines weg. Mir ist der Appetit vergangen.

*

Den Rest des Tages bin ich den Tränen nah. Ich kann meinen Freunden nicht sagen, wie aufgebracht ich bin. Sie würden es nicht verstehen. Sie würden nur behaupten, ich hätte meine Tage, und mir sagen, ich solle mich entspannen. Und sonst habe ich niemanden, mit dem ich reden könnte.

Ich kann nicht mehr. Ich bin es leid, das einzige Mädchen in einer reinen Jungenwelt zu sein. Ich bin es leid, übersehen und ausgelacht zu werden. Mir wie ein Freak vorzukommen – oder dass ich mir keine Gefühle eingestehen darf. Immer muss ich stark sein. Die ganze Zeit über habe ich versucht, mich den Jungs anzupassen, aber ich bin es so unfassbar leid. Ich bin nun mal nicht wie sie. Aber ich habe keine Freundinnen, mit denen ich stattdessen abhängen könnte.

Als die Schule vorbei ist und ich zum Training muss, bin ich kurz vorm Durchdrehen. Mein Herz hämmert wie verrückt, meine Augen brennen, und ich glaube, ich bekomme eine Panikattacke. Ich will da nicht raus gehen. Ich will keinen von ihnen sehen. Ich will nicht mehr das eigenartige Mädchen in einem Team voller Kerle sein. Sondern normal. Ein *normales* Mädchen, das hübsch aussieht und mit ihren Freundinnen im Einkaufszentrum abhängt, Smoothies trinkt und niedliche Jungs auscheckt. Ist das zu viel erwartet?

Statt in die Mädchenumkleide zu gehen, mache ich kehrt und gehe zum Sportbüro, weil ich hoffe, Coach Stanton zu erwischen, bevor er aufs Feld geht. Seine Tür steht auf, aber er spricht mit jemandem, also setze ich mich vor dem Büro auf eine Bank und warte.

»Schon von jemandem gehört?«, fragt der Coach, so laut, dass man es bis auf den Flur hören kann. Dann ist es kurz still, bevor er wieder spricht. »Versuch nicht zu enttäuscht zu sein. Es ist noch jede Menge Zeit. Oft machen sie die Angebote erst nach Saisonende, und dann sind da ja immer noch die State Finals. Dort werden viele Augen auf uns gerichtet sein.«

Es muss Jace sein, mit dem er spricht, denn sie reden über Stipendien, und wie ich ja schon sagte, ist Jace neben Eric und mir der einzige, der eine Chance darauf hat. Tatsächlich erklingt kurz darauf leise seine Stimme: »Sie meinen, die Augen werden auf Sullivan und Hastings gerichtet sein.«

Sein Tonfall überrascht mich ein wenig. Normalerweise ist er nicht so negativ, aber jetzt gerade klingt er fast verbittert.

Es entsteht eine lange Pause. Ich bin mir sicher, dass er gerade einen von Coach Stantons berühmten Blicken kassiert. Der Coach ist echt gut darin. Er sagt nichts, transportiert mit seinem Blick aber eine Million Worte. Er lässt nicht zu, dass wir Trübsal blasen oder im Selbstmitleid versinken.

»Tut mir leid«, sagt Jace kleinlaut.

Seine Stimme ist nicht so gut zu hören wie die vom Coach, aber wenn ich die Ohren spitze, kann ich sie verstehen. Es ist eine absolute Verletzung der Privatsphäre, aber ich kann einfach nicht anders.

»Ich freue mich ja für sie«, sagt Jace. »Ich weiß, dass sie die Aufmerksamkeit verdienen. Es ist nur schwer, immer in ihrem Schatten zu stehen, verstehen Sie? Sullivan ist dieses Jahr einer der vielversprechendsten MLB-Kandidaten. Es besteht kein Zweifel daran, dass er Profi werden wird. Und Hastings, na ja, sie bekommt eine ganz andere Art der Aufmerksamkeit.«

Ich verziehe das Gesicht. Es gab in den Medien dieses Jahr ziemlich viel Berichterstattung über unser Team wegen all der Gerüchte, dass ich womöglich am College spielen würde. Eine Menge Leute haben mich um Interviews gebeten. Es wurde viel Wind darum gemacht, dass ich als Mädchen so gut bin. Es haben mich sogar ein paar Talentscouts und andere Trainer gelobt, die sich Eric ansehen wollten. Aber da hört es für mich auf. Sie finden mich interessant, weil ich eine Kuriosität bin. Aber sie nehmen mich nicht ernst.

»Ich bin kein Sullivan«, fährt Jace fort. »Das weiß ich. Ich bin nicht mal so gut wie Hastings. Aber mit beiden im Team spielt es keine Rolle, wie viele Scouts und Recruiter kommen, um uns spielen zu sehen. Sie achten eh nur auf die beiden Stars. Wir anderen sind doch nur Statisten im Hintergrund.«

Mir wird ganz schwer ums Herz. Wahrscheinlich hat er recht. Es ist schon schwer genug für mich, in Erics Schatten zu spielen. Ich mag mir gar nicht ausmalen, wie es für Jace sein muss, in meinem zu spielen.

Es gibt eine weitere lange Pause, dann murmelt er eine weitere Entschuldigung. »Ich will ja nicht neidisch sein. Ich bin nur frustriert. Ich *brauche* dieses Stipendium, denn sonst weiß ich nicht, wie ich fürs College bezahlen soll. Meine Eltern müssen sich mit dem Gehalt einer Lehrerin und eines Feuerwehrmanns um fünf Kinder kümmern. Leila und ich machen im Herbst beide unseren Abschluss. Ich kann es mir nicht leisten, nicht zumindest ein Teilstipendium zu bekommen. Meine Noten sind gut, aber nicht gut genug für ein generelles Stipendium. Baseball ist meine einzige Chance. Ganz zu schweigen davon, dass ich nicht weiß, was ich machen soll, wenn meine sportliche Laufbahn mit der Highschool endet. Ich kann mir nicht vorstellen, nicht mehr zu spielen.«

Als er mit seiner Rede fertig ist, zittere ich. Noch nie habe ich Jace die Fassung verlieren sehen, aber er klingt verzweifelt. Warum fühlt es sich so an, als sei es meine Schuld? Wenn ich nicht im Team wäre, würde er dann die Aufmerksamkeit bekommen, die er verdient? Habe ich seinen diesjährigen Chancen geschadet? Ich sollte überhaupt nicht in dieser Mannschaft sein. Es ist sinnlos. Ich werde ohnehin nicht auf dem College weiterspielen können. Damit schade ich lediglich Jace' Chance auf ein Stipendium.

Ich kann das einfach nicht mehr.

Da ich es nicht mehr länger aushalte, stehe ich auf und klopfe an die offene Tür. Beide sehen erwartungsvoll zu mir auf. Plötzlich ist meine Kehle wie zugeschnürt, und das Zittern wird stärker. Meine Panikattacke kommt zurück.

Jace springt von seinem Stuhl vor Coach Stantons Schreibtisch auf und führt mich zu ihm. Ich bin so aufgewühlt, dass ich mich von ihm einfach hinsetzen lasse.

»Hastings? Alles in Ordnung?«, fragt Coach Stanton.

Ich schüttle den Kopf. »Entschuldigen Sie die Störung. Kann ich mit Ihnen sprechen, Coach?«

Die Worte *Unter vier Augen* spreche ich zwar nicht mit aus, jedoch verstehen sowohl Jace als auch Coach Stanton, was ich meine. Der Coach wirft ihm einen Blick zu. »Wir reden später weiter.«

Jace nickt. Er sieht mich besorgt an, fragt jedoch nicht, was los ist. »Wir sehen uns gleich auf dem Feld«, sagt er stattdessen.

Werden wir nicht.

Sobald Jace gegangen ist, fragt der Coach: »Was ist los, Charlie?«

Ich schließe meine Augen, um die Tränen zurückzuhalten. Jetzt, wo ich dem Coach gegenübersitze, stürmen all meine Gefühle gleichzeitig auf mich ein.

»Charlie?«

»Ich verlasse das Team«, platzt es aus mir heraus. »Es tut mir leid, aber ich kann das einfach nicht mehr.«

Coach Stanton hebt schockiert den Kopf, und Jace, der offensichtlich genauso gelauscht hat wie ich zuvor, stürmt ins Büro zurück. »*WAS?*«

Sein Ausbruch lässt mich zusammenzucken, und der Coach wirft Jace einen tadelnden Blick zu. Es nutzt nichts. Jace rastet völlig aus. »Was meinst du damit, du verlässt das Team? Das kannst du nicht tun. In zwei Wochen sind die State Finals. Wir brauchen dich.«

Der nächste Blick, den der Coach Jace zuwirft, warnt ihn, sich zusammenzureißen. Jace holt tief Luft und presst seine Lippen zusammen, als ob er Angst hätte, aus dem Büro geworfen zu werden, obwohl er unbedingt weiter an dieser Unterhaltung teilnehmen will. Er macht es mir alles andere als leicht.

»Jace, beruhige dich. Charlie, Süße, atme mal tief durch und lass uns darüber reden. Warum um alles in der Welt willst du denn das Team verlassen? Was ist passiert?«

Seine Anteilnahme lässt meine Emotionen wieder aufwallen. Er ist ein echt netter Kerl. Ich habe ihn in den vier Jahren, die ich für ihn spiele, wirklich zu respektieren gelernt. Die Art, wie ihm all seine Spieler am Herzen liegen und er uns dabei hilft, unser Potential zu entfalten, ist einfach einzigartig. Selbst die schwächsten Mitglieder des Teams sind ihm wichtig, und er treibt uns unentwegt an, uns zu verbessern – nicht nur auf dem Spielfeld. Er hat etwas Besseres verdient, aber ich kann keine zwei Wochen so weitermachen. Ich würde daran zerbrechen.

»Es tut mir leid.« Ich räuspere mich, dennoch zittert meine Stimme und bricht ein paarmal. »Aber ich habe meine Entscheidung bereits getroffen. Ihr braucht ohnehin kein Mädchen in eurem Team. Ohne mich werden die Leute aufhören, über uns zu lachen, und die Scouts werden euch ernst nehmen.«

Jace rauft sich die Haare und starrt mich wütend an. »Niemand hat mehr über uns gelacht, nachdem du sie in der neunten Klasse zusammengestaucht hast. Das weißt du ganz genau. Wir brauchen dich.«

Warum macht er es mir nur so schwer? Das ist doch gut für *ihn.* »Ihr habt Springer. Ihr kommt schon zurecht«, sage ich, aber es ist ein schwaches Argument. Springer ist miserabel.

Das weiß Jace auch, denn jetzt ruft er: »*Springer?* Der taugt doch zu nichts!«

»Jace!«, warnt ihn der Couch.

Jace senkt seine Stimme und versucht, ruhig zu bleiben. »Du hast den höchsten Schlagdurchschnitt im gesamten Staat und die beste Fangstatistik. Du hast in zwei Jahren niemanden eine Base stehlen lassen. Nicht eine. Lass uns jetzt nicht im Stich. Wir haben eine echte Chance darauf, die State Championships zu gewinnen. Denk doch nur an die Scouts und Stipendien …«

»Nicht für mich«, krächze ich. Die ganze Zeit über habe ich mir etwas vorgemacht. Meine Zeit verschwendet.

Und ich habe so viel verpasst. So viel von dem, was mein Leben noch ausmachen könnte, kenne ich nicht, weil ich zu beschäftigt damit war, einer von den Jungs zu sein. Das muss aufhören.

Jace' Verärgerung verraucht, und er überrascht mich, indem er mich von meinem Platz zieht und seine Arme um mich legt. Zuerst bin ich wie erstarrt, doch dann entspanne ich mich in seiner Umarmung. Er kommt mir so stark vor, während sich in meinem Inneren alles vollkommen chaotisch anfühlt. »Charlie«, murmelt er. »Das weißt du nicht mit Sicherheit.«

Und das ist es, was den Moment zerstört. Ich löse mich aus seinen Armen und sehe ihn wütend an. »Doch, das weiß ich. Und du weißt es auch. Du willst es nur nicht zugeben. Mich wird kein College annehmen. Meine Tage im Leistungssport enden hier.«

»Und warum willst du es dann nicht zu Ende bringen?«, fragt der Coach leise. »Ich will nicht, dass du es eines Tages bedauerst, so kurz vor der Ziellinie aufgegeben zu haben.«

Ich schließe die Augen, doch diesmal reicht es nicht, um die Tränen in Schach zu halten. Ein paar Tropfen laufen meine Wangen herunter. Ein Teil von mir wird es bedauern, die Saison nicht beendet zu haben, aber ein größerer Teil braucht *mehr* als nur Baseball. Es kann einfach nicht mehr mein ganzes Leben bestimmen. Wenn das bedeutet, die Mannschaft zu verlassen, dann muss ich genau das tun. »Ich bedaure, so viel Zeit mit etwas verschwendet zu haben, das vollkommen sinnlos ist. Ich muss mich auf etwas konzentrieren, das mich in der Zukunft weiterbringt.«

Jace ergreift meine Hände und drückt sie. »Charlie, was ist denn wirklich los? Vergiss das Team. Hier geht es um mehr als um Baseball. Was immer es ist – das Team zu verlassen, ist nicht die Lösung. Sag uns, was los ist, und wir finden gemeinsam eine Lösung. Wir können dir helfen.«

Er ist sehr lieb. Das ist einer der Gründe, warum er unser Mannschaftskapitän ist. Er ist so rücksichtsvoll, und ihm liegt wirklich jedes Teammitglied am Herzen. Aber was soll ich sagen? Dass ich es leid bin, so jungenhaft wahrgenommen zu werden? Ausgelacht zu werden, wenn ich mich mal ein bisschen weiblicher benehmen will? Dass ich lernen möchte, wie man hübsche Kleidung kauft und sich mit anderen Mädchen anfreundet? Wohl eher nicht. Ich schüttle den Kopf und trockne meine tränenfeuchten Wangen. »Tut mir leid.«

Weil ich es nicht ertragen kann, ihre enttäuschten Blicke zu sehen, wirble ich herum und renne aus dem Büro.

5

Ich bin nicht überrascht, dass mich Dad mit einem besorgten Gesichtsausdruck erwartet, als ich nach Hause komme. Natürlich hat der Coach ihn angerufen. Als ich das Wohnzimmer betrete, genügt ein Blick auf mich, und er breitet seine Arme aus. Meine Tränen sind getrocknet – ich weine sonst nur selten, und es ist mir peinlich, dass Jace und der Coach es gesehen haben – aber meine Augen sind noch rot und verquollen, und mein Gesicht ist fleckig. Dad umarmt mich und wiegt mich dabei sanft. Ich genieße seine Wärme und Zuwendung, als wäre sie die magische Lösung all meiner Probleme.

»Baby, was ist passiert?«

Ich werde ihm nicht sagen, dass ich Liebeskummer wegen Eric habe. Und ehrlich gesagt bin ich mir nicht mal sicher, ob diese Sache das eigentliche Problem ist. Ich meine, ja, ich bin am Boden zerstört, dass er mich nicht auf diese Weise mag, aber das ist es nicht, was mich heute dazu getrieben hat, die Mannschaft zu verlassen. Es war die Art, wie die Jungs mich aus ihren Abschlussballplänen ausschlossen. Und wie sie mich alle ausgelacht haben.

Ich schmiege mich an seine Brust und bin einfach nicht in der Lage, mich schon aus der Umarmung zu lösen.

»Nichts ist passiert. Ich habe nur keine Lust mehr, wie ein Freak behandelt zu werden.«

Dad zieht mich an den Schultern zurück, so dass er mich stirnrunzelnd ansehen kann. »Wo kommt das denn jetzt plötzlich her?«

Ich zucke mit den Schultern. »Ich bin es leid, eine Absonderlichkeit zu sein. Mein ganzes Leben lang habe ich so hart für etwas gearbeitet, das überhaupt keine Zukunft für mich bereithält. Was sollte all das bezwecken? Und was habe ich alles geopfert, um diese Person zu sein?«

Dads Stirnrunzeln vertieft sich, als hätte ich ihn gekränkt. »Was soll das bedeuten? Was ist denn falsch daran, wie du bist?«

Ich wirble herum und werfe mich aufs Sofa. »Ich bin nicht normal, Dad. Ich bin nicht wie die anderen Mädchen. Sie wollen nicht mit mir befreundet sein, und Jungs wollen nicht mit mir ausgehen. Niemand weiß, wie er mit einem Mädchen wie mir umgehen soll, das einen Jungensport ausübt, sich nie hübsch anzieht, sich nicht die Haare macht oder schminkt und dazu nur Jungen als Freunde hat. Die Aufmerksamkeit der Presse macht es auch nicht besser. Die anderen in der Schule machen sich lustig über mich. Sogar mein eigenes Team. Selbst Eric, Kev und Diego lachen mich aus. Ich bin es leid.«

Dad macht ein langes Gesicht. Sofort fühle ich mich schlecht, es gesagt zu haben, denn ich weiß, dass er sich die Schuld dafür geben wird, auch wenn er nichts dafür kann. Wir haben meine Mutter verloren, als ich sechs war. Seitdem bin ich das einzige Mädchen in Dads Leben. Und somit auch das einzige Mädchen in *meinem* Leben.

Genau wie ich gedacht habe, lässt sich mein Dad neben

mir auf das Sofa sinken und legt seinen Kopf in die Hände. »Es tut mir leid, Charlie. Das ist alles meine Schuld. Ich kenne mich mit dem ganzen Mädchenkram einfach nicht aus.«

Ich lege meine Hand auf sein Knie und drücke es tröstend. »Es ist nicht deine Schuld. Du hast dein Bestes gegeben. Mom ist tot. Grandma ist vor ein paar Jahren auch gestorben. Du, Grandpa und das Team habt mich aufgezogen, und ich bin stolz darauf, wer ich bin. Ich habe mein Leben geliebt. Ich muss nur … ein paar Dinge für mich klären.«

Schweigend bleiben wir ein paar Minuten lang sitzen, bis Pitbulls »Fireball« leise im Raum ertönt. Dad sieht mich fragend an, als ich Erics Klingelton verstummen lasse, ohne dran zu gehen. »Ich will jetzt nicht mit ihm reden«, gebe ich zu.

Dad zögert, als ob er noch weitere Fragen stellen wolle, aber dann sagt er nur: »Kann ich irgendetwas tun?«

Ich würde ihn ja helfen lassen, wenn ich eine Ahnung hätte, wie. Ich weiß nicht so genau, was ich will, und noch viel weniger, was ich deshalb unternehmen kann. Ich weiß nur, dass ich sauer und traurig bin und dass Eric die letzte Person ist, die ich gerade sehen will. »Nein. Ich denke, ich werde einfach ein paar Bälle schlagen. Ich muss ein bisschen Dampf ablassen.«

Dad sieht mich einen Moment lang an, dann nickt er. »Soll ich werfen?«

»Nein, ich benutze einfach den Schlagkäfig.«

»Okay. Kommst du heute Abend denn trotzdem zum Spiel?«

Ich denke darüber nach. Zuhause bleiben und schmollen, oder zum Stadion gehen und mich ein paar Stunden in einem Spiel verlieren? Keine Frage. »Ja, ich bin dabei. Aber ich komme allein.«

Dad schenkt mir ein schwaches Lächeln. »In Ordnung. Ich muss in anderthalb Stunden los.«

»Dann bin ich startklar.«

Dad lehnt sich vor und gibt mir einen Kuss auf die Stirn. »Ich bin für dich da, Kleine. Was auch immer du brauchst.«

»Ich weiß, Dad.« Ich komme langsam auf die Beine. »Bis gleich.«

»Ich hoffe, es geht dir bald besser.«

Ich ziehe meine Trainingssachen an und gehe raus zum Batting Cage. (Einer der Vorteile, einen Baseball-verrückten reichen Vater zu haben.) Die nächste Stunde lang verliere ich mich im Spiel. Ich bin völlig in meinem Element und komme ganz schön ins Schwitzen, als ich im Haus zwei männliche Stimmen höre. Eine von ihnen gehört Dad, aber bei der anderen bin ich mir nicht sicher. Es ist keiner der Jungs. Dafür ist sie zu leise.

Ich stelle die Wurfmaschine ab und verlasse den Käfig. In diesem Moment kommt Dad mit Jace auf mich zu. Ich erstarre. Es ist mir unangenehm, ihn hier bei mir zu Hause zu sehen, direkt vor mir, mit meinem Vater. Auch wenn das Team es bestimmt lieben würde, habe ich es nie in mein Haus eingeladen. Ich weiß nicht, warum. Ich schätze, ich bin einfach ein ziemlich zurückhaltender Mensch. Ich mag keine Leute, die ich nicht gut kenne, in meinem Zuhause. Außerdem weiß ich, dass unser Haus ziemlich irre ist. Es ist mir unangenehm, es anderen zu zeigen. Das Team behandelt mich wegen meines Dads ohnehin schon anders. Wenn sie die 13000 Quadratmeter große Villa, in der ich lebe, sehen würden, mit dem Batting Cage, dem kompletten Baseballfeld im Garten, und all den anderen Besonderheiten, würde mich niemand jemals normal behandeln.

Außerdem weiß ich gerade wirklich nicht, wie ich mit Jace umgehen soll. Wir standen uns nie besonders nah. Er ist nett – ein toller Shortstop und ein guter Kapitän. Wir gehen freundlich miteinander um, aber außerhalb des Trainings haben wir nie wirklich miteinander geredet. Bis heute Morgen, als er mich um ein Date gebeten hat. Glaube ich zumindest. Das hat vorher noch nie jemand getan. Ich war so überrascht, dass mein Gehirn einfach ausgesetzt hat, und ich muss wie ein Riesenidiot gewirkt haben.

Jace ist gutaussehend, süß und viel beliebter als ich. Er könnte praktisch mit jedem Mädchen ausgehen. Ich bin nicht sicher, warum er ausgerechnet mich gefragt hat. Falls er das überhaupt will. Er hat nicht ausdrücklich gesagt, dass er mit mir auf ein Date gehen will. Vielleicht meinte er es ja auch nur freundschaftlich. Keine Ahnung. Ich weiß nicht, wie diese Dinge funktionieren. Ich kann es mit nichts vergleichen.

Und dann war da noch die Umarmung in Coach Stantons Büro. Irgendwie war es mehr als eine normale Umarmung. Ich glaube, er hat mich *gehalten.* Ich bin noch nie von einem Jungen gehalten worden. Das war nett. Echt nett. Macht uns diese Umarmung zu Freunden? Zu echten Freunden und nicht nur Teamkameraden? Wie soll ich mich ihm gegenüber denn jetzt verhalten? Und was in aller Welt soll ich zu ihm sagen? *Oh, hey, Jace. Ich weiß, dass wir eigentlich keine Freunde sind, aber lass mich all mein Psycho-*

drama auf dich abladen. Ich weiß nicht mehr, wer ich wirklich bin, und Eric erwidert meine Gefühle nicht … wah wah wah … Ja. Genau. Das sollte ich vielleicht *nicht* tun.

Dad räuspert sich und unterbricht damit die peinliche Stille. «Schau mal, wen ich gefunden habe.«

Jace lächelt mir unsicher zu. »Hey, Charlie.«

»Was machst du hier?«

Er verzieht sein Gesicht, und ich tue es ihm gleich. Das war unhöflich. *Gut gemacht, Charlie. Du hast die Situation gerade noch unangenehmer gemacht.*

Er kratzt sich verlegen im Nacken und sieht zu Boden. Seine Wangen werden rot. Das wurden sie vorhin auch, als er gefragt hat, ob ich mal mit ihm zu einem Spiel gehen würde. Es ist echt süß. »Tut mir leid. Ich hätte vorher anrufen sollen. Ich hab mir einfach Sorgen gemacht und wollte hören, wie es dir geht. Du warst vorhin so durch den Wind.«

Ich kneife die Augen zusammen. »Du bist also nicht hier, um mich davon abzuhalten, das Team zu verlassen?«

Er sieht auf, und seine Lippen verziehen sich zu einem schiefen Lächeln. »Das vielleicht auch.«

Dad sieht uns zu, als wären wir ein Tischtennismatch, und ich kann die Rädchen in seinem Kopf rotieren sehen. Dad will nicht, dass ich aussteige. Das konnte ich ihm vorhin ansehen. Und er weiß, dass Jace mein Teamkapitän ist. Wegen seines Jobs kann Dad bei den meisten meiner Spiele nicht dabei sein, aber er beobachtet mein Training, so oft es ihm möglich ist. Er weiß, wer die Jungs in meiner Mannschaft sind. Er fragt mich sogar dauernd, warum ich sie nicht mal einlade. Er versucht immer, mich geselliger zu machen, als ich es bin.

Dad sieht mich an, dann wieder zu Jace, und etwas blitzt in seinen Augen auf. Als er den Mund öffnet, weiß ich, was er sagen wird, bevor er es ausspricht, aber es gibt keine Möglichkeit, ihn aufzuhalten. Nicht ohne Jace gegenüber furchtbar gemein zu klingen. »Hast du heute Abend schon was vor?«, fragt Dad Jace also. »Willst du mit uns zum Spiel gehen? Charlie hat ausgezeichnete Plätze, und ich könnte dich herumführen. Vielleicht könnte ich dich sogar ein paar von den Jungs vorstellen?«

Jace reißt seine Augen so weit auf, dass ich schon befürchte, sie könnten herausfallen. Es ist niedlich. Ich muss mich abwenden und die Lippen zusammenpressen, um ein Grinsen zu unterdrücken.

Das ist die andere Sache: Ich habe das Team noch nie zu mir nach Hause eingeladen, und meinen Vater kennen sie auch nicht richtig. Sie wissen natürlich, wer er ist, und sie haben ihn beim Training und ein paar Spielen gesehen, aber ich habe ihnen Dad nie offiziell vorgestellt. Vielleicht ist das ein bisschen egoistisch, aber es ist mir einfach so unangenehm. Dad versteht das natürlich überhaupt nicht. Er ist ein sehr großzügiger Mensch. Er würde dem ganzen Team Saisonkarten und eine private Trainingsstunde mit den Spielern spendieren, wenn ich ihn lassen würde.

Dad wirkt hoffnungsvoll, und Jace scheint hin und hergerissen. Die meisten Jungs würden nicht groß darüber nachdenken und das Angebot annehmen, doch Jace sieht mich fragend an. Als ob er nein sagen würde, wenn ich ihn nicht dabeihaben will. Ich glaube, der Grund, warum ich nicke, ist die Tatsache, dass ihm meine Gefühle wichtig sind. Es ist süß von ihm. Nachdem ich mein Okay gegeben habe, strahlt er meinen Vater an. »Sehr gern. Vielen

Dank, Mr Hastings. Ich schreibe nur schnell meinen Eltern und frage sie, ob es in Ordnung ist.«

»Cool. Sag ihnen, du nimmst deine Hausaufgaben mit und erledigst sie beim Spiel. So macht Charlie das auch. Du wirst sonst nicht genug Zeit haben.«

Jace beginnt seinen Eltern zu schreiben, und Dad nimmt mir den Schläger ab. Als Jace sein Handy wegsteckt und uns sagt, dass seine Eltern es ihm erlauben, grinst mein Dad und hält Jace den Schläger hin. »Lust auf ein paar Schwünge? Um zu sehen, ob du einen von mir triffst? Ich mag alt sein, aber ich hab es immer noch drauf.«

Jace klappt vor Überraschung der Mund auf. »Ernsthaft?«

Dad zuckt mit den Schultern. »Klar. Wir haben noch zwanzig Minuten, und Stinkie hier muss noch duschen, bevor wir aufbrechen.«

Eine Sekunde vergeht, bevor mir klar wird, was mein Vater gerade gesagt hat. Ich reiße entsetzt die Augen auf und verschlucke mich beinahe. »DAD!«

Der Mistkerl lacht, und Jace muss sich ein Grinsen verkneifen.

Ich will am liebsten im Erdboden versinken. Jace ist der erste Junge, der mich je um ein Date gebeten hat, und mein Vater hat mich gerade vor ihm *Stinkie* genannt. Ich starre ihn böse an. »Ich hasse dich wirklich.«

Dad grinst und zieht sein Handy aus der Tasche. »Hey, Jace, willst du ein Video von Charlies Springkünsten sehen?«

Ich kreische auf. »Dad! Wage es ja nicht! Ich werde dich *umbringen!*«

Dad bricht erneut in Gelächter aus. »Dann beeil dich lieber, du Trantüte. Du hast zwanzig Minuten, ansonsten kann ich nicht für etwaige Bilder oder Videos verantwortlich gemacht werden, die Jace zu sehen bekommt.«

Ich kann Jace in diesem Moment nicht mal ansehen. Mein Gesicht scheint in Flammen zu stehen, und ich will meinen Vater am liebsten erwürgen. Ich drücke Jace meinen Helm in die Hand und richte einen warnenden Finger auf meinen Dad. »Ich warne dich. Wenn du das tust, bist du mausetot.«

Während ich ins Haus gehe, verfolgt mich sein Gelächter, und ich bete, dass er Jace dieses dumme Video nicht zeigt. Doch wahrscheinlich wird er es tun. Man kann diesem Mann einfach nicht vertrauen.

6

Als Jace und ich unsere Plätze erreichen, stößt er einen langen Pfiff aus. »Ich hab mich geirrt heute Morgen. Das Nasenbluten wäre echter Mist gewesen.«

Ich lache. »Ja, ich bin total verwöhnt, und dich habe ich jetzt auch verdorben.«

Er nickt und sieht mich mit großen Augen an. »Das hast du wirklich.«

Bis jetzt war es erstaunlich angenehm mit Jace. Mein Vater und er haben den ganzen Weg zum Stadium über Baseball gefachsimpelt, und ihre Begeisterung und ihr Lachen hat viel dazu beigetragen, dass ich mich entspannen konnte. Außerdem war es witzig, Jace zu beobachten, seit wir hier angekommen sind – er ist total aus dem Häuschen. Wir haben ihm eine kleine Führung gegeben, einschließlich des Clubhauses, und Jace konnte ein paar der Spieler kennenlernen, während Dad sein Spiel angepriesen hat. (Es ist ihm zu Hause tatsächlich gelungen, ein paar Schläge meines Vaters zu treffen. Großartig, Jace!) Es hat Spaß gemacht, dabei zuzusehen, wie er versucht, nicht wegen allem vor Freude auszurasten.

Da so viel los war, sind wir noch nicht dazu gekommen, über meinen kleinen Nervenzusammenbruch zu reden, aber ich weiß, dass es dazu noch kommen wird. Er wartet, bis wir unsere Plätze eingenommen haben und das erste Inning läuft. Nachdem die Pirates ihr erstes Strikeout kassiert haben und wir hören, wie der Schlagmann den Schiedsrichter mit Schimpfwörtern belegt, dreht sich Jace zu mir um. Er grinst so breit, dass es fast schmerzhaft aussieht. »Das ist unglaublich. Es ist, als wären wir mit ihnen auf dem Spielfeld.«

»Das sind wir ja im Grunde auch. Ich mag diese Plätze, weil man von hier sehr gut die Würfe sehen kann. Eric und ich versuchen immer, die verschiedenen Wurfarten zu identifizieren. Das ist eine gute Übung.«

»Ja, kann ich mir vorstellen.« Jace schüttelt ungläubig den Kopf. »Danke, dass ihr mich heute mitgenommen habt. Ich weiß, dass du nach allem, was heute passiert ist, eigentlich keine Lust darauf hattest. Es war echt cool von dir, dass du mich trotzdem hast mitkommen lassen.«

Ich zucke mit den Schultern und schaue zum Pitcher, um Jace' Blick auszuweichen. »Dafür solltest du meinem Vater danken. Ich hätte die Einladung nicht ausgesprochen.«

»Aber du hättest nein sagen können.«

Schließlich sehe ich ihn doch an. »Das hätte ich nicht. Nicht nach deinem Gesichtsausdruck, als Dad angeboten hat, dich herumzuführen.«

Jace verzieht sein Gesicht. »Ich dachte mir schon, dass ich wie ein Idiot ausgesehen haben muss.«

Ich muss lachen. »Nur ein klein bisschen. Aber das ist ja auch verständlich. Ich bin mit all dem aufgewachsen, also ist das alles gar nicht so beeindruckend für mich. Es ist schön zu sehen, wie jemand anders das alles genießt.«

Jace sieht erneut auf unsere tollen Plätze und nickt. »Ich genieße es auf jeden Fall. Im Ernst, vielen Dank.«

»Ach. Du bist eine ganz angenehme Begleitung.«

Jace sieht mich an und schenkt mir ein Lächeln, das fast ein wenig arrogant wirkt. »Ach ja?«

Ich zucke mit den Schultern, und meine Wangen werden unter seinem Blick ganz heiß. »Zumindest bis jetzt.« Ich sehe ihn nachdrücklich an. »Also ruiniere es nicht.«

Er lacht und schüttelt den Kopf. »Tut mir leid. Leider muss ich es jetzt unangenehm machen. Ich bin Mannschaftskapitän, also ist es meine Pflicht, mit dir darüber zu reden. Und dank deines Vaters habe ich jetzt mehrere Stunden Zeit dafür, und du kannst mir nicht entkommen.«

Ich schnaube und schaue hinter mich zur Kommentatorenbox. »Und das war mit Sicherheit von Anfang an sein Plan.«

»Er will nicht, dass du aufhörst?«

»Natürlich will er das nicht.«

Jace sieht mich mit hochgezogener Augenbraue an. »Dann solltest du es vielleicht auch nicht tun.«

Ich seufze.

Die nächsten paar Minuten schweigen Jace und ich. Mir ist das sehr recht. Lieber verfolge ich das Spiel und bilde mir ein, wir würden das hier nicht tun. Ich werde nicht reden, wenn er mich nicht dazu zwingt.

Beim Inning-Wechsel lehnt Jace sich zurück, gähnt und legt seinen Arm auf die Rückenlehne meines Stuhls. Nicht so, als wäre es ein Annäherungsversuch. Sondern eher so, als würde er es sich bequem machen. Dennoch ist es seltsam, ihm so nah zu sein. Und genauso seltsam ist es, wie mein Körper darauf reagiert.

Ich mag es, wie er mit mir umgeht. Es ist anders als bei Eric oder sogar Kev und Diego. Ich würde es nicht gerade als Flirten bezeichnen, aber es ist irgendwie … aufgeladen. Vielleicht bilde ich mir das auch nur ein, aber es liegt eine gewisse Spannung in der Luft. Etwas Magnetisches. Etwas, das mich zu ihm hinzieht.

Während ich überanalysiere, was sein Arm auf meiner Rückenlehne bedeutet, sagt er plötzlich: «Sarah Hudek.«

Ich seufze. Natürlich kenne ich diesen Namen. 2016 wurde sie die erste Frau, die ein College-Stipendium für Baseball bekommen hat.

Jace sieht mich an und erkennt sofort, dass ich genau weiß, über wen er redet. »Sicher, es war kein Division-1-Programm«, sagt er. »Aber es *war* ein Stipendium. Und du bist besser als sie. Und dann sind da natürlich noch die *Knuckle Princess* Eri Yoshida und Melissa Mayeux.«

Okay, Yoshida ist eine meiner Heldinnen. Sie spielt Profi-Baseball in den japanischen Ligen, aber das reicht mir nicht. »Mayeux ist irgendwann zum Softball gewechselt«, erwidere ich, nur um ihm Paroli zu bieten. »Genau wie Sarah Hudek.«

Jace zuckt mit den Schultern. »Das bedeutet doch nicht, dass du das auch tun musst. Hör zu, es kommt selten vor, aber es ist nicht unmöglich. Laut den NCAA-Regeln kann ein Männerteam auch einer Frau ein Stipendium geben.«

Er erzählt mir nichts, was ich nicht schon weiß. Nichts, was ich mir nicht schon seit Jahren sage und von meinem

Vater höre. Aber ich weiß zu schätzen, dass er es versucht. »Ja, das könnten sie. Aber das werden sie nicht.«

Er sieht mich an. »Sie können es nicht, wenn du aufgibst.«

Ernüchtert sinke ich auf meinem Platz in mich zusammen. »Hör zu, ich weiß das alles, klar? Genau das rede ich mir seit Jahren ein. Genau wie mein Vater und all die Mitarbeiter der Organisation, die mich haben aufwachsen sehen. Das ist es nicht.«

Jace nimmt seinen Arm von meinem Stuhl, lehnt sich vor und stützt die Ellbogen auf seine Knie. »Und was ist dann das eigentliche Problem, Hastings?«

Ich beiße die Zähne zusammen. »Wie wäre es mit der Tatsache, dass du und alle anderen mich Hastings nennen? Ich habe einen Vornamen, weißt du?«

Jace setzt sich wieder auf und runzelt die Stirn. »Ja, weiß ich. Du heißt Charlie.«

»Genau genommen heiße ich Charlotte. Eilmeldung: Ich bin ein Mädchen. Nicht dass das irgendjemand wüsste. Zumindest nicht der Art und Weise nach, wie ich behandelt werde.«

Jace blinzelt mich fassungslos an. »Du bist sauer, dass wir dich wie einen der Jungs behandeln?«

Wut steigt in mir hoch, und gleichzeitig ist es mir peinlich, dass ich meine Unsicherheit zugegeben habe. Also zucke ich mit den Schultern und murmle: »Ich bin kein Kerl.«

Jace schüttelt den Kopf, als könne er nicht fassen, dass wir diese Unterhaltung führen. »Wir dachten, dass du genau das willst – dass wir dich wie einen von uns behandeln. Gleichberechtigt.«

»Ja genau, gleichberechtigt. Aber nicht so, als ob ihr nicht merken würdet, dass ich ein Mädchen bin. Eric hat heute dem Team gesagt, dass ich jemanden suche, der mich zum Abschlussball begleitet, und alle haben gelacht.«

In Jace' Augen flackert Verständnis auf. »Darum geht es hier also? Um den Abschlussball?«

»Nein, nicht um den Abschlussball, sondern um die Tatsache, dass niemand überhaupt fassen kann, dass ich hingehen will. Sie haben mich ausgelacht. Sie finden den Gedanken urkomisch, mich zu begleiten, weil mich keiner von ihnen als Mädchen sieht. Nicht mal meine eigenen Freunde. Eric, Kev und Diego haben alles Mögliche für den Ball geplant, und sie haben mich nicht mal *gefragt*, ob ich mich ihnen anschließen will. *Meine besten Freunde.* Nicht nur als ihre Begleitung, sondern überhaupt. Sie wollten es mir überhaupt nicht erzählen, sondern haben einfach angenommen, dass ich nicht hingehen will.«

Jace nimmt sich einen Augenblick Zeit, um alles zu verarbeiten, was ich ihm gerade an den Kopf geworfen habe. Dann fragt er langsam, als ob er um Bestätigung bitten würde: »Du … hast also Baseball hingeschmissen, damit dich die Leute wie ein Mädchen zu behandeln beginnen?«

Wenn er es so sagt, klingt es lächerlich. »Nein«, seufze ich, weil es so einfach nicht richtig ist. »Ich will mir einfach nur *normaler* vorkommen. Ich will mich in meiner eigenen Haut wohlfühlen.«

Jace runzelt die Stirn. »Ich dachte immer, das würdest du. Du bist so selbstbewusst und tust, was immer du willst, egal was die anderen sagen.«

Ich lege den Kopf in den Nacken und seufze. Wie soll

ich es ihm nur erklären? »Ich fühle mich ja wohl in meiner Haut, aber irgendwie auch nicht. Ich mag, wer ich bin, doch gleichzeitig bin ich immer unsicher und habe Angst vor der Zukunft. Was passiert nach unserem Abschluss? Ich habe genau drei Freunde. Eric wird in der MLB landen. Kev geht zum Militär, und Diego wird in einem anderen Staat studieren. Wo auch immer ich lande, werde ich ganz allein sein, und weil ich dann nicht mehr Baseball spiele, habe ich auch kein Team mehr, welches mich unterstützen kann.

Ich habe keine Ahnung, wie man sich als Mädchen verhält oder wie man mit ihnen umgeht. Seit ich sechs bin, habe ich keine Mutter mehr, und ich hatte auch noch nie eine Freundin. Ich habe keine Ahnung, wie man mit einer Mitbewohnerin zusammenlebt. Ich habe keine Ahnung, wie man mit Jungs ausgeht oder sich in ihrer Gegenwart auch nur wie ein normales Mädchen verhält. Irgendwie glaube ich nicht, dass mir Eric, Kev und Diego richtig beigebracht haben, wie man mit einem Kerl umgeht, wenn ich will, dass er mich *mag*. Ich werde jeden Jungen verschrecken, der dumm genug ist, mit mir ausgehen zu wollen.«

Wieder schenkt mir Jace dieses amüsierte, schiefe Lächeln. »Du machst dir Sorgen wegen des Ausgehens?«

Ich werde rot und kann einfach nicht glauben, dass ich ihm all das anvertraut habe. Und doch lassen sich die Worte einfach nicht stoppen. »Ich mache mir Sorgen darum, *normal* zu sein. Ich weiß nicht, wie ich mit anderen umgehen soll, wenn es nicht um Baseball geht. Ich kenne sonst nichts. Mir bleiben nur noch ein paar Wochen Schule, um ein paar Dinge herauszufinden, bevor ich vollkommen ahnungslos auf mich allein gestellt sein werde. Wenn ich diese Wochen auch noch mit Baseball und der Illusion verschwende, dass ich als Frau eine Chance im Profi-Baseball habe, wird mich das nirgendwohin bringen. Wir machen bei den State Championships mit, und dann ist alles vorbei. Ich werde trotzdem kein Profi-Baseball spielen, und ein Team habe ich dann auch nicht mehr. Ich werde niemanden haben. Ich bin erledigt. Ich höre auf, weil ich nicht mehr nur Hastings sein will. Ich muss lernen, Charlotte zu sein.«

Jace kneift die Augen zusammen und saugt seine Oberlippe zwischen die Zähne. Dann dreht er seinen Oberkörper in meine Richtung und legt seinen Arm wieder auf meine Rückenlehne. »Aber warum kannst du nicht Hastings *und* Charlotte sein? Du musst die Mannschaft nicht verlassen, um dich wie ein Mädchen zu fühlen, dir Freundinnen zu suchen oder mit jemandem auszugehen. Charlie, ich kenne dich. Wenn du jetzt aufgibst, wirst du dich dafür hassen. Du wirst es für den Rest deines Lebens bereuen.«

Wie er beabsichtigt hat, treffen mich seine Worte. Er hat recht. Ich *werde* es bereuen, die Saison nicht zu Ende gespielt zu haben. Ich habe doch nicht mein ganzes Leben darauf hingearbeitet, nur um zwei Wochen vorher aufzugeben. Ich würde es mir niemals verzeihen. Statt einer Erwiderung muss ich schlucken und richte meine Aufmerksamkeit wieder auf das Spiel. Irgendwie sind wir bereits im vierten Inning.

Jace ist einen Moment lang still. Als er wieder spricht, klingt seine Stimme nachdenklich. »Was, wenn ich dir helfen kann? Wirst du dann die Saison beenden?«

Ich sehe ihn fragend an. »Wie könntest *du* mir helfen?«

»Ich habe vier Schwestern. Mit Mädchen kenne ich mich ganz gut aus. Eine dieser Schwestern ist mein Zwilling, und sie ist wirklich toll. Ich weiß, dass sie es lieben würde, dir etwas mehr von ihrer Welt zu zeigen. Sie würde wahrscheinlich töten für die Gelegenheit, dir ein Umstyling zu verpassen. Und sie wäre dir eine Freundin, alles ganz entspannt. Ich müsste dich ihr nur vorstellen. Aber wenn du mutig genug wärst, ihr das alles zu erklären, was du mir gerade gesagt hast, würde sie sich mit Sicherheit ein Bein ausreißen, um dir zu helfen. Das weiß ich einfach. Du hättest eine Freundin fürs Leben.«

Ich bin sprachlos. Jace' Schwester Leila ist eines der beliebtesten Mädchen der Schule. Ich meine, sie geht mit dem Quarterback zum Abschlussball und das alles. Außerdem sieht sie immer umwerfend aus. Normalerweise hätte ich viel zu viel Angst, um zu versuchen, mich mit ihr anzufreunden, aber Jace würde mich nicht den Wölfen zum Fraß vorwerfen. »Bist du dir sicher?« Ich klinge wie ein Riesenfeigling. »Es würde ihr nichts ausmachen?«

Jace' Gesichtszüge werden weich, als ob er sehr gut verstehen kann, dass ich Angst habe. »Auf keinen Fall«, verspricht er. »Sie ist die netteste Person, die ich kenne, und sie *liebt* es, ein Mädchen zu sein. Sie kann dir helfen. Und ich werde aufpassen und dafür sorgen, dass sie dich nicht in eine Baseball-Barbie verwandelt.«

Ich reiße die Augen auf. An so etwas hatte ich noch gar nicht gedacht. Dass sie *zu* mädchenhaft sein könnte und mich zu einer Art Barbieclown macht. Mein Gesicht muss Bände sprechen, denn Jace fängt herzlich an zu lachen. »Das klappt schon, Hastings. Versprochen.«

Ich kaue auf meiner Lippe herum und beginne nervös mit den Knien zu wippen.

»Also, was sagst du?«, fragt Jace.

Ich lehne mich vor, stütze die Ellbogen auf meine Knie und verspüre fast den Drang, meinen Kopf zwischen sie zu legen. Kann ich das wirklich tun? Wird es helfen? Habe ich eine andere Wahl? »Okay«, flüstere ich. »Okay, lass es uns tun.«

»Abgemacht. Ich rede morgen mit Leila.«

»Danke.«

Jace' dunkelbraune Augen bleiben auf meine gerichtet. »Und du kommst zurück ins Team?«

Ich setze mich auf und erwidere seinen Blick. »Ja.« Ich nicke. »Ich bleibe. Du hast recht. Ich würde es bereuen, jetzt aufzugeben.«

Jace schenkt mir ein Lächeln. »Ich würde es auch bereuen. Und nicht nur, weil wir ohne dich rettungslos verloren wären.«

Bei der Vorstellung, dass er mich vermissen würde, wird mir ganz warm ums Herz. Jace und ich waren uns nie sehr nah, und plötzlich wünsche ich mir, ich hätte ihn viel früher besser kennengelernt. Ich lehne mich zurück und kann mich endlich entspannen. Erst als ich nach hinten greife, um meinen Pferdeschwanz vom Stuhl zu befreien, merke ich, dass Jace' Arm immer noch hinter mir ist und ich mich komplett gegen ihn lehne. Mich zu bewegen, um ihm auszuweichen, würde seltsam wirken, also belasse ich es einfach dabei. Außerdem fühlt es sich gut an, und das Schweigen zwischen uns ist ebenfalls angenehm. »Weißt du was? Du bist ein richtig guter Teamkapitän.«

Jace grinst. »Ach was. Ich steh nur einfach auf Sportlerinnen.«

Ich schnappe nach Luft, und mein ganzer Körper verspannt sich. Was hat er damit gemeint? Flirtet er schon wieder mit mir? Als ich mich schließlich traue, ihm einen verstohlenen Blick zuzuwerfen, wartet er bereits darauf, dass ich ihn ansehe. Er lächelt, dann zwinkert er und drückt meine Schultern mit dem Arm, der um sie liegt. Jetzt besteht kein Zweifel mehr daran. Er hat seinen Arm um *mich* gelegt und nicht nur auf die Rückenlehne.

Er grinst, als ob er genau weiß, wie nervös ich bin, und lässt seinen Arm genau da, wo er ist. Plötzlich ist mein Mund ganz trocken. Es dauert ewig, aber schließlich gelingt es mir, langsamer zu atmen und meine Muskeln zu entspannen. Und als seine Fingerspitzen damit beginnen, meine Schulter in langsamen sachten Bewegungen zu streicheln, sterbe ich innerlich.

7

Während des Spiels gestern hatte ich mein Handy ausgestellt. Hätte mein Vater mich gebraucht, hätte er jemanden schicken können, um mich zu holen. Mir war einfach nicht danach, mit irgendjemandem zu reden. Als ich es am nächsten Morgen wieder anstelle, habe ich über zwanzig verpasste Anrufe und Textnachrichten von den Jungs. Die meisten davon sind von Eric. Während ich mir ihre Memos über einer Schüssel Müsli mit Mandelmilch anhöre, wird mir etwas bewusst: Ich werde ihm gegenübertreten müssen. Und ich habe keine Ahnung, wie ich ihm das alles erklären soll. Obwohl es mir Jace gegenüber so leichtgefallen ist, fühlt es sich unmöglich an, mit Eric darüber zu sprechen.

Als ich in der Schule ankomme, lehnt dieser jedoch bereits an meinem Spind und wartet auf mich. Eric und ich haben über die Jahre nicht oft gestritten. Aber wenn, dann hasse ich es. Alles fühlt sich falsch an, wenn wir wütend aufeinander sind. Ich will nicht sauer auf ihn sein, und nach meinem Gespräch mit Jace gestern Abend ist mir auch klar geworden, dass ich es auch gar nicht bin. Nichts hiervon ist seine Schuld. Er hat mir nie den Eindruck vermittelt, er würde mit mir zusammen sein wollen. Ich bin diejenige, die Gefühle für ihn entwickelt hat. Das ist mein Problem, mit dem ich fertig werden muss. Ich darf es nicht an ihm auslassen.

Als er mich sieht, löst er sich von den Schließfächern und breitet seine Arme aus. Ich stürze mich in sie hinein, schließe meine Augen, atme tief ein und lasse mich von ihm umarmen. Wir umarmen uns nicht oft, aber immer wenn wir es tun, raubt es mir den Atem. »Bist du jetzt bereit, mit mir zu reden?«, fragt er, lässt mich los und tritt beiseite, damit ich an mein Schließfach komme.

Ich nehme das Schloss in die Hand und konzentriere mich auf die Zahlenkombination. Ich bin froh, dass ich ihn nicht ansehen muss, denn eigentlich bin ich noch nicht wirklich bereit, mit ihm zu reden. Nicht über diese Sache. Ich weiß nicht, ob ich jemals in der Lage sein werde, mit ihm darüber zu reden. Aber irgendwann ertrage ich seinen Blick nicht mehr, den ich nur allzu deutlich auf mir spüre. »Tut mir leid, dass ich dich nicht zurückgerufen habe. Ich hatte einen echt miesen Tag, und ich brauchte einfach ein paar Stunden lang meine Ruhe vor allen.«

»Vor allen?«

Die Verbitterung in seiner Stimme lässt mich aufblicken. Er verschränkt die Arme vor seiner Brust und starrt mich an. In seinem Blick liegt eine Emotion, die ich nicht deuten kann. »Du sitzt direkt hinter der Home Plate, Charlie. Die Kamera fängt dich bei jedem einzelnen Pitch mit ein. Ich hab dich mit King beim Spiel gesehen.«

Ist er etwa eifersüchtig? Fühlt er sich verraten? Ist er verwirrt? Oder alles gleichzeitig? Ich weiß nicht, was er denkt, aber ich will, dass er damit aufhört. Seit ich hier bin, hat er nicht ein einziges Mal gelächelt. Ich vermisse sein Lächeln. »Jace ist gestern Abend bei mir zu Hause aufgetaucht, und Dad hat ihn zum Spiel eingeladen. Das hat er vermutlich gemacht, damit ich nicht weglaufen kann. Dad wusste, dass Jace alles versuchen würde, um mir auszureden, die Mannschaft zu verlassen.«

Eric zuckt zurück und reißt überrascht die Augen auf. »Die Mannschaft verlassen? Was meinst du damit? Du willst *die Mannschaft verlassen?*«

Ich lege mein letztes Buch in den Spind und knalle ihn zu, bevor ich Eric stirnrunzelnd ansehe. »Hat dir das niemand gesagt?«

»Der Coach meinte, es geht dir nicht gut. King hat Diego, Kev und mich beiseite genommen und gesagt, dass du einen harten Tag hattest und uns gefragt, ob wir wüssten, was mit dir los ist. Aber niemand hat was davon gesagt, dass du die Mannschaft verlässt.«

Er sieht halb besorgt, halb wütend aus, als ob er nicht so richtig wüsste, was er mit dieser neuen Information anfangen soll. »Keine Sorge«, sage ich, während ich mir meinen Rucksack über die Schulter streife. »Jace hat seinen Job gemacht. Ich bleibe Teil der Mannschaft.«

Diese Antwort scheint für Eric nicht gut genug zu sein. Er verschränkt seine Arme noch ein bisschen mehr und baut sich breitbeinig vor mir auf. Er hat in diesem Moment absolut Ähnlichkeit mit einem Türsteher. »Was ist mit dir los, Charlie?«

»Nichts.« Doch er gibt nicht nach. Ich habe gelogen, und er weiß es. Ich seufze. »Hör zu, ich mache gerade ein paar Dinge durch. Ich werde schon wieder.«

»Was für Dinge?«

Ich habe immer noch keine Lust, weiter ins Detail zu

gehen. Also weiche ich ihm aus. »Nur so ein paar Dinge. Hör mal, ich muss vor dem Unterricht noch mit Coach Stanton reden, aber wir sehen uns beim Mittagessen, okay?«

Etwas blitzt in Erics Augen auf. Ist er gekränkt? Damit kann ich mich jetzt nicht beschäftigen. »Ich muss los. Bis dann!«

Ich laufe praktisch vor ihm weg. Es ist das erste Mal überhaupt, dass ich nicht vollkommen ehrlich zu ihm bin. Und es fühlt sich ganz und gar nicht gut an.

*

Als die dritte Stunde beginnt, habe ich ein merkwürdiges Kribbeln im Bauch. Die Aussicht, Jace zu sehen, macht mich irgendwie nervös. Überraschenderweise ist es nicht die gleiche Art Nervosität, die ich bei Eric empfunden habe. Ich hatte gestern Abend eine echt nette Zeit mit Jace, und zwischen uns hat sich irgendwie etwas verändert. Ich denke … na ja, ich denke, wir sind jetzt Freunde. Richtige Freunde. Nicht nur Teamkameraden.

Jace sitzt bereits auf seinem Platz, als ich ankomme. Als er mich sieht, hellt sich sein Gesicht auf, und die Schmetterlinge in meinem Bauch beginnen wie wild zu schwirren. Seltsam. Das passiert normalerweise nur, wenn ich in Erics Nähe bin. Obwohl das heute Morgen am Spind nicht so war. Ich denke nicht genauer darüber nach.

»Hey!«, begrüßt mich Jace, als ich neben ihm Platz nehme. Von seinem umwerfenden Lächeln bekomme ich einfach nie genug. Mit seinen blonden Haaren, den dunkelbraunen Augen und seinen freundlichen Gesichtszügen ist er das genaue Gegenteil von Eric. Sein dunkelbraunes Haar, die haselnussbraunen Augen, der ewige Bartschatten und die markanten Wangenknochen lassen Eric immer ein wenig bedrohlich aussehen, während Jace die Freundlichkeit in Person ist. Sie könnten nicht unterschiedlicher sein. Sie sind beide hinreißend, aber eben auf sehr verschiedene Art und Weise.

»Hi.«

»Fühlst du dich heute schon besser?«

»Ja, ein bisschen. Das habe ich größtenteils dir zu verdanken.«

Wieder lächelt Jace, und Freude scheint aus jeder seiner Poren zu strömen. »Ich tue, was ich kann.«

Ich nehme mein Heft und einen Stift heraus, dann fällt mir ein, dass ich Jace noch etwas sagen wollte. »Oh, hey …« Ich lege meine Hand auf seine. Wir wirken beide ein bisschen überrascht darüber. Ich bin normalerweise nicht die Person, die besonders viel Körperkontakt sucht. Als kratzbürstig würde ich mich auch nicht bezeichnen – ich bin einfach nur etwas zurückhaltend.

Jace starrt meine Hand an, die noch immer auf seiner liegt, und ich ziehe sie schnell zurück. Plötzlich ist es mir peinlich, dass ich ihn berührt habe, ohne auch nur darüber nachzudenken. Doch Jace schnappt sich meine Hand und hält sie in seiner. Dann sieht er mich herausfordernd an, so als ob er herausfinden will, ob ich sie ihm wieder entziehen würde. »Ja?«

Mein Blick wandert zu unseren ineinandergelegten Händen, und plötzlich beginnen meine Wangen zu brennen. *Halten wir gerade wirklich Händchen?* Das tun wir. Es ist gleichzeitig aufregend und erschreckend. Die Schmetterlinge in meinem Bauch drehen nun komplett durch. »Ähm …« Ich muss schlucken. Was wollte ich noch mal sagen? »Danke, dass du den anderen gestern nicht verraten hast, dass ich das Team verlassen wollte. Ich habe heute Morgen mit dem Coach geredet, und er hat mir gesagt, dass du es für dich behalten hast.«

Jace zuckt mit den Schultern und beginnt mit dem Daumen meinen Handrücken zu streicheln. Ich bekomme Gänsehaut. Ich erwidere seinen Blick, und er muss meine Verwirrung und Nervosität erkennen, denn er schenkt mir ein sanftes Lächeln, das zu sagen scheint: *Entspann dich, Charlie. Alles ist in Ordnung. Ich bin für dich da.* »Wir hatten gehofft, dich davon überzeugen zu können, die Mannschaft nicht zu verlassen. Und ich dachte mir, wenn es klappt, willst du bestimmt nicht, dass alle wissen, was passiert ist. Wir hätten es ihnen gesagt, wenn du heute Abend nicht mit uns in den Bus gestiegen wärst, um zum Spiel zu fahren.«

Meine Nervosität lässt ein wenig nach. Das war wirklich aufmerksam von den beiden. Und sie hatten recht. Ich bin wirklich erleichtert, dass das Team nicht weiß, dass ich fast ausgestiegen wäre. »Danke.«

Jace drückt meine Hand einmal kurz und lässt sie dann los. Mein Kopf fühlt sich jetzt zwar nicht mehr so benebelt an, aber gleichzeitig bin ich irgendwie enttäuscht.

Jace nimmt währenddessen sein eigenes Heft und einen Stift aus seiner Tasche. »Ich hoffe, das macht dir nichts aus«, sagt er, »aber ich habe heute Morgen mit Leila gesprochen.«

Die Schmetterlinge in meinem Bauch werden plötzlich zu Felsbrocken. »Du hast es ihr gesagt?«

Jace nickt langsam. »Ich wollte damit eigentlich auf dich warten, aber sie wusste, dass ich gestern Abend mit dir beim Spiel war und ist deswegen voll ausgerastet. Sie wird immer seltsamer, was mich und Mädchen angeht. Ich gehe nicht viel aus – und das treibt sie in den Wahnsinn. Sie versucht schon seit Jahren, mir eine Freundin zu verschaffen.«

Es verschlägt mir den Atem. Mit aller Kraft versuche ich, mir nichts anmerken zu lassen. Seine Schwester war aufgeregt, weil wir miteinander beim Spiel waren? Heißt das etwa, das gestern Abend *war* ein Date? Hat er es als Date gesehen? Denkt seine Schwester jetzt etwa, dass wir zusammen sind? Tut *er* es? Er hat gerade meine Hand gehalten. *Sind* wir jetzt ein Paar? *Ugh.* Ich weiß es nicht. Warum bin ich so ein hoffnungsloser Fall? Wenn Jace meinen inneren Ausraster bemerkt haben sollte, lässt er es sich nicht anmerken. Er redet einfach weiter. »Sie hat mich jedenfalls nach jedem kleinsten Detail ausgefragt. Tut mir leid. Ich konnte dem Druck nicht standhalten.« Er verzieht verlegen sein Gesicht.

»Schon gut.«

»Ich schwöre, sie geht eines Tages zur CIA und verhört Terroristen oder so was. Sie ist unerbittlich.«

Ich muss lachen. »Das ist wirklich in Ordnung, Jace. Wir wollten sie doch ohnehin um Hilfe bitten, oder?«

Er wirkt erleichtert und nickt lächelnd. »Sie ist mit an Bord. Ich habe die Worte *Charlie* und *Umstyling* erwähnt, und sie war sofort Feuer und Flamme. Sie ist vollkommen durchgedreht, wie ein kleines kläffendes Schoßhündchen, wenn es an der Tür klingelt.«

Ich verziehe mein Gesicht, doch Jace lacht. »Ich werde

sie schon im Zaum halten, versprochen. Aber sie freut sich sehr darauf, dich kennenzulernen. Kommst du nach dem Kurs mit, damit ich sie dir vorstellen kann? Ich meine, sie wird uns sowieso finden – selbst wenn wir uns vor ihr verstecken würden – aber ich dachte, ich frage dich wenigstens, bevor das passiert.«

»Klingt eher so, als würdest du mich vor ihr warnen.«

Wieder muss Jace laut auflachen. »Ja. Das stimmt.«

Ich bin mir zwar nicht sicher, auf was ich mich hier eingelassen habe, aber zumindest klingt es so, als würde Leila sich auf dieses kleine Projekt freuen. Und Jace bekommt immer diesen liebenswerten Gesichtsausdruck, wenn er von ihr redet, also scheint sie wirklich nett zu sein. Cheerleader haben für gewöhnlich den Ruf, gemein zu sein, aber das ist nur ein Klischee. Soweit ich sagen kann, sind sie alle ziemlich cool. »Und du lässt wirklich nicht zu, dass sie mich in Baseball-Barbie verwandelt?«

Er hebt seine Hand, als würde er im Zeugenstand stehen. »Außer du willst es.« Als ich die Nase rümpfe, zuckt er mit den Schultern. »Man weiß ja nie. Du hast das alles ja vorher noch nie ausprobiert. Vielleicht wird es dich überraschen, was du magst und was nicht. Aber das finden wir schon raus.«

Vielleicht. »Lass uns lieber etwas anpeilen, das ein wenig subtiler ist als Barbie.«

Bevor Jace antworten kann, ruft Mr Musgrove die Klasse zur Ordnung. Aber Jace schenkt mir ein Lächeln. Und dieses Mal lächle ich zurück.

8

Nach dem Kurs gehen Jace und ich zusammen zur Schulkantine, wie wir es immer tun. Doch heute schaffen wir nicht mal den halben Weg, bevor eine sehr aufgeregte, überfröhliche Stimme ruft: »Da seid ihr ja! Ich habe euch schon überall gesucht!«

Leila breitet ihre Arme aus und tritt vor, doch anstatt ihren Bruder zu umarmen, wie ich es annehme, zieht sie mich in einen Todesgriff. »Charlie! Ich habe seit der Mittelstufe jedes von Jace' Heimspielen gesehen, und ich freue mich so, dich endlich kennenzulernen. Du bist so talentiert und selbstbewusst und cool. Ich sehe total zu dir auf! Ich hab mir immer gewünscht, mit dir befreundet zu sein, aber Jace hat dich nie zu uns nach Hause eingeladen. Ich bin so froh, dass ihr zwei euch endlich besser kennenlernt. Ihr seid so süß zusammen, dass ich es fast nicht aushalte.«

»Leila«, warnt Jace und klingt dabei genauso entsetzt wie ich, wenn mein Vater etwas Peinliches sagt. Und seine Wangen werden genauso rot wie meine.

Leila King ist die weibliche Version ihres Bruders. Sie hat sogar das gleiche unbeschwerte Lächeln und die gleichen Grübchen. Doch während Jace entspannt und eher zurückhaltend ist, wirkt sie sehr aufgeschlossen und temperamentvoll.

Leila lässt mich los und tritt zurück. Jace bleibt besorgt an meiner Seite. Doch auch wenn ich mich durch Leilas Umarmung ein wenig überrumpelt fühle, schenke ich ihr ein Lächeln. Sie ist so freundlich und direkt, dass man sie einfach mögen muss. »Schön, dich kennenzulernen.« Vor Nervosität wird mein Gesicht ganz warm, und ich greife nach den Tragegurten meines Rucksacks. »Und danke, dass du mir helfen willst. Ich weiß, dass die Sache ein bisschen verrückt klingt.«

Leila fährt ihren Enthusiasmus ein wenig zurück, und ihr Lächeln wird sanfter. »So verrückt ist es gar nicht. Ich würde ohne meine Mutter und meine Freundinnen durchdrehen. Lektion Nummer eins: Ein Mädchen braucht seine Mädelszeit.«

»Ich weiß nicht mal, was das heißen soll.« Ich schüttle den Kopf, höre aber nicht auf zu lächeln. Das klingt wie etwas aus einem dieser Teeniefilme. Mir war nicht klar, dass Mädchen so etwas wirklich machen.

Leila grinst mich an, und ihre Augen funkeln begeistert. »Oh, keine Sorge. Du wirst es lieben.« Sie hakt sich bei mir unter und zieht mich in Richtung Kantine. Jace geht auf meiner anderen Seite. »Passt dir Sonntag?«, fragt Leila. »Ich hab schon mal einen Blick auf Jace' Zeitplan geworfen. Am Samstag ist ein Spiel, aber am Sonntag hast du frei.«

Ich muss schlucken. Das ist meine letzte Chance, die Sache abzublasen. Ich habe keine Ahnung, was diese *Mädelszeit* beinhaltet, aber der ganze Sinn der Übung besteht ja darin, es zu lernen. Leila kommt mir vor wie ein Wirbelwind, aber sie ist auch sehr nett. Vor dem Eingang zur Schulkantine bringt sie uns zum Stehen und wartet auf meine Antwort. Ihr Blick ist so hoffnungsvoll, und als ich zu Jace sehe, nickt er mir ermutigend zu. Er hat recht. Ich kann das. »Ähm. Ja, ich schätze, das passt.«

Leilas ganzes Gesicht leuchtet auf, und sie klatscht in die Hände. »Yay! Okay, wenn du deine Garderobe erweitern willst, muss ich zuerst deinen Schrank durchgehen, um zu sehen, was du sonst so trägst. Dann komme ich einfach zu dir?«

»Ähm.« Zu mir nach Hause? Ich weiß nicht, warum ich damit nicht gerechnet habe. Aber sie hat recht. Ich möchte ja, dass sie mir bei meiner Kleidung hilft. Und Jace war ja auch schon einmal da. »Okay. Ja. Bei mir – um neun?«

»Perfekt.«

Ich sehe wieder zu Jace. »Du kommst doch auch, oder?« Die Vorstellung, mit Leila allein zu sein, lässt mich leicht panisch werden. Ich glaube, ich muss dieses ganze Mädelsding langsam angehen lassen.

»Versprochen.«

Ich atme erleichtert auf, und Jace grinst. Leila rümpft die Nase, aber als sie lächelt, wirkt es nicht wirklich verärgert. »Also gut. Er darf auch kommen.« Sie hebt einen warnenden Finger. »Aber es ist *unsere* Zeit, verstanden? Wir machen Mädchenkrams, und du darfst dich nicht darüber beschweren.«

Er hebt kapitulierend seine Hände. »Ich werde mich benehmen.«

Leila kneift die Augen zusammen. »Das solltest du auch besser.«

Wenn ich die beiden so zusammen sehe, wünsche ich mir auch Geschwister.

Jace muss Leila irgendwie überzeugt haben, denn plötzlich sieht sie ihn nicht mehr drohend an, sondern schenkt mir ein strahlendes Lächeln. »Neun Uhr am Sonntag in der Casa de Charlie. Ich kann es kaum erwarten.« Sie schiebt sich durch die Türen der Schulkantine und nickt in Richtung des Tischs, wo die beliebten Schüler sitzen. »Willst du heute bei mir sitzen? Ich könnte dir ein paar der Mädels vorstellen.«

Ich schaue zu dem Tisch voller Cheerleader und Footballspieler, und erbleiche. Mit einer einzigen neuen Person komme ich klar. Ein ganzer Tisch voll davon? Ich denke eher nicht. Glücklicherweise kommt mir Jace zu Hilfe. »Vielleicht solltest du sie nicht direkt den Wölfen zum Fraß vorwerfen, Leelee. Erst du, dann die anderen.«

Er nimmt meine Hand und lacht auf, als ich mich wie eine Rettungsleine daran festklammere.

»Aww«, sagt Leila. »Ich hätte nicht gedacht, dass du so schüchtern bist. Dann machen wir langsam.«

Ich winde mich unbehaglich. »Ich würde mich nicht als schüchtern bezeichnen. Ich bin nur ziemlich introvertiert.«

Wieder lacht Jace auf. »Ich weiß genau, was du meinst.«

Leila verzieht ihr Gesicht und nickt dann ernst. »Es stimmt. Er ist furchtbar introvertiert.« Dann wird sie wieder munter. »Noch ein Grund, warum ihr beide perfekt füreinander seid. Okay, meinetwegen. Dann seid eben zusammen an eurem Tisch introvertiert, und wir gehen es am Sonntag ruhig an.«

»Klingt gut.«

Sie überfällt mich mit einer weiteren Umarmung, dann gesellt sie sich zu ihren Freunden. Dabei hüpfen ihre lockigen Haare auf und ab. Ich brauche einen Moment, um mich zu erholen, und als es soweit ist, zieht mich Jace an der Hand, die er immer noch hält, zu unserem Tisch. Ich stolpere fast, als wir auf Mark Reynolds zugehen – der mich auf eine Weise angrinst, die mich erröten lässt. Als ich meine Hand zurückziehe, lässt Jace sie los, doch er nickt in Marks Richtung und fragt: »Setzt du dich heute zu mir?«

Ich bekomme Herzklopfen. Jace ist so direkt und aufrichtig wie seine Schwester, und das hier ist gerade wieder so ein Moment wie gestern, als er mich während des Unterrichts gefragt hat, ob ich ihn mal zu einem Spiel begleite. Dort mag ich mich vielleicht dämlich angestellt haben, aber ganz dumm bin ich nicht. Jace ist an mir interessiert. Das muss er sein. Alles deutet darauf hin.

Meine instinktive Reaktion wäre es, auszuflippen und mir Sorgen darüber zu machen, was Eric davon halten wird, aber dann steigt plötzlich Wut in mir hoch. Eric will mich nicht, also warum sollte es mir wichtig sein, was er denkt? Jace ist nett, sieht gut aus, und außerdem habe ich immer dieses Kribbeln im Bauch, wenn er Interesse zeigt. Dieses Gefühl verdient es, genauer untersucht zu werden.

Nachdem ich meine Entscheidung getroffen habe, zucke ich mit den Schultern und lächle Jace an. »Klar.«

Überraschung blitzt in seinem Gesicht auf, über die sich sofort der Ausdruck von Freude legt. Zu wissen, dass ich ihn damit glücklich gemacht habe, lässt die Schmetterlinge in meinem Bauch wieder durchdrehen. Ich fühle mich selbstbewusst, bis wir den Tisch und Marks wissendes Grinsen erreichen. Jace will sich setzen, doch Mark knufft seine Schulter. »Auf keinen Fall. Rutsch du einen weiter. Dieser Platz ist für Hastings reserviert.«

Jace tut wie ihm geheißen, und Mark klopft auf den freien Platz zwischen sich und Jace. »Was geht, Hastings? Wie hat dich King davon überzeugt, heute mal bei uns gemeinem Volk zu sitzen?«

Ich *wusste* es. Das ganze Team denkt, ich wäre arrogant und eingebildet. Das möchte ich so nicht stehen lassen. Ich bin zwar meistens etwas verlegen, aber dank all der Zeit, die ich mit drei nervigen Jungs verbringe, bin ich zumindest nicht auf den Mund gefallen. Also sage ich so ironisch wie möglich: »Genau genommen hat die Vorstellung, in deiner gottgleichen Präsenz zu sein, den Ausschlag gegeben.«

Mark blinzelt mich an, als ob ihn mein Sinn für Humor überraschen würde, dann breitet sich ein Grinsen auf seinem Gesicht aus. »Ich mag deinen Stil, Hastings. Du kannst gern jederzeit mein Ego streicheln.«

Lachend öffne ich mein Lunchpaket. Ich rühre den asiatischen Geflügelsalat um, den ich darin finde, und halte inne, bevor ich das Fläschchen mit dem Dressing öffne. »Es hat doch keiner von euch eine schwere Erdnussallergie, die euch umbringt, wenn ich das hier öffne, oder?« Jace und Mark starren mein Essen an und vergessen darüber ihr eigenes. »Wow«, sagt Jace, und Mark ergänzt: »Schick.«

Ihr prüfender Blick ist mir unangenehm, und ich fühle mich gezwungen, ihre unausgesprochenen Fragen zu beantworten. Wenn ich neue Freunde finden will, gehört es dazu, ihnen zu zeigen, wie ich lebe. Das bin ich. Ich kann mein Leben nicht ändern. Entweder sie akzeptieren es oder sie rasten aus, und ich halte mich weiter an Eric, Kev und Diego. »Ja, ähm, also, Dad hat Eric und mich als Teil unseres Trainings auf eine strikte Diät gesetzt, also lässt er unseren Koch das Mittagessen für uns zubereiten.«

»Nett«, sagt Jace.

Mark nickt, als ob er dem zustimmt, doch währenddessen beäugt er meinen Salat, als ob er Angst vor ihm hätte. »Ich weiß nicht, ob ich dich beneiden oder bemitleiden soll.«

Ich lache. »Wahrscheinlich ein bisschen von beidem. Aber im Ernst, ich werde dich doch nicht mit meinem Erdnussdressing umbringen?«

Mark grinst. »Nur wenn du mich zwingst, es zu essen.«

Jace lacht auf. »Mark ist furchtbar wählerisch, wenn es ums Essen geht.« Er greift in meine Lunchbox und zieht zwei kleine Beutel heraus, auf denen *Kevin* und *Diego* steht. »Was ist das?«

Ich dachte mir schon, dass er an den Keksen interessiert sein würde. »Ross – unser Koch – liebt es, zu backen, aber Dad, Eric und ich können es nicht essen, also packt er es nur für Kevin und Diego ein.«

Mark riecht an einem der Beutel. Dann untersucht er die Kekse genauer und rümpft erneut die Nase. »Rosinen? Warum nur sollte man damit Kekse verderben?«

»Du scheinst ja wirklich wählerisch zu sein, was?«

»Bringt meine Mutter auch regelmäßig zur Verzweiflung.« Er legt die Kekse zurück und widmet sich seinem eigenen Mittagessen. Diesmal bin ich es, die die Nase rümpft. »Bolognese? Bist du fünf?«

Mark schmollt beleidigt. »Was denn? Das ist lecker!«

Ekelhaft. »Jeder wie er mag, schätze ich.«

Ich habe drei Bissen von meinem Salat gegessen, als mich Mark erneut anspricht. »Also, Hastings, Jace meint, dein Haus ist der Wahnsinn.«

Jace beugt sich hinter meinen Rücken, um Mark gegen die Schulter zu boxen. Mark starrt Jace böse an. »Was denn?«

»Sei nicht so unhöflich.«

»Wieso war das unhöflich?« Er ignoriert Jace und fragt mich weiter aus. »Wie kommt es, dass du noch nie das ganze Team eingeladen hast?«

»*Mark.*«

Wieder runzelt er die Stirn. »Was denn? Ich frage doch nur.«

Ich verziehe mein Gesicht. »Keine Ahnung. Es war mir irgendwie unangenehm. Mein Haus ist … ziemlich übertrieben.«

Mark grinst. »Was bedeutet, dass es der Wahnsinn ist. Und wahrscheinlich der perfekte Ort für die Mannschaftsfeier …«

Meine Nervosität meldet sich wieder, doch Mark schaut mich mit diesen großen flehenden Augen an, und ich muss unweigerlich lachen.

Jace lehnt sich jetzt nach vorn und wirft seinem Freund einen strengen Blick zu. »Mark. Halt die Klappe. Sie will nicht das komplette Team auf einmal in ihrem Haus.«

Jetzt fühle ich mich schlecht. Er hat auch recht. Bisher war es so, aber Jace ist toll, und Mark scheint nett zu sein. Eigentlich ist es traurig, dass diese Jungs seit Jahren meine Teamkameraden sind und ich bis auf Eric, Kev und Diego keinen näher kenne.

Mark legt einen Arm um meine Schulter. »Ach komm schon, Hastings. Es ist doch nicht so, als würden wir nicht alle wissen, dass du in einer Villa wohnst. Wir sind seit vier Jahren im gleichen Team, und noch nie hast du einen von uns eingeladen. Wir sterben alle vor Neugier!«

Er hat nicht Unrecht. Die Jungs mögen mein Haus noch nicht mit eigenen Augen gesehen haben, aber es ist nicht so, als würden sie nichts davon wissen. Vielleicht wäre es gar nicht so schlimm, sie mal einzuladen. Jace wirkte ein bisschen eingeschüchtert, aber er ist damit klargekommen.

Plötzlich zieht Jace Marks Arm von meiner Schulter, und Mark grinst ihn wissend an, bevor er sich mit einem Schmollmund an mich wendet. »Bitte? Nur dieses eine Mal?«

Er macht mit seinen Händen unterm Kinn eine flehende Geste und klimpert mit seinen Wimpern. Es ist wie gestern, als mein Dad Jace gefragt hat, ob er mich zum Spiel begleiten will. Er hat sich so gefreut, dass ich nicht nein sagen konnte. Und wenn ich mich ohnehin schon verändern und neue Freunde finden will, kann ich meine Komfortzone auch eigentlich ganz hinter mir lassen. »Okay, meinetwegen. Ich muss aber erst meinen Vater fragen«, sage ich, obwohl ich seine Reaktion bereits kenne. Er wird die Party des Jahrhunderts planen.

Mark streckt seine Fäuste in die Luft. »Ja!«

Der Ausruf zieht die Aufmerksamkeit der halben Mannschaft auf uns. Kevin und Diego scheinen überrascht, mich bei Jace und Mark sitzen zu sehen, doch Eric runzelt die Stirn, als ob er mich schon seit einer Weile beobachtet. Ist er sauer, dass ich mich nicht neben ihn gesetzt habe? Sein Blick macht mir ein schlechtes Gewissen, doch mir bleibt keine Zeit, weiter darüber nachzugrübeln. »Was machst du denn da hinten, Hastings?«, fragt Diego.

Ich sitze hier bei Jace, weil er mich gefragt hat und wir jetzt Freunde sind, außerdem glaube ich, er mag mich, und das lässt mich die richtige Art von Schmetterlingen spüren.

Das sage ich natürlich nicht. »Mich von Mark überreden lassen, die Mannschaftsfeier bei mir abzuhalten.«

Alle Gespräche am Tisch verstummen, und alle Blicke richten sich auf mich. Münder klappen auf. Das Mittagessen ist vergessen. Mein Gesicht wird ganz heiß, und ich lehne mich wie automatisch gegen Jace, als ob er mich vor der plötzlichen Aufmerksamkeit beschützen könnte. Er legt seinen Arm um meinen Rücken und zieht mich an sich. Ich lehne mich gegen ihn. Seine Nähe beruhigt mich.

Diego blinzelt zweimal, tauscht einen ungläubigen Blick mit Kevin aus, nickt dann und macht sich über die Tüte Cheetos vor sich her. »Cool.« Dann, mit vollem Mund: »Dein Vater wird uns ein Wahnsinns-Barbecue schmeißen.«

Einen Moment lang schweigen alle, dann brechen die Jungs in kollektivem Jubel aus. Ich verdrehe die Augen, innerlich gerate ich aber in Panik. *Was habe ich nur getan?* Als ob Jace meine Gedanken lesen kann, drückt er mich noch mal und flüstert mir ins Ohr: »Das war sehr nett von dir, Charlie.« Bei seiner Stimme scheint mein Körper zu Wachs zu zerfließen. Ich habe keine Ahnung, wie er in den letzten vierundzwanzig Stunden zu meinem Fels in der Brandung werden konnte, aber es ist momentan definitiv er, der mich nicht komplett den Verstand verlieren lässt. »Das war schon lange überfällig.«

»Trotzdem. Ich weiß, dass dir das bestimmt schwergefallen ist.«

»Wie hätte ich nein sagen können?«

Er grinst. »Das hättest du nicht. Du hast ihnen gerade eine Riesenfreude gemacht.«

Das bringt mich zum Lächeln. Hoffentlich wird es wie mit Jace beim Spiel gestern. Es könnte lustig sein, die Gastgeberin zu spielen. Vielleicht wird es gar nicht so unangenehm. Was, wenn es das niemals gewesen wäre? Was, wenn ich mir in all diesen Jahren so viele Freundschaften im Team hätte aufbauen können?

Ich zucke mit den Schultern und beschäftige mich wieder mit meinem Geflügelsalat, denn Jace' stolzer Gesichtsausdruck lässt meine Wangen brennen.

9

Ich lasse mir Zeit dabei, mich nach der Schule für das Spiel umzuziehen. Ich gehe den Jungs aus dem Weg, weil ich nicht weiß, ob sie sauer auf mich sind. Besonders Eric hat sich nach dem Mittagessen ziemlich seltsam benommen. Er war anhänglicher als sonst – er hat im Gehen seinen Arm um mich gelegt und mich vor dem nächsten Kurs umarmt – aber er war auch ruhiger. Die Stille fühlte sich angespannt an, und so ist es fast nie zwischen uns.

Bis ich angezogen und fertig bin, habe ich so viel Zeit vertrödelt, dass ich spät dran bin für den Bus. Ich eile aus der Umkleide und stoße mit Jace und Coach Stanton zusammen. Dabei reiße ich sowohl meine als auch Jace' Tasche zu Boden, und Jace muss mich auffangen, damit ich nicht auch noch hinfalle. »Hey, vorsichtig.«

Er schlingt seinen Arm um meine Taille und hält mich einen Moment lang fest. Auch nachdem ich mein Gleichgewicht wiederhabe, klopft mein Herz wie verrückt weiter. »Tut mir leid, ich hab nicht aufgepasst«, murmle ich und verfluche mich innerlich, wie atemlos ich dabei klinge. Sein Arm fühlt sich wirklich gut an.

Jace lässt mich nicht los. Wenn überhaupt zieht er mich noch fester an sich, und seine Augen wandern zu meinen

Lippen. Mein Mund wird trocken, und die Schmetterlingsfarm in meinem Bauch scheint sich zu verdreifachen. In diesem Moment räuspert sich der Coach und befreit Jace damit von dem Bann, unter dem er zu stehen scheint. Er blinzelt ein paarmal und scheint zu begreifen, dass er mich immer noch festhält. Ein Lächeln umspielt seine Lippen, bevor er mich schließlich loslässt. »Tut mir leid.« Es wirkt nicht so, als ob es ihm leidtäte.

»Alles in Ordnung?«, fragt der Coach.

Ich nicke und hoffe, dass ich nicht rot geworden bin, weil der Coach diesen kleinen Moment zwischen Jace und mir beobachtet hat.

Jace hebt meine Tasche auf und legt mir den Tragegurt über die Schulter, bevor er nach seiner eigenen greift. Ich nestle an dem Gurt auf meiner Schulter herum und zwinge mich dazu, Jace anzusehen. Er lächelt mir zu. »Bist ein bisschen spät dran, Hastings. Du versuchst doch wohl nicht, den Bus zu verpassen, oder?«

Genau dieses Necken ist es, was ich brauche, um über meine Nervosität hinwegzukommen. Ich schaue zwischen ihm und dem Coach hin und her und grinse. »Und ihr seid hier, um dafür zu sorgen, dass ich einsteige?«

»Ich habe nie an dir gezweifelt«, sagt Coach Stanton, während Jace lacht und sagt: »Wenn ich muss, trage ich dich auch rein.«

Ich muss ebenfalls lachen. Nach der seltsamen Stimmung zwischen Eric und mir tun mir diese lockeren Scherze einfach gut. »Soweit wird es wohl nicht kommen.«

»Ausgezeichnet«, sagt der Coach. »Denn ich habe gerade von den Cheftrainern der UNC und Penn State gehört. Sullivan haben sie bereits im Blick, aber ich habe ihnen gesagt, dass sie auch auf euch beide achten sollen. Sie haben sich eure Spielaufzeichnungen angesehen und beide eingewilligt, herzukommen, um euch spielen zu sehen – wenn wir es bis zu den State Finals schaffen. Also brauchen wir jeden Sieg, den wir bekommen können.«

Jace und ich sehen uns an. Er hat auch noch kein Stipendium bekommen und würde bestimmt töten, um an einer der beiden Schulen spielen zu dürfen. Genau wie ich, aber es ist ausgeschlossen, dass daraus etwas wird. Sofort werde ich skeptisch. »Sie haben gesagt, sie würden *mich* in Betracht ziehen? Glauben Sie das wirklich?«

Der Coach zögert keinen Moment. »Darum habe ich mich ja an genau diese zwei Schulen gewendet. Dort wirst du die besten Chancen haben. Ich habe ein paar Freunde in der Welt der Talentscouts, und es gab Gerüchte, dass sowohl die Penn State als auch die UNC ganz dringend gute Catcher suchen. Meine Freunde meinten, dein Name sei erwähnt worden, und diese beiden Schulen haben nicht sofort abgelehnt.«

Hoffnung flammt in meinem Herzen auf, ganz egal wie sehr ich sie zu unterdrücken versuche. Die ganze Saison lang habe ich versucht, mir keine Hoffnungen zu machen. Wenn ich ernsthaft daran glaube, dass ich eine echte Chance habe, werde ich eine Absage nicht überleben. Davon zu träumen, am College weiterspielen zu können, ist das eine, aber zu glauben, dass es wahr werden könnte, etwas ganz anderes.

»Ich versuche es natürlich auch weiter bei den anderen«, fährt Coach Stanton fort. »Dank Sullivan werden jetzt bis zum Ende der Saison viele Blicke auf uns ruhen, aber Cheftrainer persönlich herzubekommen, ist eine Riesensache. Sie werden euch beobachten. Ihr beide müsst ab jetzt alles geben.«

Jace und ich sehen uns erneut an, und ich erkenne die Emotion in seinem Gesicht. Es geht ihm wie mir. Er versucht, sich keine allzu großen Hoffnungen zu machen, aber ich sehe sie in seinen Augen. Mir war nicht klar, dass er sich so große Sorgen macht, ab dem Herbst keine Mannschaft zu haben, für die er spielen kann. Er ist gut. Richtig gut. Vielleicht nicht so gut wie Eric, aber auf jeden Fall gut genug, um College-Baseball zu spielen. Wir drei sind der Grund, warum unser Team dieses Jahr ungeschlagen ist.

Er erschrickt mich, als er meine Hand ergreift und sie drückt. »Wir können das schaffen«, beharrt er. Was mich angeht, bin ich mir nicht sicher, ob ich daran glauben soll, aber Jace scheint es ebenso sehr zu sich zu sagen, wie zu mir, also ziehe ich meine Schultern zurück und erwidere seinen Händedruck. »Und ob.«

»Nicht, wenn ihr jetzt nicht sofort in den Bus einsteigt«, sagt der Coach. »Beeilt euch.«

»Ja, Coach«, murmeln Jace und ich gleichzeitig.

Jace zieht mich hinter sich her, und wir eilen zum Bus. Mir ist gar nicht bewusst, dass wir immer noch Händchen halten, bis wir eingestiegen sind und das komplette Team verstummt. Alle Augen sind auf Jace, mich und unsere ineinander verschränkten Finger gerichtet. Ich lasse seine Hand fallen, als stünde sie in Flammen, und mir wird erst hinterher klar, dass ich damit wahrscheinlich seine Gefühle verletzt habe. Ich sehe ihn an, und er zwingt sich zu einem Lächeln. Mist. Ich *habe* seine Gefühle verletzt. Ich will wieder seine Hand nehmen, aber gleichzeitig weiß ich, dass es dann mehr als eine nette Geste zwischen Freunden bedeutet. Und ich bin mir nicht sicher, ob ich das will. Die Schmetterlinge sind irgendwie aufregend, und Jace ist lustig, süß und sieht gut aus, aber ich kann meine Gefühle für Eric nicht so einfach abstellen.

Ich schaue zu Eric. Aber er sieht mich nicht an. Sein Blick ist auf Jace gerichtet. Es ist ein beunruhigender Blick. Ich kann mich nicht erinnern, dass er jemanden schon mal so angesehen hat. Er sieht nicht böse aus, das nicht. Aber er ist auch nicht gerade freundlich.

»Hey«, sage ich und gehe stirnrunzelnd zu ihm. Warum sieht er Jace so an? Er kann nicht eifersüchtig sein. Er hat Shelly Turner zum Abschlussball eingeladen. Er will mich nicht.

Als ich neben ihm stehenbleibe, reißt Eric den Blick endlich von Jace los. »Ist hier noch frei?«, frage ich und deute auf den leeren Platz neben ihm. Doch ich runzle immer noch die Stirn. Ich kann nicht anders.

Er sieht noch einmal zu Jace, bevor er ein gezwungenes Lächeln aufsetzt und rüberrutscht. »Hab ihn nur für dich reserviert.«

Ich lächle Jace an und hoffe, er weiß, dass es aufrichtig ist, bevor ich meine Tasche verstaue und mich setze. Jace erwidert mein Lächeln und geht ein paar Reihen weiter nach hinten zu Reynolds. Es ist wie jede andere Fahrt zu einem Außenspiel, doch es fühlt sich irgendwie vollkommen anders an.

Diego und Kev rücken beide näher, als ich Platz nehme. Diego sitzt auf der anderen Seite des Gangs und Kevin in der Reihe vor uns. Jetzt dreht er sich zu uns um.

Diego spricht als erster. »Warum hast du gestern mein Ticket zum Spiel anderweitig vergeben, Hastings?«

Was er eigentlich wissen will: Was ist los mit mir? Ich seufze innerlich. Ich kann ihnen ihre Neugier nicht verübeln. Sie wirken sogar fast schon besorgt, was süß ist. Aber das bedeutet nicht, dass ich darüber reden will. Ich zucke mit den Schultern. »Keine Ahnung. Ich dachte es wäre an der Zeit, den Reichtum ein bisschen weiter zu streuen.«

Eric kneift die Augen zusammen. »Hast du deshalb zugestimmt, die Mannschaftsfeier in eurem Haus abzuhalten?«

Ich denke an Marks flehendes Gesicht zurück und lächle ein bisschen. »Ja, ich glaube schon. Ich meine, ich weiß, dass sie alle neugierig sind, und mein Dad will mich sowieso immer dazu bringen, das ganze Team einzuladen. Er wird begeistert sein.«

»Aber ist es *dir* auch recht?«, fragt Eric. »Es sieht dir gar nicht ähnlich, so was anzubieten.«

Ich hasse es, dass er recht hat. »Vielleicht sollte es das aber sein.«

»Hat King dir das gesagt?«

Sein scharfer Tonfall lässt mich stirnrunzelnd aufsehen, doch Eric verzieht keine Miene. Er verschränkt die Arme und wartet darauf, dass ich ihm antworte. »Was meinst du damit?«, frage ich.

»Hat King dir gesagt, dass du aufgeschlossener sein sollst? Hat er dich dazu gedrängt?«

»Was?«, frage ich erschrocken. »Natürlich nicht. Wie kommst du auf so was?«

»Weil du dich so seltsam benimmst«, sagt Kevin. »Du

wolltest das Team verlassen, du gehst nicht dran, wenn wir anrufen, du gehst mit jemand anderem zum Spiel, du sitzt beim Mittagessen nicht bei uns.«

»Und plötzlich bist du ganz dicke mit Jace und lädst das ganze Team in dein Haus ein«, fügt Diego hinzu.

Ich verziehe das Gesicht. Wenn sie es so zusammenfassen, kann ich nachvollziehen, warum sie sauer sind. »Okay, erstens wollte ich das Team verlassen, bevor ich mit Jace zum Spiel gegangen bin. Das hatte überhaupt nichts mit ihm zu tun. Er war nur zur richtigen Zeit am richtigen Ort und war mir ein guter Freund, als ich einen brauchte.«

»Seit wann ist er dein Freund?«

Mein Stirnrunzeln vertieft sich. Ich verstehe ja, dass Eric wütend ist, aber ich weiß nicht, warum er so tut, als hätte ich etwas falsch gemacht. »Wir sind seit vier Jahren in einer Mannschaft. Er ist unser Kapitän. Natürlich sind wir Freunde.«

»Ihr seid Teamkameraden«, widerspricht Eric. »Ihr ward niemals Freunde. Keine engen.«

»Tja, jetzt schon«, blaffe ich. Es fällt mir schwer, mich nicht angegriffen zu fühlen. »Ich brauchte gestern Abend jemanden, der mir zuhört, und er war für mich da. Er war nett und verständnisvoll, und das hat mir viel bedeutet. Sei nicht sauer auf ihn. Er hat nichts getan, außer ein guter Freund zu sein.«

Eric scheint ein wenig seiner Feindseligkeit zu verlieren. Er schaut aus dem Fenster. Die Arme hat er immer noch fest vor seiner Brust verschränkt. »Auf *ihn* bin ich auch nicht sauer.«

Autsch. Das tut weh. So wütend war Eric seit Jahren nicht auf mich. Als ich nichts sage – weil ich keine Ahnung habe, was – dreht er sich wieder um und sieht mich wütend an. »Wir wären für dich dagewesen, wenn du uns gelassen hättest. Wir sind deine besten Freunde, und du schließt uns aus. Hast du überhaupt eine Ahnung, wie besorgt wir waren? Oder wie es sich angefühlt hat, dich im Fernsehen mit Jace Lachen zu sehen, während du nicht mal unsere Nachrichten beantwortest?«

Ich habe das Gefühl, keine Luft mehr zu bekommen. Eric ist nicht nur sauer, er ist gekränkt. Ein kurzer Blick zu Kevin und Diego verrät mir, dass es ihnen genauso geht. Und sie haben jedes Recht dazu. Wenn sie so ausflippen und mich ignorieren würden, wäre ich auch aufgebracht. Ich war am Boden zerstört, dass sie ohne mich Pläne für den Abschlussball geschmiedet haben, und dann bin ich losgezogen und habe sie ebenso ausgeschlossen.

Ich hab es vermasselt und fühle mich richtig schlecht. Meine Augen brennen und meine Kehle kribbelt. »Es tut mir leid«, flüstere ich. »Ich hätte euch antworten sollen.«

»Warum hast du es nicht?«, fragt Eric sanft.

Ich werde auf jeden Fall weinen. Seit wann bin ich bloß so nah am Wasser gebaut? Ich schließe die Augen und atme tief durch, um zu versuchen, die Tränen zurückzuhalten. »Ich weiß es nicht.«

Das ist eine Lüge, aber die Wahrheit werden sie nicht von mir erfahren. Ich kann ihnen nicht sagen, dass ich in Eric verliebt bin. Nicht wenn ich weiß, dass er es nicht erwidert. Es würde unsere Freundschaft zerstören. Und diese ganze Sache, nicht zu wissen, wie man weiblicher sein kann? Das ist einfach nur peinlich. Jace habe ich es schließlich auch nicht sagen wollen.

Diego überrascht mich, indem er seine Hand auf mein Knie legt. »Was ist nur los mit dir, Hastings?«

Ich könnte versuchen, es ihnen zu erklären, aber sie würden es nicht verstehen. Sie kennen mich einfach schon zu lange. Diese Mädchen-Sache hat sie schon immer nervös gemacht. Ich wähle den feigen Ausweg und gebe ihnen nur einen Teil der Wahrheit. »Ich bin einfach nur gestresst. Nächstes Jahr habe ich keine Mannschaft mehr. Ich weiß nicht, was ich tun soll, wenn ich nicht mehr spielen kann. Ich wollte wohl nicht mit euch darüber sprechen, weil ihr dieses Problem nicht habt. Kev und du wollt ja gar nicht weiterspielen, und Eric wird auf jeden Fall ausgewählt. Ich versuche nicht neidisch und verbittert zu sein, aber es ist *echt* schwer. Ich schätze, es war einfacher, mit Jace zu reden, weil er in der gleichen Situation ist wie ich. Er hat auch noch keine Aussicht auf ein Stipendium.«

»Charlie.« Erics Stimme bricht, und er verzieht sein Gesicht, als würde ihm das, was ich gerade gesagt habe, das Herz brechen. »Du bist unglaublich. Du weißt es doch gar nicht genau. Du könntest …«

»Hör auf.« Ich hebe meine Hand und schließe erneut meine Augen. Diese Tränen stehen kurz davor, über meine Wangen zu rollen. »Ich will nicht mehr darüber sprechen.« Ich schniefe, atme tief ein und langsam wieder aus. »Lasst uns über etwas anderes reden. Egal was.«

Es folgt eine lange Pause, bis Diego schließlich grinst und sagt: »Zum Beispiel darüber, dass Sullivan hier zum Ballkönig nominiert wurde?«

Ich reiße überrascht die Augen auf. »Hör. Auf.« Ich boxe Erics Arm. »Im Ernst? Du wurdest nominiert? Wann ist das passiert?«

Eric schaut wieder aus dem Fenster und zuckt mit den Schultern. Sein Hals ist knallrot, genau wie seine Ohren. »Ist keine große Sache«, murmelt er.

»Es wird erst morgen verkündet«, sagt Kevin.

»Und woher wisst ihr es dann schon?«

Kevin grinst Diego teuflisch an. »Leg los, D.« Er stößt Diego mit dem Ellbogen an. »Sag ihr, woher du es weißt!«

Diego boxt Kevin. »Mann, halt die Klappe.«

»Was?«, frage ich und sehe zwischen den dreien hin und her. Eric versteckt sein Gesicht nicht mehr, sondern grinst genau wie Kevin Diego an. Dieser ist inzwischen tomatenrot angelaufen.

»Seine Begleitung für den Abschlussball ist in der Schülervertretung. Sie hat die Nominierungen mit ausgewertet und hat es ihm heute direkt nach der Schule gesagt.«

Ich kapiere es nicht. »Und was ist so witzig daran?«

»Das ist noch nicht der witzige Teil«, sagt Eric. Kevin und er prusten unterdrückt.

»Okay, *was?*« Die Spannung bringt mich um.

»Sie ist noch in der *Mittelstufe*«, platzt es aus Kevin heraus.

Meine Augenbrauen drohen an die Decke zu stoßen. Eric und Kevin brechen in schallendes Gelächter aus. Ich starre Diego mit offenem Mund an. Ich versuche nicht zu lachen. Wirklich. Aber Diego wirkt so peinlich berührt – es ist einfach zu komisch. »Du hast ein Mädchen aus der *Mittelstufe* zum Abschlussball eingeladen?« Jetzt muss auch ich lachen.

»Ich wusste es nicht!«, ruft er. »Sie ist in meinem Kunstkurs und sieht rattenscharf aus.«

Kevin beginnt wie eine Hyäne zu lachen. »Sie ist fünfzehn!«

»*Gerade erst* fünfzehn«, fügt Eric hinzu.

»Sie sieht nicht *aus* wie fünfzehn«, brummt Diego.

»Ich glaube, das wird dir auch nicht helfen, wenn du am Abend des Balls ihren Vater kennenlernst«, gibt Kev zu bedenken.

Diego erbleicht, und wir alle fangen wieder an zu lachen. Als Kevin und er darüber zu diskutieren beginnen, wie alt jemand sein muss, damit Sex mit ihm legal ist, stoße ich Eric an. »Tut mir leid, dass ich nicht drangegangen bin, als du angerufen hast.«

Eric seufzt. »Du weißt, dass du mit mir über alles reden kannst, oder?«

Ich schlucke eine große Portion Schuldgefühle herunter. »Ich weiß. Tut mir leid.« Ich lehne meinen Kopf an seine Schulter. »Ist wieder alles in Ordnung zwischen uns?«

Eric legt seinen Arm um mich und zieht mich in eine seitliche Umarmung. »Ja. Alles in Ordnung.«

10

Das Leben geht die restliche Woche ziemlich normal weiter. Zumindest gibt es kein weiteres Drama. Allerdings rede ich mehr mit Jace und Mark. Ich sitze sogar wieder in der Mittagspause bei ihnen, und wir reden über die Mannschaftsfeier. Wie vorhergesagt ist mein Dad von der Vorstellung begeistert. Die Jungs sagen nichts über meine neuen Freundschaften, aber ich merke, dass es sie ein wenig aus dem Konzept bringt. Ich versuche es zu ignorieren, denn ich mag Jace und Mark, und werde nicht aufhören, mit ihnen befreundet zu sein, nur weil sich die Jungs deshalb seltsam aufführen.

Als endlich Sonntag ist, bin ich das reinste Nervenbündel. Bei Jace und Mark fühle ich mich wohl, und ich hoffe, dass es mit Leila genauso gut laufen wird. Um Punkt neun klingelt es am Tor. Ich lasse Jace und Leila rein und erwarte sie an der Haustür. »Wow«, sagt Leila, hebt eine Hand an ihren Mund und starrt zu unserer Villa im Toskanastil auf. »Dein Haus ist ja *wunderschön.*«

»Ähm, danke.«

Sie gibt mir gar nicht die Gelegenheit, mich wegen der Extravaganz zu genieren. Schnell richtet sie ihre Aufmerksamkeit vom Haus auf mich, gibt mir eine feste Umarmung und hakt sich dann bei mir unter. Die Ehrfurcht ist verschwunden, und alles, was bleibt, ist sprudelnde Aufregung. »Bist du bereit? Ich hab mich schon die ganze Woche wie verrückt darauf gefreut.«

»Leila«, warnt Jace.

Seine Schwester lässt mich los, doch ihr breites Lächeln bleibt. »Können wir uns deinen Kleiderschrank ansehen?«

Ich blicke zu Jace, und er hebt seine Hände, als würde er sich am falschen Ende einer Waffe befinden. »Sieh nicht mich an. Ich bin nur zur moralischen Unterstützung hier und um allem zu widersprechen, das zu abgedreht ist. Ansonsten wurde ich angewiesen, mich rauszuhalten und euch machen zu lassen.«

»Okay.« Ich zucke mit den Schultern. »Dann ist jetzt wohl mein Schrank dran.«

Ich mache eine Nach-dir-Geste, doch Leila hakt sich wieder bei mir unter und zieht mich vorwärts. Ich schaue erschrocken über die Schulter zu Jace und er lacht. »Hey, du bist diejenige, die lernen wollte, wie man weiblicher ist.« Er deutet auf Leila. »Das Umarmen, das Einhaken und das Berühren der Haare scheint obligatorisch zu sein.«

Ich bleibe in der Tür stehen und starre Jace an. »Das Berühren der Haare?«

Er steckt die Hände in die Hosentaschen und nickt. »Das ist eins von diesen Dingen. Vertrau mir.«

Leila verdreht die Augen und zieht mich ins Haus. »Es ist nichts Falsches daran, anhänglich zu sein.« Sie drückt meinen Arm. »Aber es stimmt. Mädchen sind meistens viel verschmuster als Jungs. Natürlich nicht immer, jeder ist anders. Aber du gewöhnst dich schon noch dran. Wenn dir was unangenehm ist, sag es einfach.« Mir fehlen die

Worte. Überraschenderweise hasse ich es nicht, dass sie mir so nah kommt. Es gibt mir das Gefühl, dass sie mich mag. Aber es ist seltsam. Die Jungs würden niemals Arm in Arm gehen. Nicht mal mit mir.

In der Empfangshalle schaut Leila zum Kronleuchter über der abgerundeten Treppe auf. »Oh, wow. Tut mir leid. Ich weiß, ich starre, aber es ist einfach alles so umwerfend.«

Ich atme tief ein und zwinge mich, meine Befangenheit zu überwinden. »Ich kann dir eine Hausführung geben, wenn du willst.«

Leila starrt noch ein wenig, dann lächelt sie mich an. »Später sehr gern, aber jetzt erst mal in dein Zimmer. Ich will unbedingt deine Klamotten sehen.«

Ich lächle Jace schwach zu. Jetzt verstehe ich, was er damit meinte, dass seine Schwester unerbittlich sei, und ich habe das Gefühl, dass das alles erst der Anfang ist. Ich deute die Treppe hinauf. »Es ist da oben links.«

»Ausgezeichnet.«

Sie schleift mich die Stufen hinauf, ihr Arm immer noch mit meinem verschränkt, und Jace kommt langsam hinter uns her. Als wir mein Zimmer erreichen, bleibt sie wie angewurzelt stehen. »Ist das dein Ernst? Dieser Raum ist riesig! Du hast deinen eigenen Balkon *und* einen Kamin? Und sieh dir nur all diese Kissen auf dem Bett an! Es sieht so weich aus. Darf ich es mal ausprobieren?«

Sie meint es vollkommen ernst. Es ist zu amüsant, um sich seltsam anzufühlen, also zucke ich mit den Schultern. »Nur zu.«

Sie wirft sich rücklings aufs Bett und quietscht vor Vergnügen, als sie in der Daunendecke einsinkt. Die Dekokissen scheinen sie zu verschlucken. »Ach du meine Güte, dieses Bett ist unglaublich. Jace, das musst du auch mal machen!«

Jace lächelt mich verlegen an. »Tut mir leid. Dafür gibt es echt keine Entschuldigung.«

»Jace, *komm schon.*«

Ich lache und ziehe eine Augenbraue hoch. »Sie klingt fest entschlossen. Ich denke, du solltest es besser ausprobieren.«

Jace stößt einen tiefen Seufzer aus, doch als ihn seine Schwester auf mein großes, flauschiges Bett zieht, umspielt ein Lächeln seine Lippen. »Unglaublich, oder?«, fragt Leila, während sie herumhüpft.

Jace verdreht die Augen. »Ja, sehr weich. Sind wir jetzt damit durch, uns wie Idioten zu benehmen?«

»Ach Mann«, stöhnt Leila. »Du bist so ein Spielverderber. Meinetwegen.« Sie setzt sich grinsend auf und klatscht in die Hände. »Okay, Klamotten.«

Ich bleibe vor dem Schrank stehen, bevor ich ihn öffne. »Du wirst lachen.«

Leila betrachtet stirnrunzelnd meinen Kleiderschrank. »So schlimm kann es doch nicht sein. Ich kenne dich zwar nur in Jeans und T-Shirt, aber zumindest passt alles.«

»Das habe ich nicht gemeint.«

Ich öffne die Tür zu meinem Kleiderschrank und lasse Leila und Jace hinein. Der Raum ist fast halb so groß wie mein Schlafzimmer und hat alle möglichen eingebauten Besonderheiten, Kommoden und Schuhregale. In der Mitte gibt es eine Bank zum Sitzen, einen Tisch für Accessoires und mehrere Ankleidespiegel. Es ist ein ziemlich extravagantes Ankleidezimmer. Das einzige, was fehlt, ist ein motorisierter Kleiderständer. (Und alle Kleidungsstücke.)

Als Leila den Schrank betritt, sieht sie sich verzückt um. Jace hingegen tut genau das, was ich von ihm erwartet habe. Er lacht. »Ja, oder?«, sage ich und lasse beschämt den Kopf hängen.

Leila sieht uns stirnrunzelnd an. »Wie kannst du darüber lachen? Das ist der unglaublichste Schrank, den ich je gesehen habe.«

»Und er ist völlig leer«, sagt Jace. Er deutet auf die kleine Ecke, wo ein paar wenige Sachen hängen und ein paar Schuhe im Regal stehen. »Ich glaube, du hast weniger Klamotten als ich.«

Ich spüre, wie meine Wangen rot werden. »Ich hab noch nie gern geshoppt.«

Leila sieht mich mit zusammengekniffenen Augen an. »Weil du es nicht magst oder weil du mit den Jungs gehen musst?«

»Ähm …« Ich denke darüber nach und runzle die Stirn. »Ich weiß es nicht. Bis jetzt war ich immer nur allein oder mit meinem Vater einkaufen. Wenn ich in einem Laden bin, weiß ich nie so richtig, was ich nehmen soll. Die Auswahl ist zu groß, und ich habe keine Ahnung, was mir stehen würde, also entscheide ich mich dann einfach für das, was ich immer schon getragen habe.«

Leila geht zum kleinen Regal, in dem meine Kleidung hängt und geht sie mit ernstem Gesichtsausdruck durch. Dann wirft sie einen Blick auf die Schuhe und geht zur Kommode über. »Darf ich?«, fragt sie.

Mir ist zwar nicht klar, warum sie die Schubladen durchsehen will, aber ich bedeute ihr, weiterzumachen, und sie beginnt damit, meine Kleidung durchzugehen. Jede Menge Jeans und T-Shirts. Als sie an meine Unterwäscheschublade kommt, laufe ich rot an und versuche sie wieder zu schließen. »Oh, das ist nur meine …«

»Ich weiß. Schon okay. Ich will nur sehen, mit was wir es hier zu tun haben.«

»Aber …«

»Vertrau mir. Hübsche Unterwäsche ist für Mädchen praktisch essentiell.«

Meine Wangen beginnen zu brennen, und ich werfe Jace einen verstohlenen Blick zu. Er ist knallrot. »Ich teste noch mal das weiche Bett.«

Er stürmt davon, als stünde der Schrank in Flammen. Leila schnaubt. »Kerle.« Sie verdreht die Augen. »Keine Sorge, wir schicken ihn Smoothies holen oder so etwas, wenn wir im Einkaufszentrum nachher shoppen.«

Jetzt wo Jace nicht mehr hier ist, um mitanzuhören, wie wir über meine Unterwäsche reden, ist es nur ein klein bisschen weniger peinlich. »Brauche ich denn wirklich neue Unterwäsche? Die bekommt doch eh niemand zu sehen.«

»Das ist so was von nicht der Punkt. Du wirst schon sehen. Wir statten dich erst mal mit ein oder zwei Sets aus, und wenn es dir gefällt – was es tun wird – können wir noch mal ohne meinen dämlichen Bruder shoppen gehen.«

Leila öffnet eine weitere Schublade und zieht mein Rashguard und meine Board-Shorts heraus. »Was bitte ist das?« Ihr Tonfall verrät mir, dass sie es bereits ahnt und vollkommen entsetzt ist.

»Meine Badesachen?«

Leila atmet tief durch. »Okay.« Sie atmet langsam wieder aus und lässt die Sachen schnell wieder in der Schublade verschwinden. »Wie hoch ist dein Budget heute?«

»Ähm …« Wieder erröte ich. »Ich habe kein Budget.«

Leila reißt überrascht die Augen auf. »Also, *gar keins?*«

Ich zucke mit den Schultern und verschränke die Arme vor dem Bauch. »Mein Dad übernimmt alles, und als ich ihm erklärt habe, was wir vorhaben, hat er gesagt: ›Lass sie ruhig ausflippen, aber kauf nichts allzu Freizügiges. Ich bin zu jung, um einen Herzinfarkt zu bekommen.‹«

Leila klappt der Kiefer runter. Sobald sie ihn wieder schließen und Worte formen kann, beginnt sie zu kreischen und zerrt mich aus dem Schrank. »Das wird der beste Tag aller Zeiten!«

Wir gehen zum Auto der Zwillinge – ein uralter Corolla – und Jace läuft vor, um mir die Beifahrertür aufzuhalten. Es dauert einen Moment, bis ich begreife, was er da tut, und erstarre prompt. Der Blick auf meinem Gesicht muss eindeutig sein, denn Jace runzelt die Stirn. »Hat dir vorher noch nie jemand die Tür aufgehalten?«

Ohne nachzudenken, pruste ich los. »Machst du Witze? Um vorne zu sitzen, muss ich mich mit den Jungs prügeln. Wenn sie mich nicht zwingen, zu fahren. Es ist wie in den Krieg zu ziehen. Und normalerweise komme ich nicht ohne blaue Flecken davon.«

Jace sieht mich entsetzt an. »Sie überlassen dir nicht den Vordersitz?«

»Nicht, wenn ich ihnen nicht zuvorkomme.«

Jace schüttelt den Kopf und schenkt mir ein charmantes Lächeln. »Dann erlauben Sie mir, Sie ab jetzt wie eine Dame zu behandeln, Miss Charlotte.« Er nimmt meine Hand, hilft mir auf den Beifahrersitz und schließt dann sanft die Tür für mich. Ich muss zugegeben: es lässt mich dahinschmelzen. Inklusive Herzklopfen und einem sehnsüchtigen Seufzen.

»Er ist süß, oder?«

»Hm?« Als ich mich umdrehe, merke ich, dass Leila mich angrinst. »Was?«

Doch sie lässt sich nicht von meinem unschuldigen Getue täuschen. »Jace«, sagt sie, während sich ebenjener auf die Rückbank setzt und anschnallt. »Er ist immer so höflich. Ich denke, das liegt daran, dass er so viele Schwestern und eine Mutter hat, die ihn umbringen würde, wenn er sich mal nicht wie ein Gentleman benehmen würde. Der Junge weiß einfach, wie man ein Mädchen behandelt. Unheimlich sensibel ist er auch. Wusstest du, dass er gerne babysittet und sogar Zöpfe flechten kann? Ich weiß wirklich nicht, warum er noch nie eine Freundin hatte.«

»Leila!« Jace tritt von hinten gegen den Fahrersitz und Leila beginnt hysterisch zu lachen. Ich kann nicht anders, als ebenfalls zu kichern. Jace wirkt entsetzt. Und ich kann mir genau vorstellen, wie er die Haare seiner kleinen Schwestern flechtet.

»Halt die Klappe und fahr, du Quälgeist.«

»Noch nicht. Wir brauchen noch Musik.« Leila senkt ihr Kinn und sieht mich über den oberen Rand ihrer Sonnenbrille hinweg an. »Hier ist noch eine Lektion für dich. Wenn Mädchen irgendwohin fahren, dürfen wir die Musik aufdrehen und so laut mitsingen, wie wir wollen. Ich wette, deine männlichen Freunde tun das nie.«

Ich schüttle lachend den Kopf. »Wenn das einer von uns versuchen würde, bekäme er eins auf den Deckel.«

Leila schließt ihr Handy an. »Dann kannst du dich schon mal freuen. Was für Musik hörst du so?«

Ich zucke mit den Schultern. »Alles Mögliche.«

Leila schüttelt den Kopf. »Wer ist dein Liebling?«

Ich denke an den umwerfenden Rockstar, den ich letzten Frühling in einem kleinen Club in New York gesehen und in den ich mich prompt verknallt habe. »Schon mal von Nate Anderson gehört?«

Leila schnappt nach Luft. »Ich *liebe* Nate Anderson! ›31 Flavours of You‹ mag ich am liebsten, und er ist so unglaublich süß. Hier, ich habe sein Album.«

Leila öffnet die Fenster und dreht die Musik auf. Sobald der Gesang beginnt, schmettert sie den Text mit. »Komm schon«, ruft sie über den Lärm, während sie unsere Einfahrt verlässt. »Du musst mitsingen!«

Sie fängt damit an, auf ihrem Sitz herumzuhüpfen, was mich zum Lachen bringt. Und bevor ich weiß, wie mir geschieht, singe ich genauso laut mit wie sie.

11

Ich fange an, ein bisschen für Leila King zu schwärmen. Ich war so besorgt, dass es mir schwerfallen würde, mit ihr zu reden oder überhaupt irgendeine Verbindung zu ihr aufzubauen. Ich dachte, sie würde mich mit ihrer Art völlig überfordern. Doch alles, was es braucht, um mich zu einer loyalen Freundin zu machen, ist eine einzige Autofahrt.

Als wir das Einkaufszentrum erreichen, bin ich ganz heiser, meine Ohren klingeln, aber ich muss auch so breit grinsen, dass mein Gesicht wehtut. Ich kann mich nicht daran erinnern, schon mal bei einer so gewöhnlichen Sache wie einer Fahrt zum Einkaufszentrum so viel Spaß gehabt zu haben.

Während ich noch immer kichere und singe, öffnet Jace die Tür für mich. Er hilft mir aus dem Wagen und schenkt mir ein schiefes Lächeln. »Du dachtest, du wüsstest nicht, wie dieses ganze Mädelszeug funktioniert. Aber du bist offenbar ein Naturtalent. Meine Ohren bluten.«

Ich knuffe seinen Arm. »Ach, komm schon. Das hat Spaß gemacht.«

Er lacht und schüttelt den Kopf, doch dann nimmt er meine Hand und verschränkt unsere Finger ineinander, während wir über den Parkplatz gehen. Ich spiele mit dem Gedanken, ihn loszulassen, doch es fühlt sich so natürlich an, und ich bin in viel zu guter Stimmung, um mir darüber weitere Gedanken zu machen. Wenn Leila es bemerkt, lässt sie es sich nicht anmerken. Sie geht einfach an meine andere Seite und beginnt die Namen von Läden herunterzurasseln, die wir unbedingt ausprobieren müssen. Meine Nervosität wegen dieses Shoppingtrips schmilzt dahin, während wir drei hineingehen. Ich habe das Gefühl, Leila hat recht. Das könnte wirklich einer der besten Tage aller Zeiten werden.

Als wir den ersten Laden erreichen, verstumme ich. Leila zieht mich mitten in ein Meer aus Frauenkleidung und macht eine Geste, als wolle sie sagen *Dann leg mal los.* Es ist, als hätte sie mich gerade gebeten, ein Heilmittel für Krebs zu finden. Ich habe keine Ahnung, wie ich das machen oder auch nur anfangen soll. »Ähm … und was jetzt?«

Jace grinst. »Du bist ja noch schlimmer als ich.« Ich erröte, und Leila schlägt ihm gegen den Arm. »Sie ist nicht schlimm, nur unerfahren.«

Leila zieht mich von Jace weg, als ob sie versuchen würde, mich zu beschützen, und wir bleiben vor einem Kleiderständer stehen. »Als erstes«, sagt Leila, nimmt einen kurzen Rüschenrock vom Ständer und hält ihn mir hin, »müssen wir deinen Stil finden.«

Die Vorstellung, diese Monstrosität tragen zu müssen, lässt mich schaudern. Panisch schaue ich zu Jace. Seine Augen funkeln belustigt, als sei dies das Amüsanteste, was er je gesehen hat. Trotzdem kommt er mir zu Hilfe. »Vielleicht lieber etwas, dass ein bisschen weniger ausgefallen ist, Leelee.«

Sie widerspricht nicht, hängt den Rock jedoch mit einem wehmütigen Blick zurück. »Okay, keine Miniröcke.«

Ich fühle mich schrecklich. Sie ist hier, weil ich sie um ihre Hilfe gebeten habe, aber ihren ersten Vorschlag habe ich direkt abgelehnt. Oh je, ich bin wirklich furchtbar. Es ist hoffnungslos. »Tut mir leid.«

Leila schenkt mir ein Lächeln, das genauso freundlich und voller Sonnenschein ist, wie das ihres Bruders. »Muss es nicht. Der Rock passte einfach nicht zu dir, und das ist vollkommen in Ordnung. Wir sind hier, um herauszufinden, was *du* magst. Du musst kein Pink, kurze Röcke oder High Heels tragen, um hübsch auszusehen.«

Skeptisch mustere ich ihr Outfit, und Jace schnaubt. Leila trägt buchstäblich einen kurzen Rock, ein pinkfarbenes Oberteil und Sandalen, die sie mindestens sieben Zentimeter größer machen. Sie sieht an sich herunter und stöhnt. »Okay, ich bin jetzt ein schlechtes Beispiel, aber ich schwöre, es gibt einen Mittelweg.«

Sie geht weiter zu einer langen Reihe von Skinny Jeans. Ich atme erleichtert auf. Skinny Jeans habe ich zwar noch nie getragen, aber sie kommen mir nicht annähernd so furchterregend vor. Ich gehe zu Leila an den Tisch und sehe zu, wie sie die Hosen durchgeht und verschiedene Exemplare heraussucht.

»Ich finde, den hier solltest du mal anprobieren«, sagt Jace.

Ich drehe mich um und sehe, dass er einen Jeansrock hochhält, der um den Saum herum ausgefranst ist. Er ist ganz hübsch und auch nicht zu mädchenhaft, sieht aber furchtbar kurz aus. Ich betrachte den Rock, dann sehe ich Jace mit hochgezogener Augenbraue an. »Sicher?«

Er zuckt mit den Schultern und gibt sich vollkommen unschuldig. Ich nehme es ihm keine Sekunde ab. »Was denn? Das hier hat doch nichts mit diesem gruseligen Rüschending zu tun, den Leila dir andrehen wollte. Der hier ist doch im Grunde eine Jeans.«

Na klar. »Eine Jeans, die meine Beine nicht bedeckt.«

Jace überrascht mich mit einem spitzbübischen Lächeln, das ich ihm nicht zugetraut hätte. »Das ist ja der Punkt, Hastings.«

Mir fallen fast die Augen aus dem Kopf.

Jace' Lächeln wird zu einem Grinsen, als er mir den Rock in die Hand drückt. Leila gibt mir keine Gelegenheit zu widersprechen. »Hier, kombiniere ihn mal damit.« Sie reicht mir ein pink-weißes Baseballshirt. »Das ist feminin, aber auch sportlich.«

Das Shirt ist hübsch. Wegen des Rocks bin ich nervös, aber ich habe auch noch nie einen anprobiert. Ich bin viel neugieriger als ich gedacht hätte. Als ich nicht sofort protestiere, schnappt sich Leila die richtige Größe, gibt sie mir und führt mich zur Umkleide. »Probier es einfach mal an, du sagst, wie es dir gefällt, und dann suchen wir entsprechend weiter.«

Sobald ich in der Kabine bin, drehe ich dem Spiegel den Rücken zu. Ich bin noch nicht bereit, den Rock an mir zu sehen. Nachdem ich hineingeschlüpft bin, glätte ich den Stoff und nestle am Saum herum. Er ist überraschenderweise ziemlich bequem. Ich atme tief ein und langsam wieder aus. Ich muss es mir ansehen. Auf keinen Fall trete ich aus dieser Kabine vor einen wartenden Jace King, ohne zu wissen, wie ich aussehe.

Als ich mich umdrehe, erschrecke ich mich über das Mädchen, das mich im Spiegel anstarrt. Ich bin es, aber ich sehe richtig … *hübsch* aus? Ja, man sieht meinen Oberschenkeln an, dass ich Sportlerin bin, aber es nicht so schlimm, wie ich dachte. Was meine Beine angeht, war ich schon immer sehr unsicher. Aber ich bin in ausgezeichneter Form. Mein Ernährungsplan ist streng, und ich trainiere viel. Natürlich sind das alles Muskeln, aber eben *viel* davon. Ich bin nicht so dünn wie die anderen Mädchen in der Schule und nicht so selbstbewusst. Darum habe ich bisher auch nie Shorts getragen. Doch dieser Rock lässt meine Beine richtig lang aussehen, und die Wölbung meiner Oberschenkel wirkt total definiert. Ich sehe richtig gut in Form aus. Ich fühle mich nicht mehr wie ein unförmiger Riese, der nirgends dazu gehört, so wie sonst immer.

Leilas zögerliche Stimme reißt mich aus meinen Gedanken. «Charlie? Alles okay? Passen die Sachen oder soll ich dir eine andere Größe bringen?«

Ich drehe mich von einer Seite zur anderen, um sicherzugehen, dass der Rock meinen Hintern bedeckt. Er ist nicht so kurz, wie ich ursprünglich befürchtet habe. Wenn ich die Arme an den Seiten hängen lasse, berühren meine Fingerspitzen den Rocksaum. Ich denke, Dad wäre einverstanden. Er wirkt nur kürzer, weil meine Beine so lang sind.

»Es ist ganz okay.«

Leila lacht auf. »Und kommst du auch raus und zeigst es uns?«

Ich will trotzig sein und nein sagen, aber das wäre kontraproduktiv. Wenn das hier nicht funktioniert, wird Leila es mir sagen. Und Jace … na ja … sagen wir einfach, dass ich nach seiner Bemerkung, meine Beine sehen zu wollen, gleichzeitig begeistert und verängstigt bin, mich ihm zu zeigen.

Wieder atme ich tief durch und zwinge mich, die Umkleidekabine zu verlassen. Leila schaut sich irgendwo um, aber Jace lehnt an der Wand und wartet auf mich. Als er mich sieht, richtet er sich auf und zieht die Augenbrauen hoch. Dabei reißt er die Augen auf, und er mustert mich von Kopf bis Fuß. Mir verschlägt es den Atem, und mein Herz beginnt wild zu klopfen. Ich glaube nicht, dass mich je zuvor ein Junge so angesehen hat. Zumindest nicht, soweit ich weiß. Es fühlt sich ganz seltsam an. Gleichzeitig aufregend und irgendwie unheimlich.

Ich beiße mir auf die Lippe und zupfe am Saum des T-Shirts herum, während ich darauf warte, dass Jace mir wieder in die Augen sieht. Als er das tut, sorgt sein Gesichtsausdruck dafür, dass meine Wangen zu brennen beginnen. «Charlie …« Er schließt den Mund und schluckt sichtbar. Es wäre beinahe lustig, wenn mir vor Nervosität nicht so schlecht wäre. »Du *musst* diesen Rock kaufen.« Bei seinen Worten spannt sich mein Körper auf einmal an. Noch nie habe ich so ein Kompliment bekommen. Noch nie hat mich jemand so angesehen, wie Jace gerade. Es ist überwältigend. Ich kann kaum atmen.

Als Leila zurückkehrt und anerkennend pfeift, springe ich vor Schreck fast bis an die Decke. Ich kreische auf, doch zumindest sorgt es dafür, dass mein Gehirn wieder anspringt. »Wow!« Sie bedeutet mir, mich zu drehen, und instinktiv tue ich, was sie will. »Und diese Beine hast du die ganze Zeit versteckt? Wenn ich du wäre, würde ich nie wieder Hosen tragen.«

»Meinst du das im Ernst?« Ich reibe meine Hände über die Vorderseite meiner Oberschenkel und bin plötzlich wieder total unsicher. Neben Leila verliere ich mein ganzes Selbstbewusstsein. Sie ist so hübsch, und wir sind so unterschiedlich. »Normalerweise trage ich keine Shorts oder Röcke. Die Jungs ziehen mich immer wegen meiner Donnerschenkel auf. Das kommt davon, weil ich beim Baseball immer so viel in die Hocke gehe, weißt du?«

Leila klappt entsetzt der Mund auf.

»Was machen sie?«, knurrt Jace. Buchstäblich. Er *knurrt* die Worte.

Ich schaue beide verwirrt an.

»Sie sagen wirklich *Donnerschenkel* zu dir?«, fragt Leila. Sie ist ziemlich blass geworden und hat die Augen aufgerissen.

Ich nicke.

Sie schüttelt den Kopf und erschrickt mich, als sie mit dem Fuß aufstampft. »Das sind solche Idioten!« Sie umarmt mich fest. »Denk das ja nie wieder, Charlie. Die sind Idioten. Du siehst umwerfend aus. Ich wünschte, ich hätte so tolle Beine wie du.«

»Okay«, murmle ich.

Leila schüttelt mich, bevor sie zurücktritt und mich streng ansieht. »Ich meine es ernst. Du bist atemberaubend, und am Ende dieses Tages wirst du es auch selbst glauben.«

Mir wird ganz warm ums Herz. Eric, Kev und Diego haben mich bestimmt gern, aber so etwas Nettes würden sie niemals sagen. Sie ziehen mich lieber auf – das ist ihre

Art, Zuneigung zu zeigen. Ich hatte keine Ahnung, dass mir Leilas Art der moralischen Unterstützung gefallen würde, aber sie fühlt sich gut an. Außerdem war mir vorher überhaupt nicht klar, wie sehr mich die Hänseleien der Jungs gestört haben, bis Leila mir dieses Kompliment gemacht hat. »Danke«, murmle ich.

Leilas wütender Gesichtsausdruck wird sanfter. »Charlie, ich habe zugesehen, wie du seit der Unterstufe deinen Träumen gefolgt bist. Du bist furchtlos, wenn du auf das Spielfeld gehst. Du bist selbstbewusst und lässt dir von niemandem einreden, dass du etwas nicht kannst oder nicht gut genug wärst. Dieses Mädchen bist du jetzt immer noch. Du bist immer noch die coole, selbstbewusste und furchtlose Charlie Hastings. Es handelt sich nur um ein anderes Spielfeld. Du siehst in diesem Rock genauso gut aus wie in deiner Uniform. Also Schultern zurück, Kopf hoch und lass uns dieses Umstyling angehen, als wären es die State Championships.«

Ich lache, aber noch nie in meinem Leben war ich jemandem dankbarer. »Du hast recht«, sage ich und fühle mich schon ein bisschen selbstbewusster. »Ich sehe gut aus in diesem Rock.«

»Das tust du wirklich«, pflichtet mir Jace bei, und ich laufe knallrot an.

»Und sieh mal, was ich gefunden habe.« Leila setzt mir eine pinkfarbene Baseballkappe auf, die zu dem Shirt passt, das ich trage.

Wieder mustert mich Jace und schenkt mir ein schiefes Lächeln. »Jetzt reicht's«, sagt er. »Ich glaube, ich bin verliebt.«

Er scherzt. Ich *weiß*, dass er scherzt. Dennoch könnte ich mich an dieses Flirten gewöhnen.

»Aww, ihr seid ja so süß«, sagt Leila, bevor sie Jace aus dem Weg schiebt und mich wieder in die Umkleide manövriert. »Und jetzt aus dem Weg, Mister. Charlie und ich haben noch viel vor. Komm zu mir, wenn du wieder umgezogen bist. Wir suchen dir jetzt einen ganzen Haufen Sachen, die du anprobieren kannst.«

*

Mit Leila ist das Einkaufen ganz anders als mit meinem Dad oder allein. Wir verbringen Stunden damit, von einem Laden in den nächsten zu gehen, und eine Million unterschiedlicher Outfits anzuprobieren. Sie bringt mir bei, welche Art von Kleidung gut zusammen aussieht, und welche Farben miteinander harmonieren und zu meinem Teint passen. Sie hilft mir dabei, meinen Stil zu finden. Ich liebe den Jeansrock, den Jace so mochte, und ich suche mir auch ein paar Sommerkleider aus, aber am liebsten mag ich es locker-lässig. Wie konnte ich bisher nur ohne Shorts und Sandalen leben?

Nachdem wir genug Klamotten gefunden haben, gehen wir zu Accessoires, Schuhen und Badesachen über. Jace hält mir einen knappen String-Bikini hin, und ich glaube, dass er es nur halb im Scherz meint. Im Gegenzug zeige ich ihm einen einfachen Badeanzug mit Schwimmerrücken. Leila sorgt mit einem schlichten trägerlosen Tankini für einen Kompromiss. Danach verbringen wir fast eine Stunde im *Sephora*, wo mir Leila einen Crashkurs in Sachen Hautpflegeprodukten und den Grundlagen von Make-up gibt.

Jace vertreibt sich die Zeit damit, an so vielen verschiedenen Lotionen und Parfüms zu riechen – von denen er die Hälfte in meinen Einkaufskorb legt und darauf besteht, dass ich sie kaufe – dass er Kopfschmerzen bekommt und behauptet, sterben zu müssen, wenn wir ihm nicht sofort etwas zu essen besorgen. Leila und ich haben schließlich Mitleid mit ihm und gehen zum Food Court.

Als wir uns an den Tisch setzen und Jace einen Haufen Taschen abstellt, wird mir klar, dass er praktisch zu einer Art Diener degradiert wurde, der hinter Leila und mir hergeht und fast alles für uns trägt.

»Wow.« Leila schaut sich die Ausbeute an und nickt anerkennend. »Ich glaube, wir haben das halbe Einkaufszentrum leergekauft.«

»Das haben wir wirklich.« Ich verziehe mein Gesicht. »Danke, dass du alles trägst, Jace.«

Er zieht eine Augenbraue in die Höhe und schenkt mir ein schiefes Lächeln, das mich zum Kichern bringt. Offenbar bin ich auf einmal ein Mädchen, das viel kichert. Ich weiß nicht, ob Leila auf mich abfärbt oder ob das immer schon tief in mir vergraben war und nur auf eine Gelegenheit gewartet hat, herauszuplatzen, aber ich habe heute mehr gekichert, als in meinem ganzen bisherigen Leben. Und jedes Mal, wenn ich es tue, macht Jace diese niedliche Kombination aus Kopfschütteln und Lachen. Es wirkt fast reumütig, so nach dem Motto *Wie konnte ich meine Schwester nur auf Charlie loslassen?* Als ob er nicht glauben kann, dass ich diese Person bin, aber auch so, als ob er es absolut hinreißend finden würde. Und dieser Blick bringt mich nur noch mehr zum Kichern. »Tut mir leid.« Ich deute auf all die Taschen, die er seit Stunden herumschleppt. »Ich mache es wieder gut. Das Mittagessen geht auf mich.«

Er zieht einen Stuhl hervor, setzt sich und verschränkt die Arme vor der Brust. Dann wirft er mir einen langen nachdenklichen Blick zu und schüttelt schließlich den Kopf. »Wie wäre es damit: Das Mittagessen geht auf mich, und du kannst es später wiedergutmachen, indem du dir mit mir in deinem fantastischen Kinozimmer das Spiel ansiehst und vielleicht noch deinen neuen Tankini mit mir austestest.« Er wackelt herausfordernd mit den Augenbrauen.

Ich lasse mich neben ihm auf den Stuhl sinken und lächle so breit, dass meine Wangen wehtun. Das klingt perfekt. Es war wirklich einer der besten Tage aller Zeiten. Jace und Leila waren beide einfach umwerfend. Die Vorstellung, später mit Jace zu entspannen, Fernsehen zu schauen und eine Runde zu schwimmen, klingt himmlisch. »Heute ist ein Spieltag«, sage ich ihm. »Aber er ist schon halb vorbei. Wenn wir daraus einen Film und Schwimmen machen, bin ich dabei.«

Wieder wirft er mir diesen langen, prüfenden Blick zu. »Abgemacht«, stimmt er schließlich zu. »Aber ohne Leila.«

Ohne Leila? Nur Jace und ich? In meinem Pool? Wir beide allein im dunklen Kinozimmer?

Ich muss schlucken. Daran ist absolut nichts misszuverstehen. Es ist ein Date. Ein romantisches. Und er hat diesen intensiven Gesichtsausdruck, als ob er mich herausfordert, einzuwilligen. Kann ich das? Will ich diese Art von Date mit Jace? Er war toll heute, und ich mag ihn, aber *mag* ich ihn auch? So richtig? Und was ist mit Eric?

Ich bekomme keine Gelegenheit, zu antworten – nicht, dass ich wüsste, wie ich antworten soll. Leila legt ihre Hand auf den Stuhl, auf dem ich sitze, und zieht mich von Jace weg, als ob mich die paar Zentimeter vor ihm retten würden. »Mit Leila«, erwidert sie.

Jace öffnet den Mund, um zu widersprechen, doch Leila kommt ihm zuvor. »Das hier ist immer noch ein *Mädelstag*. Du darfst dabei sein, aber *wir* suchen den Film aus, und ich bringe Charlie währenddessen bei, wie man sich schminkt und die Haare macht.«

Jace sieht stöhnend zur Decke, als ob die bloße Vorstellung schrecklich wäre, doch dann schnaubt er und sagt: »Meinetwegen.«

Leila streckt ihm einen warnenden Finger entgegen. »Nur *eine* Beschwerde, und ich setze dich zu Hause ab, bevor wir zu Charlie zurückfahren.«

Jetzt tut er mir irgendwie leid. »Wir könnten uns Pizza holen«, biete ich als Trostpflaster an. »Und Eiscreme.«

Jace' Blick wandert von seiner Schwester zurück zu mir, und sein finsterer Gesichtsausdruck verschwindet. Seine Lippen zucken, bis er schließlich grinst. »Du kämpfst unfair. Besonders, weil ich gerade am Verhungern bin.«

12

Nach dem Mittagessen steht Jace auf, streckt sich und beginnt, unsere Wagenladung Einkaufstaschen zusammenzusammeln. »Sollen wir dann langsam los?«

Ich nicke, doch Leila sagt: »Noch nicht.«

Ich weiß nicht, was in aller Welt wir noch brauchen könnten. Jace schüttelt ratlos den Kopf und zuckt mit den Schultern. Er hat auch keine Ahnung.

»Vertraust du mir?«, fragt mich Leila.

Die Frage sollte mich beunruhigen, aber überraschenderweise vertraue ich ihr tatsächlich nach dem heutigen Tag. »Bis jetzt hattest du den richtigen Riecher, was mich angeht. Also ja, ich vertraue dir. Warum fragst du?«

Leila beginnt auf ihrer Unterlippe herumzukauen und verschränkt nervös die Hände ineinander. »Wir sind vor einer Weile an einem Friseursalon vorbeigekommen. Er sah leer aus. Ich wette, du könntest sofort drankommen.«

Ein Friseursalon? Meine Hand wandert an meinen Pferdeschwanz. »Du meinst, ich sollte mir die Haare schneiden lassen?«

Leila löst vorsichtig das Gummiband aus meinen Haaren und glättet sie. Jace räuspert sich und grinst mir zu. »Siehst du? Jetzt geht's los mit den Streicheleinheiten.«

Ich muss lachen. Leila verdreht die Augen und fährt damit fort, mein Haar zu inspizieren. »Ich denke an Farbe«, sagt sie. »Du solltest vielleicht etwas heller werden.«

Zuerst verstehe ich nicht, was sie meint. Das Konzept des Haarefärbens ist mir so fremd, dass sich mein Hirn einfach ausschaltet. Als ich endlich realisiere, was sie meint, schnappe ich überrascht nach Luft. »Es aufhellen? Du denkst, ich sollte *blond* werden?«

Unauffällig sehe ich zu Jace, weil ich wissen will, was er von der Idee hält. Das kommt mir doch ziemlich extrem vor, aber bis jetzt hat Leila einen ausgezeichneten Geschmack bewiesen. Ich glaube nicht, dass sie so etwas vorschlagen würde, wenn es nicht gut aussähe. Jace' Augenbrauen sind zwar erhoben, aber er scheint nicht besonders skeptisch zu sein.

Leila streicht mir die Haare über eine Schulter und schenkt mir ein beruhigendes Lächeln. »Du bist momentan genau in der Mitte. Du weißt schon, sie sind weder richtig blond, noch braun. Heller würden sie bestimmt richtig toll wirken. Und zu deinem Hautton würde es auch sehr gut passen.«

Wieder sehe ich zu Jace, weil ich eine zweite Meinung brauche. Sein Blick wandert über meine Haare, und er zuckt mit den Schultern. »Warum nicht? Könnte Spaß machen. Und wenn es dir nicht gefällt, kannst du es immer noch wieder zurückfärben lassen.« Er wirft Leila einen besorgten Blick zu. »Oder?«

Sie nickt. »Oh, natürlich. Aber ich denke, du wirst damit glücklich sein.«

Blond. Das wird auf jeden Fall anders aussehen. Ich habe mich immer darüber beschwert, dass mein aschblondes Haar langweilig ist. Jace hat recht. Blonder zu sein könnte Spaß machen. Ich bin ja sowieso schon mitten im Umstyling. Dann kann ich es auch mit einer neuen Frisur versuchen. Ich spüre Nervosität, aber auch eine Art Vorfreude. »Okay. Machen wir es.«

»Yay!«, jubelt Leila und klatscht in die Hände. Sie packt mich am Handgelenk und zieht mich hinter sich her, als ob sie mich auf den Friseurstuhl schaffen will, bevor ich es mir anders überlege.

»Okay!«, ruft Jace uns nach. »Macht euch wegen mir keine Gedanken! Dann trage ich die Taschen eben allein!«

Ich unterdrücke ein Lachen, und Leila dreht sich mit einem breiten Lächeln und einem erhobenen Daumen zu ihrem Bruder um. »Danke, Jace!«, rufe ich ihm zu. Ich würde ja zurückgehen und helfen, aber Leila zieht mich einfach weiter. »Ich sorge dafür, dass auf deinem Eis nachher heiße Karamellsauce ist. Versprochen!«

Er seufzt und macht wieder diese Kombi aus Kopfschütteln und Schmunzeln, die mir so ans Herz geht. Ich kann einfach nicht aufhören, dämlich zu grinsen, und Jace zwinkert mir zu. Ich schmelze dahin.

Leila hat recht, und eine der Friseurinnen des Salons hat Zeit für mich. Sie führt mich zu einem Platz und gibt mir ein Buch voll mit Farbbeispielen. Weil ich davon jedoch nichts verstehe, lasse ich schließlich sie und Leila aussuchen. Sie wählen diesen wirklich schönen Blondton aus, der mich an ein Weizenfeld denken lässt.

Sobald die Friseurin damit beschäftigt ist, das Mittel aufzutragen, setzt sich Leila auf den leeren Stuhl neben meinem und macht ein Foto von mir. »Wie heißt du bei Instagram? Dann kann ich dich taggen«, fragt sie und sieht mich im Spiegel neugierig an. »Ich bin nicht bei Instagram. Oder auf irgendwelchen anderen Plattformen.«

Leila reißt die Augen auf. »Bist du nicht?«

Ich zucke mit den Schultern.

Leila streckt ihre Hand aus. »Okay. Gib mir dein Handy. Du bekommst jetzt Instagram und Snapchat. Auf der Stelle.«

Sie ist so hartnäckig, dass ich mein Handy entsperre und ihr ohne Widerworte reiche. »Wofür brauche ich das?«

Leila tippt ein bisschen auf dem Display herum und sieht dann zu mir auf. »Chatten du und deine Freunde denn nie oder tauscht Fotos aus?«

Ich denke nach. »Mein Vater macht Fotos, aber ich eher weniger. Die Jungs und ich texten uns, und manchmal schicken wir uns Memes und GIFs, aber das war es dann auch schon.«

Leilas Lächeln ist eine Mischung aus Verständnis und Belustigung. »Okay, ich verstehe. Vermutlich bist du nicht diejenige, die unaufhörlich Selfies mit Duckface von sich macht, aber ich verspreche dir, dass es Spaß machen kann, ab und an ein Foto mit Freunden zu machen und süße Snapchat-Filter zu verwenden. Außerdem sind es tolle Erinnerungen. Hier.« Sie gibt mir mein Handy zurück. »Such dir einen Benutzernamen aus. Ich versuche mal herauszufinden, wohin Jace verschwunden ist.«

Zuerst gebe ich das langweilige alte *@CharlieHastings* ein, doch dann habe ich eine bessere Idee. Grinsend ändere ich den Namen zu *@BaseballBarbie.* Das wird Jace gefallen. »Okay. Account angelegt. Und was jetzt?«

Leila lacht. »Und jetzt benutzt du ihn.«

Sie nimmt mir das Handy aus der Hand und hält es hoch. »Lächeln!«

Ich strecke meine Zunge raus und schiele, und Leila macht ein Foto. Mit meinen Haaren mitten im Blondierungsprozess und dem Haarnetz auf dem Kopf sehe ich ziemlich albern aus. Aber es ist ein witziges Foto, also nehme ich es als Profilbild.

Wieder streckt Leila die Hand nach meinem Handy aus. Ich gebe es ihr und möchte gar nicht erst wissen, was sie jetzt schon wieder damit anstellen will. »Ich folge ein paar deiner Freunde für dich, okay?«

Während ich mich noch frage, wer diese Freunde sein sollen, lacht sie auf. »*Baseball Barbie!* Ich liebe es!«

»Oh oh«, sagt Jace in diesem Moment, als er ohne unsere Einkäufe den Salon betritt. Er muss die Tüten zum Wagen gebracht haben. »Ich habe Charlie versprochen, dass ich sie vor *Baseball Barbie* bewahre. Sag mir nicht, dass ich dieses Versprechen in den zehn Minuten, die ich weg war, gebrochen habe.«

Ich lache, Leila schmollt jedoch. »Was stimmt denn nicht mit Baseball Barbie? Ich finde, es passt perfekt.«

Sie hält Jace mein Handy hin und zeigt ihm meinen neuen Instagram-Account. Das Bild und der neue Benutzername lassen ihn grinsen. Er sieht mir amüsiert in die Augen und nickt. »Das tut es.«

Ich verdrehe die Augen. »Eigentlich habe ich auf Ironie abgezielt.«

»Ich würde sagen, dir ist eher ein ›Bezaubernd‹ gelungen.«

Und wieder hat er es geschafft, dass ich rot werde. Das scheint heute seine Lieblingsbeschäftigung zu sein.

Leila sieht meine roten Wangen, sieht ihren Bruder auf eine Weise an, die mich noch stärker erröten lässt, und springt plötzlich auf. »Ich werde mal die Toilette suchen«, verkündet sie. »Zu viel Diätcola.« Sie deutet auf mein Handy in Jace' Hand. »Leg ihr einen Snapchat-Account an, während ich weg bin, und füge alle deine Freunde hinzu. Ich bin gleich zurück.«

Als sie den Raum verlässt, zwinkert sie mir übertrieben zu. Ich schaue zu Jace, um zu sehen, ob er weiß, was das gerade war, und er sieht seiner Schwester mit seinem typischen Schmunzelblick nach. Als Leila auch ihm zuzwinkert, verdreht er die Augen.

»Was war das denn bitte?«, frage ich.

»Wer weiß?«

Ich habe so ein Gefühl, *dass* er es weiß und es mir nur nicht erklären will.

Er setzt sich auf Leilas leeren Platz und beginnt an meinem Handy herumzuspielen. Dabei schüttelt er jedoch immer wieder seinen Kopf, als würde er seine Schwester ebenso amüsant finden wie ich. »Ihr beide steht euch ziemlich nah, oder?«, frage ich.

Er sieht aus dem Schaufenster hinaus in die Richtung, in der seine Schwester gerade verschwunden ist, und zuckt mit den Schultern. »Wir streiten natürlich wie alle Geschwister, aber sie ist mein Zwilling. Wir sind immer füreinander da.«

Der Gedanke lässt mich lächeln. »Das muss schön sein. Ich habe mir immer Geschwister gewünscht. Dad ist fantastisch, aber er ist auch viel unterwegs. Und das Haus ist einfach ziemlich groß und leer.«

Jace hört auf, sich mit meinem Handy zu beschäftigen

und sieht mich im Spiegel an. Sein Blick wirkt beinahe traurig. »Bleibt jemand bei dir, wenn er nicht zu Hause ist? Wer hat denn auf dich aufgepasst, als du jünger warst?«

»Ich bin dann immer bei meinem Großvater geblieben oder er bei uns, aber seit ich größer bin, gehe ich nicht mehr so oft hin. Zuhause zu bleiben ist einfacher. Eric ist aber häufig da, was hilft. Ehrlich gesagt wüsste ich gar nicht, was ich ohne ihn tun sollte.«

Plötzlich verspüre ich so etwas wie einen stechenden Schmerz in meiner Brust und höre abrupt auf zu sprechen. Als mein Dad diesmal gegangen ist, hat Eric nicht angeboten, vorbeizukommen. Die Dinge sind seit dieser Woche einfach nicht mehr so wie früher. Nicht, seit ich fast die Mannschaft verlassen und mich mit Jace angefreundet habe.

Und jetzt ist mir zum Heulen zumute. Gut gemacht, Charlie.

Während ich mit meinen Emotionen ringe, wird mir klar, dass es still geworden ist. Sehr still. Als ich aufsehe, studiert mich Jace genau. »Sullivan schläft bei dir?« Seine Stimme und sein Gesichtsausdruck sind ausdruckslos. »Und das ist für seine Eltern okay?«

Ich laufe knallrot an. Mir ist nicht klar gewesen, wie das für Jace alles klingen muss. Ich bin mir nicht mal sicher, warum ich das Verlangen verspüre, mich zu verteidigen, aber ich beginne hektisch den Kopf zu schütteln. »So ist es nicht«, sage ich nachdrücklich. »Er hat sein eigenes Zimmer bei uns. Seine Eltern kümmern sich nicht groß um ihn. Es ist ihnen egal, was er treibt, solange sie ihn benutzen können, um sich gegenseitig zu verletzen. Mein Dad war immer schon mehr wie ein Vater zu ihm als sein eigener. Und Dad gefällt es, dass ich nicht so viel allein bin. Dass jemand auf mich Acht gibt.«

Jace sagt nichts dazu. Ich habe keine Ahnung, was er denkt. Er wirkt nicht sauer. Das nicht. Aber der sorglose Junge, mit dem ich den ganzen Vormittag gelacht habe, ist plötzlich verschwunden. Das Schweigen wird allmählich ohrenbetäubend, und ich wünschte, die Friseurin, Leila oder sonst jemand würden endlich zurückkommen.

Er schaut lange auf seinen Schoß, atmet tief ein, hebt dann langsam seinen Blick und sieht mich ernst an. »Habt ihr mal was miteinander gehabt?«

Ich schwöre, es muss ungesund sein, so viel zu erröten.

Ich schüttle den Kopf und kann ihm nicht in die Augen sehen. Wie viel erzähle ich ihm? Nur die Fakten? Oder gebe ich zu, wie lange ich mir schon wünsche, wir wären ein Paar, und wie er mir das Herz gebrochen hat, als er Shelly Turner zum Abschlussball einlud? Ja. Nur die Fakten klingt gut. »Nein. Nie.« Um die Stimmung wieder aufzulockern, füge ich hinzu: »Ich bin mir ziemlich sicher, dass Dad Eric den Hausschlüssel wegnehmen und den Sicherheitscode ändern würde, wenn es so wäre. Und mich vielleicht noch in ein Kloster schicken würde.«

Er lacht. »Also ist dein Vater ziemlich unentspannt, was das angeht?«

Ich schnaube. »Normalerweise ist er ein ziemlich cooler Dad, aber in dieser Hinsicht bin ich immer noch sein kleines Mädchen. *Besonders* was Jungs angeht. Ich glaube manchmal, er sieht in mir immer noch eine Sechsjährige.«

Er lacht erneut, und die Atmosphäre fühlt sich wieder leichter an. »Das ist wohl so ein Vaterding«, sagt er dann. »Aber große Brüder sind auch ganz groß darin. Was meine kleinen Schwestern angeht, bin ich wie Papa-Bär, und würde jemand Leila etwas antun, würde ich wahrscheinlich wegen Mordes im Gefängnis landen.«

Er ist umwerfend. Wieder verspüre ich einen Anflug von Neid. Ich wünschte, ich hätte auch so einen Bruder, der auf mich aufpasst. Obwohl, wenn man Eric fragen würde, habe ich wohl drei. »Ein großer Papa-Bär, der gern babysittet und Zöpfe flechtet?«, necke ich ihn.

Er stöhnt auf. »Leila und ihr loses Mundwerk.«

Das bringt mich wieder zum Kichern, und Jace sieht mich belustigt an. »Ich finde das süß«, sage ich ihm, aber es freut mich, dass er sich ein wenig windet, schließlich hat er das den ganzen Tag mit mir gemacht.

Er verzieht sein Gesicht. »*Süß* ist nun nicht gerade der Ruf, auf den ich es abgesehen habe.«

Ich verkneife mir ein Lächeln und befühle vorsichtig das Haarnetz, das meine Haut vor dem Blondierungsmittel schützt. »Tut mir leid. Ich glaube, den hast du jetzt am Hals. Du hast mir heute alle Türen geöffnet, mein Mittagessen bezahlt und meine Einkäufe getragen.«

Seine Mundwinkel zucken, als ob er ein Lächeln unterdrücken würde, und er zieht eine Augenbraue hoch. »Das klingt für mich eher romantisch als süß.«

Ich will lachen, doch gleichzeitig verspüre ich wieder dieses Kribbeln. Jace hat versucht, mich zu beeindrucken. So nervös mich das auch macht, kann ich nicht abstreiten, dass ich seine Aufmerksamkeit genieße. Ich wünschte nur, ich würde wissen, was ich damit anstellen soll.

Als ihm klar wird, dass ich wieder verstummt bin, räuspert er sich und wechselt das Thema. »Hast du denn

Spaß? Denkst du, dieser ganze Plan und dieses Umstyling wird dir helfen?«

Ein Gefühl, das so stark ist, dass es mir den Atem verschlägt, überschwemmt mich, und ich bringe kaum ein Wort heraus. Meine Augen schimmern feucht, als ich nicke. »Ich hatte noch nie so einen schönen Tag. Ich kann dir gar nicht sagen, wie viel mir das alles bedeutet, Jace. Danke.«

Meine Nase brennt, und als ich schniefen muss, lege ich den Kopf in den Nacken und stöhne auf.

Jace muss schmunzeln. »Sieh nur, wie emotional du bist«, neckt er mich. »Charlie Hastings, du hängst zwar nur mit Jungs ab, aber im Herzen bist du so viel mehr.«

Zuerst bin ich peinlich berührt, aber Jace hat das so aufrichtig gesagt, dass mir ganz warm ums Herz wird. Ich schenke ihm ein schüchternes Lächeln. »Danke. Aber tu mir einen Gefallen und sag das nicht Sullivan, Escobar oder Jones. Das würde ich mir ewig anhören müssen.«

Er erwidert mein Lächeln und sagt leise: »Das ist unser Geheimnis.«

Wir haben einen besonderen Moment. Ich kann es spüren. Und er sieht mich an, als würde er mir wirklich gern etwas sagen. Aber er wartet einen Augenblick zu lang. Eine Zeitschaltuhr auf dem Tresen klingelt und ruft die Friseurin zu uns. »In Ordnung, Zeit zum Ausspülen.«

Endlich kommt Leila zurück – es hat ja lang genug gedauert – während ich die Chemikalien ausgespült bekomme. Sie setzt sich wieder auf den Platz neben meinem, und Jace zieht in den kleinen Wartebereich um. Er zieht sein Handy heraus und spielt darauf herum. Meins hat er mir fertig eingestellt. Baseball Barbie ist jetzt stolze Benutzerin von Instagram und Snapchat und ist dort mit einem Großteil des Baseballteams und der Cheerleader befreundet.

Die Friseurin kämmt meine neuen blonden Haare aus und zieht mir einen Scheitel. »Soll ich sie auch schneiden oder nur stylen?«

Ich hatte noch nie eine andere Frisur als lang und glatt. Kurz spiele ich mit dem Gedanken, mir einen Bob oder etwas Ähnliches schneiden zu lassen, aber für dieses eine Umstyling habe ich meine Experimentierfreudigkeit aufgebraucht. »Vielleicht nur die Spitzen?«

Jace seufzt am anderen Ende des Raums erleichtert auf. Ich sehe fragend zu ihm, und Leila grinst ihn an. »Und stufen Sie es bitte durch«, weist sie die Friseurin an. »Und vielleicht schneiden Sie ihr auch einen langen, zu den Seiten fallenden Pony. Was denkst du, Charlie?«

»Ein Pony?« Ich lege den Kopf schief und versuche es mir vorzustellen.

Jace springt von seinem Platz auf und marschiert durch den Raum auf uns zu. »Kein Pony!«, ruft er.

Seine entschiedene Meinung über meine Frisur sollte mich wütend machen, doch es ist auf eine seltsame Art und Weise schmeichelhaft.

»Jace«, warnt Leila.

»Kein Pony«, wiederholt er. »Der fällt ihr beim Spielen ins Gesicht und lenkt sie ab.«

Ich reiße die Augen auf und schüttle den Kopf. »Er hat recht. Kein Pony. Ich muss die Haare in einen Pferdeschwanz bekommen, ohne dass etwas herausrutscht.«

Leila runzelt die Stirn. »Meinetwegen. Kein Pony.

Aber ein paar Stufen, ja?«, fleht sie. »Nur damit sie schön fallen, wenn sie offen sind.«

Die Zwillinge einigen sich schließlich, und Jace kehrt an seinen Platz zurück. Es dauert ewig, mein Haar zu schneiden und zu trocknen, doch das Endergebnis ist es absolut wert. Als ich endlich fertig bin, sehe ich zu Leila, und sie grinst genauso breit wie ich. »Es gefällt dir, oder?«, fragt sie, und ich merke ihr an, dass sie am liebsten loskreischen würde.

Ich halte mich nicht zurück. »Ich liebe es! Das Blond ist genau das, was ich gebraucht habe. Ich sehe auf einmal so … frisch aus.« Die Farbe leuchtet und lässt meinen Hautton rosig aussehen. Ich sehe … *hübsch* aus. Wirklich hübsch.

Ich springe auf, und diesmal bin ich es, die Leila umarmt. Wir klammern uns aneinander und springen auf und ab, und endlich stößt sie das begeisterte Kreischen aus, das sie sich zuvor verkniffen hatte. «Oh mein Gott, Charlie, ich *wusste*, dir würde der Farbton stehen, aber du bist dazu geboren, blond zu sein! Du siehst einfach *unglaublich* aus. *Jace!* Jace, komm und mach ein Foto von uns!«

Jace sieht von seinem Handy auf, und der Ausdruck auf seinem Gesicht ist fast so gut wie in dem Moment, als er mich in dem Rock gesehen hat. Er steht auf und kommt langsam auf mich zu. Ich glaube, er blinzelt nicht mal. »Wow«, haucht er. »Charlie, du siehst …«

»Fabelhaft aus!«, ergänzt Leila.

Ich kann nicht anders, als breit zu grinsen. »Ich finde es toll. Wirklich.«

Jace’ erstaunter Gesichtsausdruck wird durch ein Lächeln ersetzt. Er ergreift meine Hand, und ich drücke sie so fest, dass er lachen muss. »Du siehst wunderschön aus«, sagt er, und ich werde nicht mal rot, weil ich mich gerade selbst wirklich schön fühle. Ich kann es kaum abwarten, bis ich den ganzen Look zusammen mit den neuen Anziehsachen und der Schminke sehe.

»Los Jace, mach ein Foto von uns!«, verlangt Leila. »Am besten mit Charlies Handy, dann kann sie ihr erstes Instagram-Bild posten.«

Jace verdreht die Augen, nimmt aber mein Handy und macht ein Foto von Leila und mir. Seine Schwester schnappt sich das Handy und postet das Bild prompt auf meinem Account mit dem Hashtag *#blondeshavemorefun.* Das bringt mich zum Lachen. Als sie mir das Handy zurückgibt, sehe ich mir das Bild genauer an, und mir wird klar, dass dies das erste Foto von der *neuen* Charlie ist. Am liebsten würde ich es ausdrucken, einrahmen und an die Wand hängen. Vielleicht mache ich das später noch.

Ich sehe erst Leila, dann Jace an, und plötzlich schießen mir wieder Tränen in die Augen. »Danke, Leute. Vielen Dank.«

Leila umarmt mich. »Gern geschehen. Danke für dein Vertrauen.« Sie tritt zurück und mustert mich. »Tja, ich denke, das war es. Kleidung, Schuhe, Make-up, Accessoires und Haare. Ich glaube, wir haben alles abgehakt.«

Jace räuspert sich. »Da ist noch eine weitere Sache, die sie braucht, bevor wir gehen.«

Leila und ich sehen uns erstaunt an und warten darauf, dass er deutlicher wird. »Ein Kleid für den Abschlussball«, sagt er leise. »Natürlich nur, wenn du mit mir hingehen magst.«

Mein Herz macht einen Sprung. Oder zwei. Oder drei.

Jace hat mich gerade gefragt, ob ich mit ihm zum Ball gehen will! Wieder stehe ich kurz davor, in Tränen auszubrechen. Ich kann es einfach nicht glauben. *Jace hat mich zum Ball eingeladen!*

Am liebsten würde ich genauso ausrasten wie eben über meine neue Frisur. Ein Blick zu Leila bestätigt mir, dass es ihr auch so geht. Aber diesmal versuche ich, ruhig zu bleiben. »Der Abschlussball ist doch schon nächstes Wochenende«, sage ich. »Und du hast noch keine Begleitung?«

Jace lächelt auf eine Art und Weise, die man beinahe als schelmisch bezeichnen könnte. »Ich dachte, das einzige Mädchen, mit dem ich hingehen will, ist mit Sullivan zusammen.«

Ich weiß nicht, ob er es ernst meint oder es nur ein Spruch ist. Und ehrlich gesagt ist es mir auch egal. Vollkommen egal. Ich schmelze hoffnungslos dahin. *Ich werde mit Jace King zum Abschlussball gehen!*

Das begeisterte Quietschen, das ich bis jetzt zurückgehalten habe, bricht aus mir heraus, und ich springe Jace auf eine Weise an, die seiner Cheerleader-Schwester alle Ehre macht. Jace lacht. Nicht dieses amüsierte leise Lachen, sondern ein herzliches lautes. Er erwidert meine Umarmung und sagt: »Ist das ein Ja?«

Ich muss ebenfalls lachen, und irgendwie gelingt es mir, ihn wieder loszulassen. »Ja«, quietsche ich. »Ich würde sehr gern mit dir zum Ball gehen.«

13

Am Montagmorgen bekomme ich einen Videoanruf von Dad, als ich mich gerade für die Schule fertig mache. Ich lehne das Handy gegen den Spiegel und tusche meine Wimpern weiter. »Hey Schlafmütze, wie lief … wow. Schminkst du dich etwa?«

Der Schock in seiner Stimme lässt mich schmunzeln. »Nur ein bisschen Rouge, Mascara und Lipgloss. Leila sagt, dass ich eigentlich kein Make-up brauche, weil ich so schöne Haut habe, aber dass *man sich mit ein paar der Basics noch hübscher fühlen kann.*«

»Ist das so?« Er versucht, nicht zu lachen. Seine Belustigung macht mich glücklich. Leila wird ihm gefallen. »Und wie läuft es so? Fühlst du dich *schon hübsch?*«

»*So* hübsch«, scherze ich und spiele mit meinen neuen blonden Haaren.

Wir lachen einen Moment zusammen, dann nehme ich das Handy in die Hand und bringe ihn näher. »Aber mal im Ernst, Dad, ich hatte gestern einen großartigen Tag. Leila ist so nett, und sie hat mir wirklich geholfen. Ich denke, wir werden richtig gute Freundinnen.«

»Das ist toll, Charlie. Ich bin froh, dass du jemanden

hast, der dir bei diesem Zeug helfen kann. Tut mir leid, dass ich in dieser Hinsicht so hoffnungslos bin.«

»Absolut hoffnungslos«, necke ich ihn.

Ich lehne das Handy wieder gegen den Spiegel und greife nach dem rosafarbenen Lipgloss, der nach Erdbeeren riecht. Jace hat ihn gestern für mich ausgesucht, nachdem er persönlich an zwanzig verschiedene Sorten geschnuppert hat. Es war lustig. Er hat eine überraschend entschiedene Meinung über Lipglossdüfte.

»Wenn ich wieder zurück bin, wirst du mir dann wohl deine gesamte neue Garderobe präsentieren wo- … Moment mal, sind deine Haare *blond?*«

Ich lege den Lipgloss beiseite und streiche durch meine Haare, die ich zur Abwechslung mal offen trage. »Ist das okay?«

»Solange es dir gefällt.«

Ich lächle in die Kamera, damit er sehen kann, dass ich die Wahrheit sage. »Ich liebe es.«

»Ich auch. Sieht klasse aus.« Dad muss schlucken, räuspert sich und lächelt unsicher. »Du siehst deiner Mutter wirklich sehr ähnlich. Sie war fast so hübsch wie du.«

Und plötzlich kämpfe auch ich gegen die Tränen an. Mom ist in unserem Haus kein Tabuthema. Es ist lange genug her, dass wir beide über ihren Verlust hinweggekommen sind. Aber trotzdem erwähnen wir sie auch nicht besonders oft. »Danke, Dad.«

Ich verlasse das Badezimmer und schalte das Licht hinter mir aus. Ich will gerade aus dem Schlafzimmer gehen, als mein Blick auf das Kleid fällt, das an der Tür zum Schrank hängt. Ich habe mich so darüber gefreut, zum Abschlussball eingeladen worden zu sein, dass ich mein

Kleid an die Tür statt in den Schrank gehängt habe, damit ich es beim Einschlafen sehen kann. Ich wusste nicht, *wie sehr* ich eigentlich gehen wollte. »Oh, hey, sieh dir das an.« Ich drehe das Handy in Richtung Kleid. »Schau mal, was ich mir gekauft habe.«

Dads Stimme klingt ernst, als er sagt: »Was ist das?«

Ich drehe das Handy wieder zu mir um und wackle mit den Augenbrauen. »Ein Kleid für den Abschlussball. Jace hat mich gefragt, ob ich mit ihm hingehen will!«

Dad reißt entsetzt die Augen auf, und ich bilde mir ein, dass er ein wenig bleicher wird. »Himmel erbarme dich, sie geht mit Jungs aus.«

Ich verdrehe die Augen. »Es ist doch nur Jace, Dad. Erinnere dich, du mochtest ihn.«

Mein Vater kneift die Augen zusammen. »Kein achtzehnjähriger Junge *ist* nur irgendwas. Pass bloß auf, und wenn er irgendwas versucht, wende einen dieser Griffe an, die du in diesem Selbstverteidigungskurs gelernt hast.«

Ich muss lachen. »Dad. Ich bin achtzehn. Zumindest einem Kuss wäre ich nicht abgeneigt. Es wird langsam Zeit, oder?«

Dieses Mal erbleicht Dad wirklich. »Nein«, entgegnet er. »Ich finde nicht, dass es langsam Zeit wird. Kannst du es nicht noch ein bisschen länger hinauszögern? Sagen wir, bis du dreißig bist? Ich bin noch nicht so weit.«

Er scherzt, aber nur halb. »Na klar, Dad. Das mache ich auf jeden Fall. Nur für dich. Mach dir keine Sorgen. Die Jungs werden die ganze Zeit dabei sein. Wir fahren alle zusammen in einer Limousine.«

Dad seufzt. »Das klingt schon ein bisschen besser. Sie werden schon dafür sorgen, dass sich Jace benimmt.«

Wieder verdrehe ich die Augen, und Dad lächelt verlegen. »Der Abschlussball, ja? Lass mich noch mal das Kleid sehen.«

Ich liebe meinen Dad. Er kann mir zwar mit den ganzen Mädchen-Themen nicht helfen, aber die Vatersache hat er drauf. Ich richte die Kamera wieder auf das Kleid, damit er es sich richtig ansehen kann. »Es ist wunderschön, Süße. Der Blauton wird dir hervorragend stehen. Und das Beste daran ist, dass es lang ist, Ärmel *und* keinen tiefen Ausschnitt hat. Danke dafür.«

Lachend drehe ich das Handy wieder in meine Richtung. »Entspann dich nicht zu sehr; es hat einen Schlitz, der bis zum Oberschenkel reicht. Leila sagt, es ist eine Schande, so lange und wohlgeformte Beine wie meine zu verstecken.«

Genau zwei Sekunden lang wirkt Dad besorgt, dann tut er es achselzuckend ab. »Das kann man mit Panzerband kleben.«

Ich muss laut auflachen und Dad grinst. »Tut mir leid. Ein Dad-Joke. Aber mal im Ernst jetzt. Was ist mit Schuhen? Du wirst doch wohl keine lächerlich hohen Stöckelschuhe tragen und dir vor den State Finals noch schnell den Knöchel verstauchen, oder?«

Oh Mist. Daran habe ich nicht gedacht. Er hat vollkommen recht. Ich habe versucht, in den Schuhen zu gehen, die wir gestern gekauft haben. Kein hübscher Anblick. Leila meint, mit ein bisschen Übung würde das schon werden, aber das Risiko kann ich eigentlich nicht eingehen. »Mist. Du hast recht. Die kann ich nicht tragen. Da muss ich mir etwas anderes ausdenken. Ich kaufe mir noch ein Paar hübsche flache Schuhe.«

»Du bekommst das schon hin. Und wann ist dieser Ball? Werde ich verpassen, wie du dich in Schale wirfst?«

Mein Lächeln verschwindet. »Er ist am Samstag. Du bist dann wieder zurück, doch bis ich fertig bin, musst du schon bei der Arbeit sein. Aber wir machen ganz viele Fotos, versprochen. Und du musst dir auch keine Sorgen machen, dass wir die ganze Nacht durchfeiern, denn am nächsten Tag sind ja die Championships. Vorausgesetzt, wir schaffen es ins Finale.«

»Das schafft ihr.«

Ich nicke. »Wir schaffen es.« *Hoffe ich zumindest.* »Und auf dem Ball werden wir uns alle benehmen. Versprochen.«

»Das hoffe ich doch. Aber hey, lass mich doch ein nettes Restaurant für euch reservieren. Wenn ihr zum Essen in die Stadt fahrt, könnt ihr doch auch ganz kurz für Fotos beim Stadion vorbeischauen.

»Aber wir sind zehn Leute«, warne ich ihn.

»Kein Problem. Ich kümmere mich um alles.«

»Danke, Dad.« Die Zeit drängt so langsam, also gehe ich nach unten. »Tut mir leid. Ich muss jetzt wirklich los.«

Dad seufzt. »Okay, ich lass dich gehen. Viel Spaß in der Schule mit deinem neuen Look. Die Jungs werden wegen dir einen Herzinfarkt bekommen.«

Er ist voreingenommen, und dennoch muss ich grinsen. »Danke, Dad.«

»Oh, hey«, sagt er, bevor ich auflegen kann. Ich halte ihn in der Leitung, während ich zur Garage gehe. Er strahlt begeistert. »Wie sich herausgestellt hat, steht am Sonntag nichts an für die Mannschaft, also hab ich den ganzen Tag für die Championships frei.«

Ich lege mein Handy auf die Mittelkonsole in meinem Wagen. Dad kann mich nicht mehr sehen, aber wir können uns während der Fahrt weiter unterhalten. »Großartig. Das macht alles leichter.«

»Apropos leichter, denkst du, wir können die Mannschaftsfeier direkt nach dem Spiel abhalten, wenn es eh ein freier Tag ist? Klar, das Wochenende ist schon ziemlich voll mit dem Abschlussball einen Abend vorher, aber denkst du, es macht dem Team etwas aus, noch eine weitere Veranstaltung in das Wochenende zu quetschen?«

»Das macht ihnen bestimmt nichts aus«, erwidere ich. »Versprochen. Wenn ich sie zu uns einlade, werden sie kommen, egal wann es ist. Die sind alle total gespannt.« Ich lasse die Einfahrt hinter mir und mache mich auf den Weg zur Schule.

Dads Lachen erfüllt den Wagen. »Das hättest du schon vor *Jahren* tun sollen.«

Ich seufze. »Ich weiß. Es gibt eine Menge Dinge, die ich schon vor Jahren hätte tun sollen.« Das klingt ein bisschen melancholisch, also bringe ich uns schnell zum eigentlichen Thema zurück, bevor Dad fragen kann, was los ist. »Jedenfalls wird es eine großartige Siegesfeier, falls wir denn gewinnen. Vorausgesetzt, wir schaffen es ins Finale.«

»Natürlich schafft ihr das. Und ihr werdet gewinnen. Schließlich kommst du nach mir.«

Dad-Logik. Hoffentlich hat er recht.

Eine Pause entsteht, und schließlich fragt Dad vorsichtig: »Also … ich hab mit dem Gedanken gespielt, die Mannschaft zur Feier einzuladen. Ist das blöd?«

Ich lache. »Ist es blöd, wenn ein Haufen Major-League-Baseballspieler bei einer Highschool-Teamparty auflaufen? *Dad.* Das wäre genial. Die Jungs würden *ausflippen.*«

»Okay, gut, denn ich hab sie bereits eingeladen. Aber sag lieber noch nichts, denn ich weiß nicht, wie viele von ihnen tatsächlich auftauchen werden.«

Ich schüttle den Kopf. Dad und seine Überraschungen. »Meine Lippen sind versiegelt. Es wird lustig sein, ihre Gesichter zu beobachten, wenn sie die Party betreten und ihnen klar wird, dass sie mit den Pittsburgh Pirates feiern. Fünf Mäuse darauf, dass sich Reynolds vor Aufregung einnässt.«

Dad lacht. »Tja, ich schätze, dafür haben wir die Dusche im Poolhaus. Ich liebe dich, meine Kleine.«

»Ich liebe dich auch, Dad.«

»Nach dem Spiel heute Abend rufe ich noch mal an. Dann musst du mir genau erzählen, wie dein erster Tag in der Schule nach diesem ganzen Umstyling gelaufen ist.«

Ich grinse. »Da freue ich mich schon drauf.«

*

Als ich den Schülerparkplatz erreiche und aussteigen will, überkommt mich plötzlich Nervosität. Aus irgendeinem Grund schaffe ich es nicht allein. Schnell schreibe ich Jace und Leila.

Charlie: Ich flippe gerade aus. Kann nicht aussteigen. Brauche moralische Unterstützung.

Leila antwortet sofort.

Leila: Ich warte am Eingang auf dich. Du schaffst das. Ich bin sicher, du siehst umwerfend aus.

Jace' Antwort folgt gleich danach.

Jace: 10 Sekunden.

Ich schaue zum Eingang und sehe Leila an der Seite warten, während Jace über den Parkplatz in meine Richtung gelaufen kommt. Als er an mein Fenster klopft und mich anlächelt, lässt meine Nervosität etwas nach. Er öffnet die Tür und reicht mir seine Hand, um mir aus dem Wagen zu helfen. »Sag mir die Wahrheit«, sagt er. »In Wirklichkeit wolltest du doch nur, dass ich dir nochmal die Tür öffne.«

Ich grinse. »Du hattest gestern aber auch deinen Spaß dabei. Warum dir dieses Vergnügen nehmen?«

Er lacht und schließt die Tür, während ich meinen Rucksack schultere. Dann mustert er mich von Kopf bis Fuß. »Ich finde dieses Outfit wirklich toll.«

Ich habe mich für die erste Kombination entschieden, die ich gestern anhatte – den Jeansrock mit dem pink-weißen Shirt und der pinken Baseballmütze. Meine Haare trage ich offen und habe sie an den Enden leicht gelockt.

Jace streckt mir seine Hand entgegen, und ich ergreife sie. Ich wüsste nicht, was dagegensprechen sollte. Es fühlt sich gut an, und ihm scheint es auch zu gefallen, also warum nicht?

Während wir gemeinsam über den Parkplatz gehen, wird mir klar, dass ich Jace zu mögen beginne. *Richtig* zu mögen beginne. Konnte das sein? Oder fange ich einfach nur an, über Eric hinwegzukommen? Ist das überhaupt so schnell möglich, nachdem ich *jahrelang* in ihn verliebt gewesen bin?

Auf dem Weg zu Leila spüre ich ein paar neugierige Blicke, aber ich bin mir nicht sicher, ob es der neue Look ist oder die Tatsache, dass Jace und ich Händchen halten. Ich habe bis jetzt noch niemanden gesehen, den ich kenne, also rastet auch niemand aus. Hoffentlich machen sie keine allzu große Sache daraus.

Jace lässt meine Hand los, als wir Leila erreichen, weil sie mich fest umarmt. »Du siehst umwerfend aus! Die anderen werden es *lieben.* Guck mal, die Jungs da checken dich schon ab.«

Leila deutet auf ein paar Typen, die tatsächlich in meine Richtung schauen. Ich halte den Atem an und bemühe mich, nicht rot zu werden oder das Gesicht zu verziehen. Jace versucht nicht einmal, sein Stirnrunzeln zu verbergen und nimmt wieder meine Hand. Diesmal verschränkt er unsere Finger ineinander, damit es noch offensichtlicher wirkt. Leila schmunzelt, und ich muss lachen. Jace zieht seine Augenbrauen hoch, als würde er uns herausfordern, irgendwas zu sagen. Leila und ich sehen uns jedoch nur an und kichern leise.

»Na *hallo*, die Damen. Jace, wer ist deine wunderschöne neue Freundin?«

Ich erkenne die Stimme und drehe mich grinsend zu Reynolds um, der mich offensichtlich nicht erkennt. Als er mir seine Hand entgegenstreckt, damit ich sie schüttle, fallen ihm fast die Augen aus dem Kopf. *»Hastings?«* Er tritt zurück und lässt seinen Blick von meinem Kopf bis zu meinen Füßen und wieder zurückwandern. »Verdammt! Wo hast du *das* denn so lange vor uns versteckt?«

Ich verdrehe die Augen, doch meine Wangen beginnen zu brennen. Wenn die anderen auch so reagieren, werde ich den ganzen Tag mit hochrotem Kopf herumlaufen.

Mark berührt eine meiner Haarsträhnen und lässt sie sich durch die Finger gleiten. »Ein tolles Blond.«

Ich werfe Jace einen amüsierten Blick zu. »Das mit dem Haare berühren gilt wohl auch für Jungs.«

Er lacht. »Nein, Mark ist nur völlig bescheuert.« Er schlägt Marks Hand von meinem Kopf weg. »Hör auf, sie zu betatschen.«

»Du darfst es, ich aber nicht?« Er sieht nachdrücklich auf unsere ineinander verschränkten Hände.

Jace zieht mich näher an seine Seite. »Genau.«

Mark grinst wie ein Honigkuchenpferd. »Ich verstehe.«

Mein Stichwort, wieder rot zu werden.

»Also …« Mark reibt sich die Hände. »Wer ist dafür verantwortlich?« Er deutet vage auf meinen Körper.

»Leila hat mir geholfen.« Ich schaue an meinem Outfit herunter und fummle nervös an meinen Haaren. »Ist es zu viel?«

Mark schüttelt den Kopf. »Auf keinen Fall. Du siehst umwerfend aus.«

»Danke.« Erleichtert atme ich aus. So schlimm war es also gar nicht. Mark wird neben Eric, Diego und Kev wahrscheinlich derjenige sein, der am offensten ist, was das Umstyling angeht. Wenn es nicht schlimmer wird als das, komm ich damit klar.

Die Schulglocke klingelt erneut, und wir zucken alle zusammen. Mir war nicht klar, dass wir hier so lange gestanden haben. »Komm schon, Schönheit«, sagt Reynolds. »Auf zum Unterricht. Ich kann es kaum erwarten, die Gesichter von Cabrera und Springer zu sehen.«

Leila umarmt mich ein letztes Mal und wünscht mir Glück. Jace überrascht mich mit einem Kuss auf die Wange. Mir stockt der Atem, als er sich so nah an mich heranbeugt, und meine Wange kribbelt an der Stelle, wo seine Lippen sie berührt haben. Er bleibt einen Moment so, als ob er mich absichtlich verrückt machen will. »Bis zur dritten Stunde«, flüstert er mir ins Ohr. »Du bist wunderschön.«

Die Schmetterlinge entkommen meinem Bauch, bahnen sich ihren Weg in mein Herz und lassen es eine Million Meilen pro Minute schlagen. Als Jace mich loslässt, fällt mir Feigling nichts Besseres ein, als »Bis später« zu murmeln und praktisch zu meinem ersten Kurs zu rennen. Reynolds kommt mir hinterher und lacht mich den ganzen Weg über aus. Mein Herzklopfen beruhigt sich erst nach guten zehn Minuten.

Nach der Hälfte der ersten Stunde summt mein Handy in der Tasche meines Rocks. Ich kann mich nicht erinnern, wann ich das letzte Mal während des Unterrichts eine Nachricht bekommen habe und bin froh, es auf lautlos gestellt zu haben. Vorsichtig ziehe ich mein Handy heraus und verstecke es unter dem Pult. Glücklicherweise zeigt Mrs Kendrick gerade ein Video, also fällt es mir leicht, nicht erwischt zu werden. Es ist eine Nachricht von Eric in unserem Gruppenchat.

Eric: Hastings, alles okay? Du hast gestern das Spiel ausgelassen, und ich hab dich heute Morgen nicht

gesehen. Ich habe an deinem Schließfach gewartet. Du bist doch wohl nicht krank, oder?

Mir wird warm ums Herz. Er hat auf mich gewartet. Ich vermisse ihn auch. Wegen meines kleinen Abenteuers im Einkaufszentrum konnte ich mir das Spiel nicht anschauen, also habe ich die Jungs seit Samstag nicht mehr gesehen. Ich weiß, dass es nur zwei Tage sind, doch es vergeht normalerweise selten ein Tag, an dem wir uns nicht sehen. Es fühlt sich für mich an, als ob Eric und ich nicht mehr wir selbst wären, seit er Shelly Turner zum Abschlussball eingeladen hat.

Charlie: Ich bin hier. War heute Morgen nur spät dran. Hatte keine Zeit, an mein Schließfach zu gehen. Wir sehen uns beim Mittagessen.
Eric: Alles in Ordnung?
Charlie: Ja. War nur spät dran.
Charlie: P.S. Glückwunsch zur Nominierung als Abschlussballkönig (jetzt offiziell)!
Eric: :)

Kaum habe ich das Handy wieder in meine Tasche gesteckt, da vibriert es erneut. Diesmal ist es Diego. Eric und ich sind wohl nicht die einzigen, die heute Morgen nicht so richtig am Unterricht interessiert sind.

Diego: Das war alles Shelly. Die mutiert komplett zu einer Abschlussballzilla. Sie musste sich für diesen unbeliebten Idioten ganz schön ins Zeug legen.

Eric: Na und? Du datest jemanden aus der Mittelstufe.
Diego: WIR SIND NICHT ZUSAMMEN!
Kevin: Ihr Verlierer habt fast dafür gesorgt, dass ich nachsitzen muss. Redet über diesen Mist in der Pause.
Kevin: Charlie, warum hast du uns gestern versetzt? Wo warst du?

Ich schüttle den Kopf. Typisch, uns zu sagen, dass wir die Klappe halten sollen, um dann das Gespräch selbst fortzuführen.

Charlie: Ich war im Einkaufszentrum.
Kevin: Echt witzig. Wo warst du wirklich?
Charlie: Nein, im Ernst. Ich war im Einkaufszentrum, mit Leila King shoppen.
Kevin: Du und shoppen???
Diego: Leila King, Jace' Zwillingsschwester? Die Cheerleaderin? Alter. Verkupple mich mit ihr.
Charlie: Ha! Was würde deine Freundin aus der Mittelstufe davon halten?
Diego: ICH HASSE EUCH ALLE!
Kevin: Hey, Hastings, bist du okay mit dieser ganzen Jace-Sache? Denn wenn nicht, treten wir ihm in den Hintern.

Der Themenwechsel kommt plötzlich. Ich habe keine Ahnung, was er damit meint. Es ist vollkommen ausgeschlossen, dass zwischen heute Morgen und jetzt irgendetwas passiert ist, das die Jungs dazu bringen könnte, ihn für mich verprügeln zu wollen.

Charlie: Welche Jace-Sache?

Der Gruppenchat verstummt ein paar Sekunden lang, doch die drei kleinen Punkte auf dem Schirm zeigen, dass jemand eine Nachricht tippt. Nach einer gefühlten Ewigkeit erscheint Kevins Nachricht, und ich schnappe so laut nach Luft, dass Reynolds, Springer, Cabrera und Mrs Kendrick in meine Richtung schauen. Ich verstecke das Handy in meinem Schoß und warte ein paar Minuten ab, bevor ich es wieder hervorhole. Dann starre ich die Nachricht an und habe keine Ahnung, wie ich darauf reagieren soll.

Kevin: Alle versuchen herauszufinden, wer Jace' heiße neue Freundin ist. Ein paar Jungs aus dem Team haben gesehen, wie er sie heute Morgen vor der Schule geküsst hat. Ich dachte, er wäre hinter dir her. Hätte ihn gar nicht für so einen Aufreißer gehalten. Bist du wütend? Du musst es nur sagen, dann machen wir ihn fertig.

Wie bitte??? Aus dieser Nachricht geht so viel vor, dass sich mein Hirn einfach runterfährt. Ich sollte etwas sagen. Er redet über mich. *Ich* bin die »heiße neue Freundin«, die Jace heute Morgen »geküsst« hat. Aber wie soll ich das erklären? Besonders per Textnachricht?

Und ich will schon mal gar nicht über seine Andeutung nachdenken, dass etwas zwischen Jace und mir läuft. Ich meine, irgendwie stimmt das schon, aber mir war nicht klar, dass die Jungs es bemerkt haben. Ich frage mich, was Eric darüber denkt. Ist er deshalb jetzt so still? Ist er sauer? Hat er mir deshalb eben geschrieben? War er besorgt, dass ich wegen Jace traurig bin? Denkt er, wir wären ein Paar?

Ich stelle keine dieser Fragen. Und ich kläre die Sache auch nicht auf. Aber das werde ich noch. Beim Mittagessen. Das schwöre ich.

Charlie: Alles ist in Ordnung. Lasst Jace in Ruhe. Zwischen uns ist alles entspannt. Er hat mich gefragt, ob ich mit ihm zum Abschlussball gehe. Muss jetzt aufhören. Mrs Kendrick wirft mir böse Blicke zu. Bis gleich in der Pause.

Beim Mittagessen *muss* ich es ihnen sagen – sie werden es dann ohnehin selbst sehen – aber ich muss herausfinden, *wie* ich das alles erklären soll.

14

Die Welt dreht sich glücklicherweise nicht nur um mich, und bis zur Mittagspause, habe ich mich selbst davon überzeugt, dass sie sich auch nicht zu drehen aufhören wird, nur weil ich ein kleines Umstyling hatte. Die Wellen, die ich an diesem Morgen geschlagen habe, waren gering. Ich war vorher nicht beliebt, und jetzt bin ich es auch nicht. Ja, es haben sich ein paar Leute nach mir umgedreht und ein paar weitere, die ich kaum kenne, haben mich angesprochen, um mir zu sagen, dass sie den neuen Look cool finden, aber größtenteils ist das Leben normal weitergelaufen. Das ist eine Erleichterung.

Die einzigen, denen es wirklich etwas auszumachen scheint, sind meine Teamkameraden. Dank Reynolds, der den Leuten überall die Wahrheit über Jace' »heiße neue Freundin« erzählt, hat sich die Nachricht von meinem Umstyling bis zur dritten Stunde in der gesamten Mannschaft verbreitet. Diego hat sogar erneut riskiert, nachsitzen zu müssen, um im Gruppenchat zu fragen, über was zum Teufel die Leute eigentlich reden würden. Ich habe nur geantwortet, dass ich alles beim Mittagessen erklären werde. Eric ist immer noch verdächtig still, aber vielleicht hatte er einfach Kurse, in denen er nicht heimlich schreiben konnte.

Die Schulglocke klingelt und entlässt uns schließlich in die Mittagspause. Jace dreht sich lächelnd zu mir um. »Bist du bereit, dich dem Team zu stellen?«

Nein. »Klar.«

Jace lacht, weil er weiß, dass ich lüge. Als ich aufstehe und mir den Rucksack über die Schultern streife, hält er mir seine Hand hin. Diesmal zögere ich, sie zu ergreifen. Jace lässt die Hand sinken, hört jedoch nicht auf zu lächeln. Er ist immer noch so unbekümmert wie immer, als er mich aus dem Klassenzimmer begleitet und beiläufig fragt: »Willst du meine Hand nicht mehr halten?«

Ich kralle mich an die Träger meines Rucksacks und konzentriere mich auf das Chaos im Flur. Ich kann seinen Blick auf mir spüren, ich kann ihn nur nicht ansehen. »Ich weiß nicht. Das ist es nicht.« Ich zwinge mich dazu, seinen neugierigen Blick zu erwidern. »Ich bin nur nervös. Ich mag es nicht, im Mittelpunkt zu stehen, aber das ganze Team hat sich über uns das Maul zerrissen und gesagt, dass du und ich …, dass wir … du weißt schon …« Ich kann es nicht aussprechen, also deute ich einfach zwischen uns hin und her und hoffe, dass er es versteht. »Ich weiß nicht, was hier los ist, aber ich bin mir nicht sicher, ob ich mit allem auf einmal klarkomme.«

Jace legt eine Hand auf meinen unteren Rücken und führt mich sanft zu ein paar Schließfächern die am Eingang der Schulkantine liegen. Er wartet, bis ich ihm in die Augen sehe, dann lächelt er. »Ich mag dich, Charlie. Das ist hier los.«

Es fühlt sich an, als würde mir mein Magen bis in die

Kehle springen. Ich habe es bereits geahnt, aber versucht, es zu leugnen, weil ich wegen Eric immer noch so verwirrt bin. Doch ich kann mich nicht weiter selbst belügen. Ich kann nicht länger den Kopf in den Sand stecken und hoffen, dass sich meine Gefühle irgendwann schon klären werden.

Sein Geständnis lässt mich ziemlich ausflippen, doch Jace sieht mich weiterhin ruhig an. »Wir können auch nur Freunde sein, wenn es das ist, was du jetzt brauchst«, sagt er. »Aber ich wäre gern mehr als das. Ich wäre gern dein fester Freund.«

Er streicht mir durchs Haar und legt sie mir über meine Schulter.

Ich kann nicht atmen. Meine Lunge weiß nicht mehr, wie. Vielleicht hat auch mein Herz aufgehört, zu schlagen. Was soll ich nur tun? Ich kann nicht denken. Warum kann ich nicht denken? Mein Körper und mein Geist sind wie zu Eis erstarrt. Warum lässt mich diese Unterhaltung vollkommen panisch werden? Ist das normal?

Jace sieht mich einen Moment lang an, dann nickt er, als hätte ich ihm ein paar Fragen beantwortet, ohne je das verständnisvolle Lächeln auf seinem Gesicht zu verlieren. »Es ist gerade wohl einfach zu viel.« Er schiebt die Hände in seine Hosentaschen. »Schon in Ordnung. Ich kann warten. Wir bringen dich erst mal durch diese Veränderung in deinem Leben, bevor wir die Dinge noch komplizierter machen. Aber ich bin für dich da, okay? Egal, was passiert.«

Seine Worte sind einfach zu perfekt. Sie sind genau das, was ich hören musste, und plötzlich ist mir einfach nur nach Weinen zumute. Ich bin so erleichtert und dankbar, dass es mir die Kehle zuschnürt und meine Augen zu brennen beginnen. Als mir tatsächlich Tränen in die Augen schießen, nimmt mich Jace in den Arm. Ich schmiege mich an seine Brust, und mein Körper wird ganz schlaff. Ich schließe die Augen und lasse mich von Jace halten. »Schon in Ordnung, Charlie. Ich bin für dich da«, murmelt er, gibt mir einen Kuss auf die Schläfe, und mir laufen Tränen über die Wangen. Ich muss schniefen, also umarmt er mich noch fester.

Ich weiß nicht, wie lange wir hier so stehen. Der Lärm im Flur lässt nach, während die Leute entweder in ihre Kurse oder zur Kantine gehen. Ich habe immer noch kein einziges Wort gesagt, seit Jace mir gestanden hat, dass er mich mag, mein fester Freund sein möchte, und ich eine Art Panikattacke bekommen habe. Er muss mich für völlig verrückt halten. Ich *bin* verrückt.

Nach einer gefühlten Ewigkeit lässt das Gefühl von Enge in meiner Brust nach. Meine Atmung beruhigt sich, und mein Herzschlag kehrt zu einem gesunden Tempo zurück. »Geht es dir jetzt besser?«, fragt Jace leise, und seine Hand beschreibt auf meinem Rücken kleine Kreise. Die Berührung fühlt sich magisch an.

Ich will mich nicht bewegen. Ich will für den Rest des Tages hier in seinen Armen sein. Vielleicht sogar für den Rest meines Lebens. Aber ich muss mich meinen Freunden stellen, also nicke ich an seiner Brust. Er lässt mich langsam los, als ob er diesen Moment genauso ungern beenden will wie ich.

Ich sehe ihm in die Augen, und er wischt mir die Tränen von den Wangen. »Komm«, sagt er und tritt zurück. »Lass uns reingehen und etwas essen, bevor die Pause vorbei ist und wir mit leerem Magen trainieren müssen. Das wäre das Schlimmste.«

Ich schniefe ein letztes Mal, dann muss ich kichern. »Das wäre wirklich das Schlimmste.«

Jace hält mir erneut seine Hand hin und sieht mich fragend an. Diesmal weiß ich, dass er es nur als freundschaftliche Geste meint, und ich greife gierig danach. Er ist wie ein Anker, den ich dringend brauche.

Als wir die Kantine betreten, atme ich tief ein und langsam wieder aus. Alles wirkt normal – ein Tag wie jeder andere in der Highschool. Neunzig Prozent der Leute hier kenne ich überhaupt nicht, und sie zucken nicht mal mit der Wimper, als ich händchenhaltend mit Jace an ihnen vorbeigehe. Erst als wir uns dem Mannschaftstisch nähern, beginne ich, die schweren Blicke zu spüren.

Jace denkt gar nicht daran, mich langsamer gehen zu lassen. Er zieht mich an sich, und wir marschieren mit einem Selbstbewusstsein auf die anderen zu, dass so gar nicht meinem inneren Gefühl entspricht. Als wir den Tisch erreichen, verstummen die Gespräche, doch dann pfeift jemand und sagt: »Siehst gut aus, Hastings!«, was meine anderen Teamkameraden dazu bringt, ebenfalls zu pfeifen und zu johlen.

Ich werde vor Scham im Boden versinken. Ich weiß es einfach. Einen Moment lang warte ich darauf, dass mich der Tod ereilt. Als das nicht passiert, reiße ich mich am Riemen und verdrehe die Augen. Es ist an der Zeit, allen etwas vorzuspielen. Wenn ich jemals selbstbewusst vor anderen wirken musste, dann jetzt, sonst werden mich die Jungs für immer wegen meines Umstylings aufziehen. Sie müssen verstehen, dass ich immer noch die Person bin, die sie kennen, auch wenn ich jetzt anders aussehe. Ich bin immer noch das Mädchen, mit dem sie seit vier Jahren Baseball spielen. Sie können sich immer noch darauf verlassen, dass ich auf dem Platz meinen Job machen werde. »Ihr seid ja albern. Man könnte meinen, ihr habt noch nie ein Mädchen gesehen.«

»Wir haben *dich* noch nie als Mädchen gesehen«, scherzt Cabrera.

»Ha, ha.«

Bevor ich mich setzen kann, ist Eric an meiner Seite. »Kann ich mal mit dir reden?«

»Natürlich«, sage ich, erschrocken über die Frage und Dringlichkeit in seiner Stimme.

Jace nickt uns beiden zu und geht weiter, um sich neben Reynolds zu setzen. Eric nimmt mich am Ellbogen und führt uns ein paar Meter von unseren Freunden weg. »Was ist los?«, frage ich.

Er runzelt die Stirn. »Charlie, was ist denn nur in dich gefahren?«

Da ist etwas in seinem Tonfall, das mich verletzt. Er ist wütend, vielleicht hasst er mein neues Aussehen oder sonst was. Er ist definitiv nicht glücklich. Ich runzle ebenfalls die Stirn und hebe mit einer Mischung aus Hilflosigkeit und Trotz meine Schultern. »Nichts. Ich brauchte nur mal eine Veränderung.« Unsicherheit überkommt mich. Ich fahre mir nervös durchs Haar und kaue auf meiner Unterlippe herum. Es fällt mir schwer, ihn anzusehen, als ich leise frage: »Gefällt es dir nicht?«

»Ob es mir nicht *gefällt?*« Er schüttelt den Kopf und fuchtelt mit den Händen. »Ich erkenne dich überhaupt nicht wieder. Du verlässt die Mannschaft. Versetzt deine Freunde ...«

»Ich habe die Mannschaft nicht verlassen«, sage ich, obwohl es ja nur halb stimmt. Schließlich bin ich ja tatsächlich ausgestiegen, bevor ich überredet wurde, es rückgängig zu machen. »Und ich habe *einen* einzigen Tag verpasst. Ich habe mir *einen* Sonntagnachmittag freigenommen, um mit einer Freundin shoppen zu gehen ...«

»Seit wann gehst du *shoppen?*«, fragt er, als hätte ich eine Todsünde begangen. »Oder verbringst deine Zeit mit Cheerleaderinnen?« Letzteres sagt er mit einer gewissen Abscheu. Er schnaubt und deutet auf Jace. »Du knutscht mit Kerlen auf dem Parkplatz rum!«

Mein Gesicht wird knallrot. Schlimm genug, dass er mir diese Dinge überhaupt vorwirft, aber er ist jetzt so wütend, dass er immer lauter wird, und der letzte Kommentar lässt die Jungs am Tisch johlen. »Jace und ich sind Freunde, und er hat mich nur auf die Wange geküsst«, blaffe ich. »Es ist nicht so, dass wir miteinander rumgemacht hätten.«

Eric wirkt von meiner Verteidigung nicht weiter beeindruckt. »Und was ist *das* alles?« Er deutet auf mein Outfit und schnippst gegen meine Haare. »Ein Rock und Lippenstift? Glitzersandalen? Du siehst lächerlich aus!«

Ich zucke zusammen. Er hätte mir ebenso gut eine Ohrfeige verpassen können. Oder mir in den Magen schlagen. Er hat mir auf jeden Fall jeglichen Wind aus den Segeln genommen.

»Ich finde, sie sieht scharf aus«, ruft jemand und erinnert mich daran, dass wir diese Unterhaltung nicht gerade unter vier Augen führen.

Eric wirbelt zu den Jungs herum und brüllt: »Das ist *Charlie!* Sie soll nicht *scharf* aussehen. Sie soll einer von uns sein!«

Das Team lacht, doch ich stolpere einen Schritt zurück. Jace springt vom Tisch auf und ist sofort bei mir. Ich muss sein Gesicht nicht sehen, um zu wissen, dass er meinen besten Freund böse ansieht. »Lass sie in Ruhe, Sullivan.«

Eric reißt entsetzt die Augen auf, als ihm klar wird, wie sehr er mich mit seinen Worten gekränkt hat. Ich weiß, dass er mich weder verletzen noch mir eine Szene machen wollte. Als er die Tränen in meinen Augen sieht, wird er kreidebleich. »Charlie«, fleht er kopfschüttelnd. »Siehst du das denn nicht? Das bist nicht *du.*«

Ich kann nicht sprechen. Meine Kehle ist wie zugeschnürt. Diesmal gerate ich nicht in Panik, sondern bin einfach nur am Boden zerstört. Eric Sullivan hat mir gerade ein zweites Mal das Herz gebrochen.

»Charlie.« Jace legt seine Arme um mich, doch ich weiche auch vor ihm zurück. Ich muss hier raus. Denn gleich werde ich in Tränen ausbrechen, und das wird alles noch viel schlimmer machen. Das Team wird mich nie wieder respektieren, wenn ich vor ihnen zu heulen anfange. Dies ist kein Platz für Charlotte. Jetzt gerade muss ich einfach nur Hastings sein.

Ich sage nichts, sondern werfe Eric einen wütenden Blick zu und stürme aus der Kantine. Als ich auf dem Flur bin, entweicht mir ein Schluchzen, und ich schnappe nach Luft. Tränen laufen mir über die Wangen, und ich renne zur Toilette. Sobald sich die Tür hinter mir schließt, beuge ich mich über ein Waschbecken und greife mir mit einer

Hand ans Herz, weil es so wehtut. Ich habe schon eine ganze Weile nicht mehr so heftig geweint.

Es vergehen keine zwei Minuten, bevor Leila in die Toilette stürmt und mich fest umarmt. »Hey«, sagt sie. »Shh, shhh, shh. Alles wird gut, Charlie. Ich bin hier, okay?«

Ihr Trost öffnet die Tränenschleusen nur noch weiter. Als ob es jetzt, wo sie hier ist, in Ordnung wäre, richtig loszuheulen. Leila wird mich nicht dafür verurteilen. Sie wird nicht den Respekt vor mir verlieren, weil ich weine. »Er *hasst* es«, schluchze ich. »Er hält mich für bescheuert.«

Leila umarmt mich so fest, dass ich kaum noch atmen kann. »Er ist nur überrascht, Süße. Er versteht es nicht. Vielleicht ist er geschockt, aber er wird sich schon noch daran gewöhnen. Lass dir nichts von ihm verderben, was dir guttut.«

Ich ziehe mich schniefend zurück. »*Tut* es mir denn gut?«

Leila verschränkt die Arme und starrt mich an. »Gefällt es dir?«

Ich will nein sagen, aber etwas hält mich davon ab. Als ich heute Morgen in den Spiegel geschaut habe, war ich begeistert. Als ich meinem Vater meine Haare präsentiert und mit ihm über den Abschlussball gesprochen habe, war ich *glücklich.* Gestern hatte ich mit Leila Spaß im Einkaufszentrum und hab mich so wohl gefühlt, wie schon lange nicht mehr. »Ja«, flüstere ich. »Es gefällt mir.«

»Dann tut es dir gut.« Leila reicht mir ein Taschentuch. Ich putze mir die Nase und sie dreht mich herum, so, dass ich in den Spiegel blicke. Dann legt sie die Hände auf meine Schultern und sieht mich mit beruhigend an. »Du kannst sein, was immer du willst, Charlie. Wenn es dich glücklich macht, dann lass es dir nicht nehmen. Nicht mal von Eric.«

Ich schaue sie im Spiegel an, wie sie mit der Haltung und dem Selbstbewusstsein einer Schönheitskönigin hinter mir steht. Werde ich jemals so selbstsicher mit mir und meinem Körper sein? »Was, wenn ich jemand sein will, den er mag. Also, so richtig mag. Als feste Freundin?«

Leila erstarrt. Sie studiert mich lange, dann fragt sie zögernd: »Eric?«

Ich nicke hilflos und wische mir die nassen Wangen mit dem Handrücken trocken. »Er hat in mir nie mehr als einen Kumpel gesehen.«

Ihr Gesicht bleibt ausdruckslos. »Und das ist, was du willst? Dass Eric *mehr* in dir sieht, als das?«

Ich will ja sagen, doch wieder hält mich etwas auf. Jace' charmantes Lächeln und seine freundlichen Augen schießen mir durch den Kopf. Dann fällt mir ein, wie begeistert Leila war, als sie mich durchs Einkaufszentrum geschleift hat und ich ihr Lieblingslied im Auto mitgesungen habe. Ich muss schlucken. »Ich weiß es nicht«, gebe ich zu. »Ich weiß gar nichts mehr.«

Leila sieht mich mitfühlend an. »Es geht hier nicht um Eric«, sagt sie. »Und auch nicht um Jace.« Sie dreht mich zu sich um. »Sondern um *dich* und darum, was hier drin ist.« Sie deutet auf mein Herz.

Ich seufze.

»Du tust das hier *nicht* für Eric«, beteuert Leila. Dann lächelt sie. »Und ich sage das nicht, weil Jace mein Bruder ist, der seit der Mittelstufe in dich verknallt ist und ihr beiden ein unglaublich süßes Paar wärt.«

Ich muss kichern, doch es wird zu einem Schluckauf. Leila reicht mir grinsend ein Taschentuch. »Also«, sagt sie und öffnet ihre Handtasche. »Dann erkläre ich dir jetzt mal die magische Wirkung eines Concealers, und dann gehen wir zurück und du sitzt für den Rest der Mittagspause bei mir am Tisch. Ich stelle dir ein paar meiner Freundinnen vor.« Als ich protestieren will, hebt sie eine Hand. »Vertrau mir. Ein paar Freundinnen zu haben, die dir den Rücken stärken, ist wichtig, und es wird dir gefallen.«

Ich lächle Leila an und war noch nie dankbarer, in ihr eine so gute Freundin gefunden zu haben. »Das tut es jetzt schon.«

15

Während ich an Leilas Tisch zu Mittag esse, spüre ich die ganze Zeit die Blicke auf mir liegen. Ich ignoriere sie. Wenn ich Erics enttäuschtes Gesicht sehe, fange ich direkt wieder an zu heulen. Leilas Freundinnen sind wirklich lieb. Das reicht aus, um mich die restliche Pause lang abzulenken. Aber ich esse nicht viel. Mir ist der Appetit vergangen. Schließlich verlasse ich die Kantine, um Eric aus dem Weg zu gehen. Normalerweise gehen wir zusammen zur vierten Stunde, aber ich kann jetzt gerade auf keinen Fall mit ihm reden. Das alles ist mir so unangenehm. Er sieht mich nicht als potentielle Partnerin, und er findet, dass das auch niemand anders tun sollte. *Du siehst lächerlich aus. Das ist Charlie. Sie soll nicht scharf aussehen.*

Er muss mein Umstyling als verzweifelten Versuch angesehen haben, die Aufmerksamkeit der Jungs auf mich zu ziehen. Ich muss so *dämlich* auf ihn wirken. Und er hasst es. Er hat mir nicht gesagt, dass ich hübsch aussehe, sondern ist ausgerastet und hat gefragt, was denn in mich gefahren sei. Es wäre *falsch* von mir, mich wie ein *Mädchen* benehmen zu wollen. Ich soll für ihn nur *Hastings* sein.

Was ist so falsch daran, mich mal etwas verändern zu wollen? Ich kann doch beides sein. Andere Mädchen hasst er schließlich nicht. Er geht mit dem hübschesten Mädchen der Schule zum Abschlussball. Warum darf *sie* sexy sein und ich nicht? Warum darf Eric mit jemandem zum Abschlussball gehen, aber wenn ich das will, ist es lächerlich? Ich kapiere es einfach nicht.

Eric starrt mich an, sobald er das Klassenzimmer betritt. Ich sehe nicht auf, als er sich hinter mich setzt. Ich hole mein Notizbuch heraus und beginne am Rand herumzukritzeln.

»Charlie.«

Ich ignoriere ihn. Das *muss* ich. Denn wenn ich ihn ansehe, werde ich losheulen.

»Charlie, *bitte.* Rede mit mir.«

Ich schließe die Augen. Die Reue in seiner Stimme ist zu viel. Er kann mir nicht das Herz brechen und dann auch noch dafür sorgen, dass er mir leidtut.

»Warum redest du nicht mit mir?«

Wütend drehe ich mich zu ihm um. »Weil es nichts mehr zu sagen gibt. So bin ich jetzt nun mal. Wenn es dir nicht gefällt, Pech gehabt. Ich werde mich nicht für dich ändern. Ich lasse mich doch nicht von dir heruntermachen, nur weil ich mich hübsch fühlen, ausgehen und andere Freunde außer dir haben möchte.«

Eric lehnt sich vor und schüttelt den Kopf. In seinem Blick liegt eine Mischung aus Frust und Kränkung. »Ich versuche nicht, dich herunterzumachen. Ich mache mir nur Sorgen um dich. Du solltest nicht alles an dir ändern müssen, damit dich ein Junge mag. Wenn er dich nicht so liebt, wie du bist, verdient er dich nicht.«

Heißt das, du verdienst mich nicht?, frage ich mich. Was würde er denken, wenn er wüsste, dass ich mit dieser ganzen Sache nur deshalb angefangen habe, weil *er* mich nicht wollte?

»Werde nicht zu jemandem, der du nicht bist«, redete er weiter auf mich ein. »Lass nicht deine wahren Freunde fallen, die du schon dein ganzes Leben lang kennst, schon gar nicht für einen Typen, der dir nur an die Wäsche will, oder weil du unbedingt mit den Cheerleadern abhängen möchtest.«

Ich schnappe empört nach Luft. Und wieder hat er mich verletzt. Hält er mich wirklich für so oberflächlich? »Warum sollte mir Jace nur an die Wäsche wollen?«, flüstere ich mit zitternder Stimme, während ich schon wieder gegen die Tränen ankämpfe. »*Warum* kann er mich nicht aufrichtig mögen? Nur weil *du* mich nicht so siehst, bedeutet das nicht, dass mich kein anderer Junge jemals mögen wird. Und *warum* kann mir Leila keine echte Freundin sein? Warum denkst du, ich jage nur irgendeiner Beliebtheit hinterher, wenn ich mit ihr befreundet sein will? Bin ich wirklich *so* wenig liebenswert, dass nur Diego, Kevin und du mich aufrichtig mögen könnt?«

Eric runzelt die Stirn. »Das habe ich nicht gesagt.«

»Oh doch«, blaffe ich. »Das hast du. Und warum muss ich mich zwischen euch drei und ihnen als Freunde entscheiden? Kann ich nicht mit euch allen befreundet sein?«

Eric fährt sich durch die Haare. »Natürlich kannst du das, Charlie, aber sind sie wirklich deine Freunde, wenn sie alles an dir ändern wollen?«

»Ich bin immer noch ich.«

Als er den Kopf schüttelt, schließe ich die Augen, um die Tränen zurückzuhalten. »Du kapierst es einfach nicht. Und das wirst du auch nie.«

Ich drehe mich wieder um und starre auf mein Notizbuch.

»Charlie. Charlie, komm schon. *Charlie!*«

Diesmal ignoriere ich ihn. Und zwar für den Rest des Unterrichts. Ich bin so wütend auf ihn und so verletzt von dem, was er gesagt hat. Ich weiß nicht, wie es dazu kommen konnte, aber plötzlich tut mir mein bester Freund nicht mehr gut. Ich hoffe, dass dies nicht das Ende unserer Freundschaft ist, aber ich befürchte, dass es nie wieder so sein wird wie vorher.

*

Den Rest des Tages fühle ich mich schlecht. Ich treffe mehrere Mitglieder des Teams, und es ist jedes Mal total unangenehm. Sie alle haben mitbekommen, wie ich mich in der Pause mit Eric gestritten habe, und wissen nun nicht, wie sie sich mir gegenüber verhalten sollen. Als ob es nicht genug wäre, dass Eric mir das Herz gebrochen hat, musste er auch noch die eine Sache ruinieren, die ich genauso liebe wie ihn.

Nach der Schule ziehe ich meine Trainingsklamotten an, aber als der Moment kommt, die Umkleide zu verlassen, kann ich es einfach nicht. Was erwartet mich draußen auf dem Spielfeld? Drei wütende beste Freunde und ein Haufen Teamkameraden, die mich alle für verrückt halten? Habe ich mir nur was vorgemacht? Sehe ich in Wahrheit wirklich so lächerlich aus, wie Eric gesagt hat? Hält mich die ganze Mannschaft jetzt für eine erbärmliche Verliererin, die vorgibt, etwas zu sein, was sie nicht ist?

Statt zum Training zu gehen, lasse ich meine Ausrüstung fallen, setzte mich auf den Boden und lehne mich gegen die Schließfächer. Dann hole ich einen Baseball aus meiner Tasche und drücke darauf herum, als wäre er ein Anti-Stressball. Ich kann das nicht. Ich kann mich ihnen nicht stellen.

Ich weiß nicht, wie lange ich so sitzen bleibe, aber ich weiß, dass das Training bereits begonnen hat. Dennoch kann ich mich nicht dazu überwinden, aufzustehen. Ich beginne den Ball hochzuwerfen und aufzufangen.

Plötzlich ertönt Jace' Stimme durch die Tür hindurch in den Umkleideraum. »Hallo? Charlie? Jemand da?«

Ich antworte ihm nicht, obwohl ich weiß, dass er sich Sorgen macht und geschickt wurde, um nach mir zu sehen. Aber ich will nicht mit ihm reden. Ich bin nicht wütend auf ihn, komme mir aber so *dumm* vor. Er hat den Streit zwischen Eric und mir mitbekommen. Er hat all die grausamen Dinge gehört, die Eric gesagt hat. Was muss Jace jetzt nur von mir denken?

»Hastings, ich bin mir ziemlich sicher, dass du da drin bist. Komm raus oder ich komme rein.«

Ich *sollte* rausgehen. Aber ich rühre mich keinen Zentimeter.

Jace kommt nicht rein, doch jetzt fängt mein Handy an zu klingeln. »31 Flavours of You.« Das Lied, das ich als Klingelton für die King-Zwillinge eingestellt habe. Jace ruft mich an und kann mein Handy klingeln hören. Erwischt.

»Charlie?« Als ich immer noch nicht antworte, hebt er seine Stimme und ruft laut in den Umkleideraum hinein. »Warnung! Ein Kerl betritt die Mädchenumkleide in 5 … 4 … 3 … 2 … 1 …!«

Ich bin nicht überrascht, als Jace seine Drohung wahr macht und den Umkleideraum betritt. Er kommt um die Ecke und setzt sich schweigend neben mich auf den Boden. Er ist mir so nah, dass sich unsere Arme berühren. Dann wartet er einfach. Doch es dauert nicht lang. »Du könntest dafür suspendiert werden, dass du hier drin bist, weißt du das?«

»Dann solltest du jetzt aufstehen und mit mir zum Training kommen, bevor mich jemand hier drin erwischt, denn ich werde nicht ohne dich gehen.« Er stößt meine Schulter an. »Du hast versprochen, nicht aufzugeben.«

Ich seufze. »Das will ich ja auch gar nicht. Aber ich kann einfach nicht aufstehen. Ich weiß nicht, wie ich den anderen gegenübertreten soll.«

»Tu das nicht«, sagt Jace nachdrücklich. »Lass dir von Sullivan nicht dein Selbstbewusstsein nehmen. Heute Morgen warst du noch so zufrieden mit deinem neuen Look. Seit wann ist es dir wichtig, was andere von dir denken?«

Ich werfe den Ball hoch und fange ihn wieder auf. »Sie sind mein Team. Ihre Meinung ist mir wichtig.«

Jace nickt. »Und das ist ja auch richtig so … wenn es um Baseball geht. Doch das hier hat nichts damit zu tun.«

»Doch, schon, wenn sie mich deshalb nicht mehr respektieren.«

»Hey.« Jace dreht mein Gesicht sanft zu sich um, damit ich ihm in die Augen sehen muss. »Niemand respektiert dich weniger, weil du dir die Haare blondiert und einen Rock angezogen hast. Ein Großteil des Teams findet deinen neuen Look toll, und sie alle mögen, dass du dich ihnen mehr öffnest. Ich verspreche dir, Charlie, wir – dein Team – stehen hinter dir.«

Ich will ihm ja glauben. Das tue ich sogar ein bisschen. Mit Sicherheit ist es vielen der Jungs egal, wie ich aussehe. Aber die wichtigsten Mannschaftsmitglieder – jedenfalls die, die *mir* am wichtigsten sind – stehen nicht hinter mir. Traurig wende ich den Blick ab. »Nicht das gesamte Team.«

Wieder werfe ich den Ball in die Luft, doch diesmal fängt Jace ihn. Er legt ihn beiseite, nimmt meine Hand und verschränkt unsere Finger ineinander. »Sullivan macht sich nur Sorgen um dich«, sagt er. Das Gleiche sage ich mir auch immer wieder, aber es sorgt nicht dafür, dass ich mich besser fühle. »Er sieht, wie du dich veränderst, aber er versteht nicht, warum. Wie kann er das auch, wenn du es ihm nicht erklärst?«

Ich ziehe die Schultern zusammen. Das war hart, aber Jace hat recht. Ich bin einem richtigen Gespräch mit Eric aus dem Weg gegangen, weil die Wahrheit kompliziert und unangenehm ist, und ich zugeben müsste, dass ich gewisse Gefühle für ihn hege. Unsere kurze Unterhaltung in der Mittagspause, in der wir uns angebrüllt haben, zählt nicht als Gespräch.

»Irgendwann wirst du ihm die Wahrheit sagen müssen. Das weißt du, oder?«

Ich lehne den Kopf zurück an den Spind, schließe die Augen und seufze. »Es wird keinen Unterschied machen.«

Ich weiß, dass Eric nicht versteht, was vor sich geht, aber er will es auch gar nicht verstehen. Es gefällt ihm nicht, dass ich mich verändere. Er denkt, dass ich den Verstand verloren habe.

»Aber es könnte zumindest die Wogen ausreichend glätten, damit du dich auf das Spiel konzentrieren kannst.«

Wahrscheinlich hat er recht. Dieses ganze Drama beeinträchtigt mein Spiel. Ich sitze hier, verpasse das Training, habe Angst vor meinem Team und *morgen* starten die Playoffs. Ich kann es mir nicht leisten, es zu versauen. Ich glaube zwar nicht wirklich daran, eine Chance zu haben, nächstes Jahr am College zu spielen, aber wenn es nicht sein soll, will ich nicht, dass es an etwas lag, was ich getan oder nicht getan habe. Ich will niemandem die Ausrede geben, nach der sie suchen, um mich nicht auszuwählen. Dennoch ist das Problem mit Eric nicht so einfach aus der Welt zu schaffen. Es wird bis nach Saisonende warten müssen. »Ich bin noch nicht bereit, mit ihm zu reden.«

Jace wirkt nicht überrascht, das zu hören. Er nickt und seufzt verstehend. »Meinetwegen. Dann bist du eben noch nicht bereit. Aber egal, was Sullivan denkt, oder Jones, oder Escobar, wenn du schon nicht für sie da rausgehst, dann wenigstens für uns andere. Du bist unser bester Hitter, unser einziger Catcher, der was taugt, und ob es dir bewusst ist oder nicht, das Herz und die Seele dieses Teams.«

Überrascht drehe ich mich zu ihm um. Das kann er unmöglich ernst meinen. Er schmunzelt, als ob er weiß, dass er mich damit überrumpelt hat und mich nicht überwältigen will. »Dich die letzten vier Jahre im Team zu haben, hat uns allen gezeigt, was es bedeutet, eine wirkliche Leidenschaft für diesen Sport zu haben«, sagt er. »Wir haben zugesehen, wie du den Wahrscheinlichkeiten getrotzt und *alle* ignoriert hast, die dich auslachen oder behaupten, dass du es nicht schaffen kannst. Immer wieder hast du ihnen bewiesen, dass sie Unrecht hatten. Du arbeitest doppelt so hart, um dir den Respekt zu verdienen, den wir anderen durch bloßes Erscheinen bekommen. Und ganz egal, was passiert, du liebst diesen Sport. Niemand respektiert dich mehr als dieses Team.«

Mir wird durch seine Komplimente ganz schwindlig. Nie hätte ich mir vorstellen können, dass meine Beharrlichkeit dem Team so viel bedeutet. Mir war nicht klar, dass sie mich auf diese Art sehen. Ich dachte immer, dass sie mich einfach nur in Kauf nehmen. Niemand war je gemein zu mir, aber ich war auch nie wirklich Teil der Gruppe. Ich wurde nie eingeladen, mal außerhalb des Trainings Zeit mit ihnen zu verbringen. War das meine Schuld? War eigentlich *ich* es, der sie ausgeschlossen hat?

»Blonde Haare und pinker Lipgloss ändern doch nichts daran, wie die Jungs über dich denken.« Wieder stößt er mich an. »Wenn überhaupt verlieben sie sich jetzt auch noch alle in dich, und ich muss damit anfangen, sie loszuwerden.«

Bevor ich es verhindern kann, muss ich lachen.

Jace schüttelt den Kopf und lächelt wehmütig. »Du denkst, ich mache Witze, doch es stimmt. Wir alle lieben dich, Charlie. Du bist vielleicht ein Mädchen unter einem Haufen Kerle, aber du bist *unser* Mädchen, wir sind stolz auf dich.«

Unser Mädchen. Mir gefällt, wie das klingt, aber das werde ich Jace auf keinen Fall wissen lassen. Ich grinse ihn schief an. »Klingt eher so, als sei ich euer Maskottchen.«

Er lacht. »Ich betrachte dich lieber als unsere Geheimwaffe.«

Ich muss schmunzeln, und er stößt mich wieder mit der

Schulter an. »Komm schon. Das Team wartet auf uns, und ich sollte von hier verschwinden, bevor ich wirklich noch suspendiert werde.«

Er steht auf und streckt mir die Hand entgegen. Ich zögere kurz, doch dann denke ich *warum nicht?* Als ich mir von ihm aufhelfen lasse, muss ich unwillkürlich lächeln.

Sobald ich auf dem Platz bin, starrt Eric mich an. Ich kann seinen Gesichtsausdruck nicht deuten, spüre aber das Gewicht seines Blicks auf mir liegen. Ich sehe zuerst weg, und mit einem Mal schnürt es mir die Kehle zu. Wie ist es nur so weit gekommen?

Jace drückt meine Hand fester, als ob er wüsste, was in mir vorgeht. Wir gehen Hand in Hand raus aufs Feld, und die Jungs ziehen uns ohne Ende auf. Vor allem Reynolds, weil er neben Jace und den Jungs derjenige ist, der sich momentan am wohlsten mit mir fühlt. Er hat gemerkt, dass es in Ordnung ist, mich zu necken. »Hey, ihr Turteltauben! Das ist aber nett, dass ihr zu uns stoßt. Was genau habt ihr zwei Verrückten denn da drin getrieben?« Er wackelt übertrieben mit seinen Augenbrauen, und ich muss lachen. Ich mag Reynolds. Niemand ist je so unbefangen mit mir umgegangen wie er. Die Jungs ziehen mich auf, und Jace flirtet mit mir, aber Reynolds ist anders. Er nimmt mich ebenfalls auf den Arm, aber respektvoll. Nie würde er Witze über meine Donnerschenkel machen. Bei ihm ist es immer unbeschwert und verspielt. Es macht Spaß. Und genau das brauche ich jetzt, um mich trotz der penetranten Blicke meines besten Freunds zusammenzureißen.

Mit nun deutlich besserer Laune grinse ich ihn an. »Das würdest du wohl gerne wissen, was?«

Sein eigenes Grinsen wird noch breiter. »Nein danke, ich brauche keine Details. Na ja, vielleicht eins. Sind du und King jetzt offiziell zusammen?«

Jetzt werde ich doch rot. Mist. Und ich habe mich so gut geschlagen. »Äh, nein. Wir sind Freunde.«

»Freunde, die Händchen halten, sich gegenseitig auf die Wange küssen und zusammen zum Abschlussball gehen?«

Mein Gesicht steht in Flammen. Bevor ich irgendwas sagen kann, ist Jace wieder hinter mir. Er nimmt meine Arme, lehnt sich um mich und küsst mich erneut auf die Wange. »Genau«, sagt er zu Reynolds. »Solche Freunde sind wir.«

Ich schnappe nach Luft und Mark lacht los.

»Reynolds! King! Hört endlich auf, herumzutratschen und macht euch an den Drill. Hastings! Komm her.«

»Ja, Coach«, sagen wir alle drei gleichzeitig.

Ich ignoriere die neugierigen Blicke in meinem Rücken, gehe zu Coach Stanton und hoffe, dass mein Gesicht nicht zu rot ist. Er sollte mich zurechtweisen, weil ich so spät dran bin, doch in seinem Gesicht steht nichts als Sorge. »Tut mir leid, dass ich mich verspätet habe, Coach. Kommt nicht wieder vor.«

Er sieht mich lange an. »Ist alles okay mit dir?«

Eigentlich nicht, aber ich kann es vom Feld fernhalten. Momentan ist Baseball das Einzige, was Sinn ergibt. »Alles in Ordnung, Coach.«

»Sicher?«

Ich nicke. »Sicher.«

Coach Stanton kneift die Augen zusammen und denkt über mein Versprechen nach. Schließlich nickt er. »Gut. Dann kennst du ja den Drill.« Er deutet auf die erste Baseline. »Zehn Runden.«

Ein kleines Lächeln schleicht sich auf mein Gesicht. Das ist die übliche Strafe fürs Zuspätkommen. Darum liebe ich den Coach. Er sorgt sich, aber ist gleichzeitig fair und streng. Es gibt keine Sonderbehandlung für Mädchen, die gerade einen Nervenzusammenbruch hatten. »Ja, Coach.«

16

Mit diesem Tag beginnt die längste Woche meines Lebens. Nach dem Training fragen Kevin und Diego, ob ich immer noch möchte, dass sie vorbeikommen, um das Spiel anzuschauen. Eric wartet ein bisschen abseits, als wäre er sich nicht sicher, ob ich ihn auch nur in meiner Nähe haben will. Doch ich bin zu verletzt, um ja zu sagen. Ich kann nicht den ganzen Abend so tun, als wäre nichts gewesen, also sage ich ihnen, dass ich mich nicht gut fühle und gehe heim in mein großes leeres Haus. Dort sehe ich mir das Spiel allein an und wünsche mir, dass mein Vater hier bei mir wäre, anstatt mit den Pirates in Philly. Es ist ein langer, einsamer Abend.

Am Dienstag gewinnen wir das Viertelfinale, aber ich fühle mich furchtbar. Niemand sagt etwas, aber ich spüre, dass sie sich viele Fragen stellen. Es hilft auch nicht besonders, dass alle außer mir ihre Familien dabeihaben. Dad ist in St. Louis, wo das Team gegen die Cardinals spielt. Ich liebe ihn, und ich liebe Baseball, aber manchmal hasse ich seinen Job. Ich wünschte, er wäre häufiger daheim. Andererseits fehlt er mir diese Woche besonders, weil ich die Abende nicht wie sonst mit den Jungs verbringe. An diesem Punkt weiß ich nicht mal mehr selbst, ob *ich* es bin, die sie fernhält, oder ob sie wegbleiben, weil es gerade so merkwürdig zwischen uns ist.

Bis Freitag spreche ich meine besten Freunde kaum, abgesehen von ein paar Worten hier und da. Ich bin so traurig, dass ich mich nicht mal mehr zu einem falschen Lächeln zwingen kann. Alle freuen sich auf das Halbfinale, welches nach der Schule stattfindet, aber ich kann keine Begeisterung aufbringen.

»Alles in Ordnung?«, fragt Jace nach der dritten Stunde, in der ich kaum zwei Worte gesagt habe.

»Nicht wirklich.«

Jace hält mir die Kantinentür auf, und sofort fällt mein Blick auf Eric. Ich bleibe stehen. Eric hat Gesellschaft. Neben ihm sitzt Shelly Turner, zusammen mit zwei Mädchen, die ich nicht kenne. Ich will meine Mittagspause nicht damit verbringen, Eric und Shelly beim Flirten zuzusehen. Ich würde kotzen.

Also wende ich mich stattdessen zu den Footballspielern und Cheerleadern. Leila lässt mich bestimmt bei ihnen sitzen. Doch bevor ich einen Schritt machen kann, ergreift Jace mein Handgelenk. »Mach das nicht. Lauf nicht weg.«

Ich will protestieren, doch genau das hatte ich vor. Jace schiebt seine Hand über mein Handgelenk, bis er meine Finger erreicht hat und verschränkt sie mit seinen. »Komm und setz dich zu Mark und mir.«

»Ich will mir das aber nicht das ganze Essen über ansehen müssen.«

Jace lächelt. »Reynolds und ich können dich ablenken. Morgen ist der Abschlussball, und da müssen wir sie ohnehin ertragen. Besser, wenn wir uns jetzt schon daran gewöhnen.«

»Ich hasse es, wenn du so vernünftig bist«, seufze ich.

Jace grinst und zieht an meinem Arm, bis ich mitgehe. Eric und Mark sitzen auf unterschiedlichen Seiten des Tischs. Als wir näherkommen, verstummen Shelly und ihre Freundinnen. Tatsächlich verstummen jegliche Gespräche am Tisch, als ob alle eine Show erwarten würden. Doch ich weigere mich, ihnen eine zu liefern. Ich kann mich wie eine Erwachsene verhalten. Ich meine, ich sitze inzwischen häufig bei Jace, und Eric hat deswegen nie Ärger gemacht. Also kann ich das bei ihm und Shelly genauso machen.

Reynolds entdeckt uns und schiebt Cabrera weg. »Rutsch rüber, und mach Platz für Jace und Charlie.«

Cabrera schüttelt lachend den Kopf. »Ich verstehe. Da bin ich wohl abgemeldet«, beschwert er sich, macht aber fröhlich Platz für uns. Leider ist dieser Platz genau gegenüber von Shelly. Ich zwinge mich zu einem Lächeln, doch als Dank ernte ich nur einen skeptischen Blick.

»Natürlich mag ich Charlie lieber als dich«, ruft Reynolds zu Cabrera ans Ende der Reihe. »Sie ist heißer als du und riecht auch besser.«

»Nach Erdbeeren«, pflichtet ihm Jace bei und schenkt mir ein verschwörerisches Lächeln. Mir fällt ein, wie er im Einkaufszentrum eine halbe Stunde lang an zig verschiedenen Sorten Lipgloss geschnuppert hat.

Cabrera seufzt. »Ja, ja. Charlie, warum musstest du auch auf einmal so hübsch werden? Jetzt bin ich nicht mehr der Mannschaftsliebling.«

»Das warst du nie, Cabrera.« Diego wirft eine seiner Fritten nach ihm.

»Ja«, sagt Jace. »Und Charlie war schon immer hübsch. Du warst nur zu dumm, es zu bemerken.«

»Stimmt«, meldet sich Springer zu Wort und überrascht uns damit alle. Als ich ihn anstarre, zuckt er nur mit den Schultern. »Einschüchternd, aber auf jeden Fall sehr hübsch.«

»Könnt ihr mal bitte aufhören, über Charlie zu reden, als wäre sie ein Objekt?«, blafft Eric plötzlich. »Sie ist unsere *Teamkameradin.*«

Ich sehe gerade rechtzeitig hoch, um den vernichtenden Blick zu sehen, den Eric dem gesamten Tisch zuwirft. Shelly und ihre Freundinnen sehen ziemlich erschrocken aus, und dann werfen sie *mir* auf einmal einen tödlichen Blick zu.

»Unsere äußerst *hübsche* Teamkameradin«, murmelt Cabrera und alle müssen lachen, trotz Erics Todesblick.

Meine Wangen beginnen zu brennen, doch ich verdrehe die Augen. »Tja, also das Halbfinale heute … das wird bestimmt lustig.«

Der abrupte Themenwechsel lässt Kevin lachen, aber es funktioniert. Die Jungs fangen an, über das Spiel zu reden und darüber, wie schwer es sein wird, die West Ridge zu schlagen. Ich lasse sie reden und öffne den Behälter mit meinem Essen. Reynolds beugt sich darüber und schnuppert. »Was hast du heute für ein Folteressen?«

»Hähnchenbrust in Koriander-Limettensauce mit schwarzen Bohnen und Quinoa. Ist lecker. Probier mal.«

Ich schiebe einen kleinen Bissen auf meine Gabel und halte ihn an Marks Mund. Er schnuppert erneut und runzelt die Stirn. »Danke, aber ich bleibe lieber bei meinem Erdnussbutter-Marmeladen-Sandwich.«

»Du führst ein trauriges Leben, Reynolds«, necke ich ihn und genieße mein leckeres aromatisches Hähnchen.

»Wie bitte? Kein Cheeseburger oder Pizza, wie der Rest des Teams?«, ertönt auf einmal eine abfällige Stimme. »Angeblich bist du doch einer von den Jungs. Ich bin erstaunt, dass du nicht auch so isst.«

Meine Gabel stoppt auf halbem Weg zu meinem Mund, und ich starre Shelly an. Macht sie sich wirklich über mich lustig, weil ich mich gesund ernähre? Sie hat einen *Salat* vor sich stehen, Herrgott noch mal.

»Machst du Witze?«, kichert ihre Freundin. »Hast du ihre Schenkel gesehen?«

»Oh mein Gott, ich weiß!«, sagt das andere Mädchen. »An ihrer Stelle würde ich überhaupt nichts mehr essen.«

Die drei prusten los.

Ich weiß nicht, wie ich reagieren soll. Sie haben einen wunden Punkt getroffen. Wie ich ja bereits erwähnte, habe ich nun mal die Oberschenkel eines Catchers. Ich mag es nicht, wenn darüber gesprochen wird. Außerdem wurde ich vorher noch nie gemobbt. Niemand war jemals so offen gemein zu mir. Als Frau in einem Männersport bekomme ich oft genug Kritik zu hören, aber noch nie wurde ich so persönlich angegriffen – und das auch noch grundlos. Das ist ein neues Gefühl, und ich gebe es nur ungern zu, aber ihre Sticheleien treffen voll ins Schwarze.

»Moment mal«, sagt Jace nicht gerade freundlich. Und genauso unfreundlich ist der Blick, mit dem er sie ansieht. »Wenn ihr drei gehässig und grausam sein wollt, könnt ihr das an eurem eigenen Tisch tun.«

»Ja, verschwindet«, sagt Reynolds. »Wir wollen euch hier sowieso nicht.«

Eric sagt nichts dazu, weil er überhaupt keine Ahnung hat, was gerade passiert ist – er ist mit Diego und Kev in eine Debatte darüber vertieft, was besser ist: die National League oder die American League. Es tröstet mich ein wenig, dass er Shelly überhaupt keine Aufmerksamkeit schenkt, doch gleichzeitig hasse ich es, dass er mit einem Mädchen ausgehen will, das so eine miese Persönlichkeit hat.

Shelly lacht, als ob Reynolds einen Witz gemacht hätte. (Hat er aber nicht.) »Ach, komm schon«, sagt sie. »Charlie weiß doch, dass wir nur einen Witz gemacht haben. So sind wir Mädchen eben, nicht wahr, Charlie?«

Nein, so sind nur *Fieslinge.* Und das war kein Witz.

Ich bin zwar noch unerfahren was Mobbing angeht, habe aber schon jetzt keine Lust mehr darauf. »Was macht ihr hier überhaupt?«, frage ich. »Ihr gehört hier nicht hin.«

Shelly schnaubt verächtlich. »Ich bin hier, um mit Eric zu reden.« Sie legt ihre Hand auf seinen Arm, als würde sie ihn für sich beanspruchen. Ich hasse es, dass es mich so stört. »Über unsere Pläne für den Abschlussball. Wir haben schließlich Verpflichtungen, weißt du? Weil wir als Königspaar nominiert wurden. *Zusammen.*«

Als ob mich das interessieren würde. Ich hätte überhaupt keine Lust, als Abschlussballkönigin nominiert zu werden, und zufällig weiß ich ganz genau, dass Eric auch nicht viel davon hält.

Eric dreht sich zu Shelly um, als wäre ihm gerade erst wieder eingefallen, dass sie da ist. Er starrt auf ihre Hand auf seinem Arm, und ich muss über die Verwirrung in seinem Gesicht lachen. »Was ist los?«, fragt er.

Shelly schenkt ihm ein zuckersüßes, aufgesetztes Lächeln. »Oh, Charlie und ich haben nur über den Abschlussball geredet. Ich habe ihr gerade erzählt, dass wir alle zusammen mit einer Limousine fahren und im *Le Mont* essen werden.« Sie grinst süffisant und tätschelt Erics Arm. »Das ist ein superschickes Restaurant mit Blick auf den Fluss.«

Eric runzelt die Stirn und sieht mich verwirrt an. Ich zucke mit den Schultern. Darüber hatten wir absolut nicht geredet. »Das weiß sie doch«, sagt er. »Sie fährt mit uns in der Limo, und ihr Dad ist derjenige, der uns die Reservierung besorgt hat.«

Für den Bruchteil einer Sekunde verschwindet Shellys falsches Lächeln. Sie sieht zu mir, bevor sie wieder zu grinsen beginnt, um ihre Fassade aufrecht zu erhalten. »Oh, mir war gar nicht bewusst, dass du mit uns mitkommst.«

Ihr Gesichtsausdruck gerade … *ha!* Ich ziehe eine Augenbraue hoch. «Ähm, die Jungs sind meine besten Freunde, also ja, natürlich komme ich mit.«

»Eigentlich ist es eher so, dass du *mit uns* mitkommst«, sagt Mark zu ihr. »Also sei nett zu Hastings, sonst vergessen wir noch, dich morgen abzuholen.«

Er ist total unhöflich, und ich könnte ihn dafür knutschen.

Eric sieht mich an, als ob ihm klar ist, dass er etwas verpasst hat. Ich zucke wieder mit den Schultern. Sie hat es verdient.

Shellys Lächeln wird noch eine Spur falscher. »Oh. Du

bist so lustig, Mark. Ich bin froh, dass Charlie mitkommt. Das wird so ein Spaß!«

Warum glaube ich ihr nicht?

»Und mit wem gehst du?«, fragt sie mich.

Ich nicke nach rechts. »Mit Jace.«

Shelly mustert Jace einen Moment. Er grinst breit und legt seinen Arm um mich. »Kaum zu glauben, dass sie ja gesagt hat«, scherzt er. »Ich werde der glücklichste Kerl auf dem Abschlussball sein.«

Ich schüttle schmunzelnd den Kopf. Jace und seine Sprüche. Er grinst mich an.

»Oh, das ist ja *so toll!*«, sagt Shelly. »Ihr beiden seid so *süß* zusammen!«

Warum klingt sie plötzlich so, als würde sie nur noch IN GROSSBUCHSTABEN reden? Sie geht mir auf die Nerven. Ich habe absolut keine Ahnung, warum Eric sie zum Ball eingeladen hat. Ja, sie ist hübsch, aber trotzdem wird er *Stunden* mit ihr verbringen müssen. Egal. Sie ist sein Problem, nicht meines. Ich bin nicht verpflichtet, ihr Aufmerksamkeit zu schenken.

»Wie lange seid ihr denn schon zusammen?«, fragt mich Shelly. »Ich wusste gar nicht, dass ihr ein Paar seid.«

Was soll dieses Verhör? Und warum sollte sie eine Ahnung haben, mit wem ich zusammen bin? Wir sind keine Freundinnen. »Wir sind kein Paar«, sage ich ihr. »Nur sehr gute Freunde.«

Ich hoffe, dass meine Antwort Jace' Gefühle nicht verletzt, aber es ist die Wahrheit, und ich weiß nicht, was ich sonst sagen soll. Ich werfe ihm einen besorgten Seitenblick zu, doch er lächelt und wirkt entspannt wie immer. Er ist nicht gekränkt. Das ist eine Erleichterung.

Shelly hingegen wirkt angepisst. »Oh«, sagt sie steif. Zur Abwechslung klingt es mal nicht so, als würde sie schreien. Sie atmet tief durch und setzt dann wieder ihr breites falsches Lächeln auf. »Tja, das ist schon okay«, sagt sie. »Vielleicht ändert der Abschlussball das ja.« Sie sieht zu Eric, und jetzt wirkt ihr Lächeln geradezu verschlagen. »Eine großartige Gelegenheit, um Pärchen zusammenzubringen.«

Fast muss ich wieder auflachen. Geht es noch offensichtlicher? Sie tut mir irgendwie leid, weil Eric auf keinen Fall eine Beziehung mit ihr anfangen wird. Er ist viel zu fokussiert und braucht diese Art Ablenkung nicht. Besonders weil Shelly wie jemand wirkt, der *viel* Aufmerksamkeit braucht. Das würde mit Eric niemals funktionieren.

Als Eric nicht auf Shellys Kommentar reagiert, der nicht so subtil war, wie sie zu denken scheint, berührt sie erneut seine Schulter. »Tja, ich kann es kaum erwarten. Und wisst ihr, was noch wahnsinnigen Spaß machen wird? Die Mädels und ich kommen heute zu eurem Spiel!«

Großartig. Genau *das* habe ich gebraucht. Shelly im Publikum, die mich ablenken wird.

Sie hängt wieder an Erics Arm und klimpert mit ihren Wimpern. Ihre Stimme nimmt eine sehr hohe und weinerliche Oktave an. »Mein König muss schließlich gebührend angefeuert werden.«

Ohne Erics ziemlich lustige Reaktion auf ihre Babystimme hätte ich mich bestimmt übergeben. Doch er wird rot, zieht die Schultern hoch und macht eine Grimasse. Ihre Beziehung wird den Abschlussball nicht überstehen.

Jace lehnt sich zu mir vor. »Meine Familie kommt auch, also wirst du alle kennenlernen. Und ich glaube, Leila hat einen Großteil der Cheerleader überredet, sich das Spiel ebenfalls anzusehen, also wirst du wahrscheinlich deutlich mehr Leute als Sullivan haben, die dich anfeuern.«

Wir grinsen erst uns und dann Shelly an, die sich über Jace' Bemerkung ziemlich zu ärgern scheint. Sie schnaubt, wirft ihr Haar nach hinten und beginnt, mit ihren Freundinnen über irgendetwas Unwichtiges zu reden. Dankbar widme ich mich wieder meinem Mittagessen. Als die Glocke ertönt, gehen Jace, Mark und ich in Richtung Mülleimer, während Eric versucht, Shelly und ihre Freundinnen loszuwerden. Ich schaue Jace verwirrt an. »Was sollte das alles? Ich hab ihr überhaupt nichts getan.«

Jace schmunzelt. »Du bist Erics beste Freundin. Sie ist eifersüchtig, muss aber vor Eric nett zu dir sein, sonst würde er ihr den Laufpass geben.«

Hm. »Okay. Darauf hätte ich wohl selbst kommen können. Aber es ist mir doch völlig egal, wen er zum Ball mitnimmt.«

Das ist zwar eine Lüge, aber das ist meine Geschichte, und ich bleibe dabei.

17

Wir gewinnen tatsächlich das Halbfinale, und dieses Mal bin ich richtig gut. West Ridge war wie wir ungeschlagen, haben uns aber den ganzen Abend lang nur zwei Hits abgerungen. Wir schlagen sie 8–0. Abseits des Spielfelds mögen Eric und ich ja unsere Probleme haben, aber während des Spiels sind wir das perfekte Team. Es ist, als wären uns die Handlungen des anderen ins Muskelgedächtnis übergegangen, und ich glaube, wir sind beide froh, dass das Drama zwischen uns vorübergehend in den Hintergrund rückt. Zumindest fühlt es sich für mich so an.

Nachdem das Spiel vorbei ist und sich die Mannschaftsmitglieder mit Freunden und Familienmitgliedern unterhalten, lege ich meine Ausrüstung auf einem Tribünenplatz ab und schicke meinem Vater eine kurze Videobotschaft. Ich wünschte, er hätte dabei sein können, aber zum Finale am Sonntag ist er ja wieder zurück.

»Hey, Dad! Wir haben das Halbfinale gewonnen!« Ich richte die Handykamera auf die Anzeigetafel. »Wir haben West Ridge acht zu Null geschlagen. Eric hat einen Two-Hitter geschafft, und ich habe einen Base Runner rausgeworfen. Außerdem sind mir zwei Runs und drei RBIs gelungen.«

Ich richte das Handy wieder auf mich und grinse in die Kamera. »Ich wünschte, du hättest es gesehen. Ich freue mich so, dass du beim Finale dabei sein wirst. Und dass du heute nach Hause kommst, aber bitte weck mich nicht auf, wenn du dich mitten in der Nacht durch die Tür schleppst. Bis morgen. Ich werde mein Kleid für dich Probe tragen.«

Bevor ich das Video beende, taucht Eric hinter mir auf und legt seine Arme um mich. »Hey, Chad!«, sagt er über meine Schulter. Wir haben meinem Vater im Lauf der Jahre hunderte solcher Videos geschickt. Es ist uns in Fleisch und Blut übergegangen, und in diesem Moment fühlt es sich an, als wäre alles in Ordnung zwischen uns. »Charlie war heute Abend einfach unglaublich. Du wärst so stolz. Sie meinte, du wirst beim Finale dabei sein. Das ist toll. Guten Rückflug. Bis bald.«

»Hab dich lieb, Dad.«

Ich beende das Video und schicke es ab. Eric hat seine Arme immer noch um mich geschlungen, und es fühlt sich an wie ein Stich in meinem Herzen. Wir stehen einen Moment schweigend da und lassen es auf uns wirken. »Charlie«, sagt er schließlich leise. »Ich halte das nicht mehr aus.«

Ich kneife die Augen zusammen, um die Tränen zurückzuhalten. »Ich auch nicht.«

»Kann ich heute Abend vorbeikommen? Ich brauche einfach ein paar Stunden allein mit dir. Wir müssen über diese Sache reden, denn sonst kann ich nicht …«

»Sullivan!«

Eric lässt mich los, und als wir uns umdrehen, sehen wir den Coach mit Erics Agenten und einem Mann mit einem Shirt der Houston Astros auf uns zukommen. Ich stoße Eric mit dem Ellbogen an. »Houston, hm? Ich wusste gar nicht, dass die sich auch für dich interessieren.«

»Ich auch nicht«, murmelt Eric.

»Dann geh mal besser hin, Superstar.«

Er nimmt mich bei der Hand. »Komm mit. Ich stelle dich vor.«

Ich schnaube. »Er weiß, wer ich bin. Jeder weiß das. Aber interessieren tut das nur die Kameras der Nachrichtensendungen. *Du* bist hier das Talent. Ich bin nur eine interessante Füllergeschichte.«

»Das ist unfair«, sagt Eric grimmig.

»Das Leben ist nun mal nicht fair.«

»Ich werde aushandeln, dass wir nur im Doppelpack zu bekommen sind.«

»Nein, das wirst du nicht. Du gehst jetzt da rüber und nimmst ihre Einladung zu einem privaten Tryout an, so wie du es mit Los Angeles, Washington, Cincinnati, Denver, Chicago und Pittsburgh gemacht hast, und du wirst mich stolz machen, wo immer du diesen Sommer im MLB-Draft landest.«

Eric verzieht sein Gesicht. »Charlie.«

»Geh schon.« Ich stupse ihn sanft an. »Wir können uns hinterher unterhalten.«

Eric seufzt und umarmt mich noch mal schnell, bevor er zu den drei Männern geht, die auf ihn warten.

Ich setze mich wieder auf die Tribüne und warte. Nach nicht mal zwei Sekunden setzen sich Leila und Jace rechts und links neben mich. »Was ist denn da los?«, fragt Leila, während Eric dem Talentscout die Hand schüttelt.

»Houston. Nur eines von dutzenden Teams, das Eric rekrutieren will.«

Leila schüttelt den Kopf. »Ich meine, warum sieht es so aus, als wäre es ihm total unangenehm, mit dem Mann zu reden?«

Ich seufze. »Weil er sich schuldig fühlt, mich zurückzulassen. Ich habe mein Schicksal inzwischen akzeptiert, aber er glaubt immer noch, dass wir zusammen in der Major League landen werden. Die Realität ist für ihn genauso hart, wie für mich.«

Wortlos nehmen die Zwillinge meine Hände und drücken sie. Die Gleichzeitigkeit lässt mich schmunzeln, aber auch ihr Mitgefühl. Es tut gut, ihre Unterstützung zu haben.

»Ich habe die Umarmung gesehen«, sagt Jace nach einem Moment der Stille. »Sah ziemlich intensiv aus. Habt ihr euch wieder vertragen?«

Ich schüttle den Kopf, während ich Eric mit dem Talentscout beobachte. Er wirkt immer so ernst. Diese Erfahrung, mit all dem Druck und den Erwartungen, hat ihn wirklich schneller erwachsen werden lassen als den durchschnittlichen Achtzehnjährigen, aber er hatte immer schon eine ernste, alte Seele. »Er will mit mir reden. Er hat gesagt, dass er es nicht aushält, wie es gerade zwischen uns ist.«

Jace drückt meine Hand. »Das ist gut. Du wirst froh sein, wenn ihr nicht mehr miteinander streitet.«

»Das hoffe ich.«

Leila lässt meine Hand los und gibt mir einen Klaps auf den Oberschenkel. »Also gut, genug Trübsal geblasen.« Sie steht auf und zieht mich und Jace auf die Beine. »Kommt schon. Zeit, die Familie kennenzulernen.«

Sie packt mich am Handgelenk und zieht mich die Tribüne entlang zu einem gutaussehenden Paar und drei Mädchen im Alter von, ich schätze, elf bis sechzehn. Jace wird mitgeschleift, weil er meine Hand nicht loslassen will.

Leila schiebt mich vor ihre Eltern und zwitschert: »Mom, Dad, das ist Charlie.«

Mr King gibt mir die Hand, und Mrs King zieht mich in eine Umarmung. »Du bist also das Mädchen, das meine beiden Ältesten vollkommen verzaubert hat«, sagt Mrs King lächelnd. »In letzter Zeit hören wir nur noch Charlie dies und Charlie das.«

»Mom«, brummt Jace. Er hat sich abgewendet, als ob er verbergen will, dass er rot geworden ist, aber meine Hand hält er noch immer.

»Du warst sehr gut heute Abend«, sagt Mr King.

»Vielen Dank, Sir.«

»Hast du schon was in Aussicht fürs College?«

Es fällt mir schwer, mein Lächeln aufrechtzuerhalten, aber es gelingt mir. »Noch nicht, aber ich drücke weiter die Daumen. Der Coach hat ein paar Unis erwähnt, die bereit wären, mir eine Chance zu geben.«

Mrs Kings Lächeln wird mitfühlend, und Mr King schüttelt den Kopf. »So wie du gespielt hast, wären sie Idioten, dich nicht in Erwägung zu ziehen.«

»Sehe ich auch so.«

Meine Bemerkung bekommt die Lacher, die ich beabsichtigt hatte. »Tja, es ist wirklich schön, dich kennenzulernen, Charlie«, sagt Mrs King. »Das sind unsere anderen

Mädchen. Tacie ist in der zehnten, Bethany in der achten und Kendra in der fünften Klasse.«

Tacie lächelt schüchtern. Bethany sieht mich unbeeindruckt an und fragt dann. »Können wir jetzt endlich nach Hause?«

Kendra verschränkt die Arme und beäugt mich misstrauisch. »Bist du Jace' Freundin?«

Tacie wird rot, Bethany verdreht die Augen, Leila muss lachen und Jace schmunzeln. »Ken, sei nicht unhöflich.«

Kendra scheint das egal zu sein. »Also, bist du's?«

Jace' Eltern müssen grinsen, sehen Jace und mich aber an, als würden sie höflich auf eine Antwort warten. Als ich hilfesuchend zu Jace schaue, grinst er nur. *Mistkerl.* Ich zwinge mich dazu, die neugierige Elfjährige anzulächeln. »Nein, ich bin nicht seine Freundin.«

»Und warum hält er dann deine Hand?«

»Ähm …« Mein Gesicht ist so heiß, dass ich zu schwitzen beginne. Ich zupfe an Jace' Hand, aber er lässt mich nicht los. »Wunschdenken seinerseits?«

Kendra runzelt die Stirn, aber alle anderen lachen. Selbst die schwer zu beeindruckende Bethany grinst.

Mr King klatscht in die Hände. »Also, können wir dann jetzt aufbrechen?«

Leila schüttelt den Kopf. »Ich fahre mit Rachel.«

Jace nickt. »Ich muss nur noch kurz meine Sachen holen.«

Ich habe mein Zeug bereits dabei – und werde mit dem Bus nach Hause fahren, da mein Dad nicht hier ist – also verabschiede ich mich von den Kings, setze mich auf die Tribüne und warte darauf, dass der Coach fertig ist.

Ich hole mein Handy heraus und wähle eine gute Playlist aus. Als ich mir gerade die Kopfhörer in die Ohren stecken will, fällt ein Schatten über mich, begleitet von einem sehr abfälligen »Hey!«

Vor mir stehen Shelly und ihre beiden Freundinnen vom Mittagessen und wirken zickiger als Jace' kleine Schwester eben. Ich sehe sie fragend an. Diesmal werde ich mich von ihnen nicht so aus dem Konzept bringen lassen, wie in der Mittagspause. »Hast du ein Problem?«

Shelly wirft mir einen vernichtenden Blick zu. »Lass die Finger von Eric, du Freak.«

Mir klappt der Mund auf. »Wie bitte?«

Sie verschränkt die Arme und legt den Kopf leicht schief. Es ist einschüchternd gemeint, aber ihre beiden Freundinnen nehmen die gleiche Haltung einen Moment nach ihr ein, und das Resultat ist einfach nur komisch. Plötzlich befinde ich mich in einem Highschool-Film, und vor mir steht die Klischee-Clique der Zicken.

»Ich hab dich mit Eric gesehen. Halte dich von ihm fern. Er gehört *mir.*«

Ich muss lachen. »Er gehört *dir?* Wirklich? Weiß er das?«

Shellys Gesicht läuft vor Wut rot an. »Wir sind zwar noch nicht offiziell ein Paar, aber wenn du ihn einfach mal in Ruhe lassen würdest, wären wir das. Er steht einfach nicht auf dich. Er hätte dich sein ganzes Leben lang wählen können, aber er wollte dich nie, oder?«

Nicht reagieren. Nicht reagieren. Nicht reagieren. Ich weiß, dass dies nur ihr erbärmlicher Versuch ist, mich von Eric wegzuscheuchen, weil sie sich durch mich bedroht fühlt, aber das bedeutet nicht, dass es nicht stimmen würde. Eric hat mich nie gewollt.

»Du hast ihn viel zu lange davon abgehalten, eine Freundin zu haben, aber ich werde das ändern. Halt dich von ihm fern, sonst warne ich dich, ich werde …«

»Du wirst was?« Ich stehe auf und mache einen Schritt auf sie zu. »Mich beschimpfen? Die Schule gegen mich aufhetzen?« Sie weicht zurück, und ich muss grinsen. »Die Schule ist bald vorbei. Große Sache. Ich habe mich nie darum geschert, was andere Leute über mich denken, und es ist mir mit Sicherheit vollkommen egal, was *du* von mir hältst. Eric ist mein bester Freund. Das wird sich niemals ändern. Tut mir leid. Ich schätze, du wirst lernen müssen, wie man teilt.«

Jace und Leila tauchen auf. Beide wirken besorgt. »Alles in Ordnung?«, fragt Jace und nimmt beschützend meine Hand in seine. Leila baut sich vor den drei Mädchen auf und hat dabei den Blick einer Bärenmutter. Alle ihre Freundinnen aus der Cheerleadertruppe nehmen die gleiche Haltung ein und es sieht so aus, als würde es gleich zu einer Prügelei kommen. Es bedeutet mir viel, dass Leilas Freunde automatisch meine Seite ergreifen, obwohl sie mich kaum kennen.

»Schon gut«, sage ich und verdrehe die Augen. »Es spielt keine Rolle.«

Ich wende mich zum Gehen, doch Shelly ruft mir hinterher, und ich erstarre. »Es mag dir egal sein, was ich denke, aber was Eric denkt, ist dir wichtig. Er weiß nicht, dass du in ihn verliebt bist, oder?«

Ich zucke kaum, aber es genügt, dass Shelly es bemerkt, und sie beginnt hämisch zu gackern. »Ich frage mich, wie es für ihn wohl wäre, wenn er wüsste, dass seine *beste Freundin* – die für ihn wie eine kleine Schwester ist – in ihn verschossen ist. Das würde es zwischen euch wahrscheinlich ein bisschen komplizierter machen, denkst du nicht? Vielleicht sogar eure Freundschaft ruinieren? Sollen wir es herausfinden?«

»Was ist dein Problem?«, knurrt Jace.

Als er noch etwas sagen will, lege ich meine Hand auf seinen Arm, um ihn zu stoppen. Er muss nicht meine Kämpfe für mich ausfechten. Ich wirble herum und starre sie böse an. Das Herz schlägt mir bis zum Hals. Es ist gerade schon schlimm genug zwischen Eric und mir. Wenn er die Wahrheit wüsste, könnte das unsere Beziehung für immer zerstören. Ich schlucke meine Panik herunter und versuche, so ruhig wie möglich zu klingen. »Eric und ich sind nur Freunde.«

»Oh bitte.« Shelly schnaubt. »Eric mag ja ahnungslos sein, aber es ist vollkommen offensichtlich, dass du ihn liebst. Und das ist ziemlich erbärmlich. Du läufst ihm hinterher wie ein Hund. *Er steht nicht auf dich!* Er sieht in dir ja nicht mal ein Mädchen.«

»Willst du wissen, was erbärmlich ist?«, blaffe ich. »*Du.* Und dieser lächerliche Versuch, mich loszuwerden. Du bist vollkommen unsicher und fühlst dich von mir so bedroht, dass du versuchst, mich einzuschüchtern und mich dazu zu zwingen, meinen besten Freund aufzugeben, obwohl du genau weißt, dass wir nicht zusammen sind. Und das Lustigste daran ist, dass es vollkommen *egal* ist, wie sehr du dich ins Zeug legst, du wirst es nie schaffen. Und selbst wenn, wird sich Eric niemals für dich interessieren. Du bedeutest ihm rein *gar nichts.*«

Shelly zuckt zusammen, als hätte ich ihr gerade eine Ohrfeige verpasst. Ich sollte jetzt aufhören, aber ich bin so *wütend.* Ihre Worte haben zu sehr ins Schwarze getroffen. »Erics größte Liebe wird immer Baseball sein. Er hat keine Freundin, weil er keine Zeit dafür hat. Er ist zu beschäftigt mit dem Training. Und nächsten Monat wird er in die MLB rekrutiert. Er wird gehen und nicht zurückblicken. Du verschwendest deine Zeit. Du wirst *niemals* mehr für ihn sein als ein Foto auf seinem Instagramprofil und jemand, mit dem er zum Abschlussball gegangen ist.«

»Hastings!« Als ich Erics wütende Stimme höre, zucke ich zusammen. Ich war so wütend, dass ich nicht bemerkt habe, wie er nähergekommen ist. Mark, Diego und Kevin kommen auf seinen Ruf hin ebenfalls hergelaufen. »Was ist denn nur los mit dir?«

Jedes Verlangen danach, mich zu verteidigen, verklingt, als ich seinen enttäuschten Gesichtsausdruck sehe. Er geht zu Shelly und legt seinen Arm um sie. Mir bricht es ein wenig das Herz, dass er automatisch ihre Seite ergreift. Ja, er hat mich etwas Gemeines sagen hören, aber er sollte mich gut genug kennen, um zu wissen, dass sie etwas getan haben muss, das die ganze Sache ausgelöst hat. Er fragt mich nicht, was sie getan hat und ob ich okay bin. Er tröstet *sie.* Ein Mädchen, das er kaum kennt. Und sie genießt es. Die Drama-Queen vergräbt sogar ihr Gesicht an seiner Brust und beginnt zu schniefen. Diese falsche Schlange.

»Was ist passiert?«, fragt Diego.

»Ich kann es mir denken«, brummt Mark mit einem Blick auf Shelly. Er stellt sich neben Jace, und plötzlich sind es wir alle gegen Eric, Shelly und ihre beiden schrecklichen Freundinnen. Kevin und Diego stehen unentschieden in der Mitte und sind sich augenscheinlich unsicher, wen sie gerade unterstützen sollen.

Eric umarmt Shelly und sieht mich über ihren Kopf hinweg böse an. »Willst du dich nicht mal entschuldigen? Warum warst du so gemein?«

Ich muss schlucken und verfluche meine Stimme, als sie zittrig herauskommt. »War ich gemein? Oder habe ich mich verteidigt?«

Erics Stirnrunzeln wird tiefer. »Spielt das eine Rolle?«

Das sollte es. Ich verstehe, was er damit sagen will. Dass man zu anderen niemals unhöflich sein sollte, und ja, ich war vielleicht ein bisschen grausam, aber er fragt mich immer noch nicht, was sie gesagt oder getan hat. Ich habe gerade zugegeben, dass ich mich gegen sie verteidigen musste, und er steht mir nicht zur Seite, wie es ein bester Freund tun sollte. Er versucht nicht mal herauszufinden, was sie gesagt hat. Er zieht sie mir vor.

»Ich schätze nicht«, murmle ich und fühle mich innerlich tot.

Ugh. Die schreckliche Shelly wird wohl doch noch ihren Willen bekommen. »Egal. Es spielt keine Rolle. Sie war gemein. Ich war gemein. Es ist vorbei. Aber morgen ist der Abschlussball, und ich verbringe ihn nicht mit ihr.«

Eric reißt die Augen auf. »Was?«

Ich seufze. »Ich will weder deinen noch meinen Abend verderben, also ist es wohl besser, wenn Jace und ich mit Leila und ihrer Gruppe gehen.«

»Natürlich«, sagt Leila sofort. Sie lächelt, doch in ihrer Stimme liegt eine Spur Traurigkeit. »Wir würden uns sehr freuen.«

»Oh! Wir auch!« Mark sieht Rachel an, und als sie

nickt, sagt er: »Wir gehen auch mit euch. Rachel würde den Abend ohnehin lieber mit ihren Freunden verbringen.« Er sieht Eric, Kevin und Diego schulterzuckend an. »Sorry. Wie es aussieht, seid ihr Jungs unter euch.«

»Hastings, du musst uns nicht sitzen lassen«, sagt Kevin. »Ohne dich wird es nicht das Gleiche sein.«

Der gute alte Kevin. Ich schenke ihm ein Lächeln und will ihm schon zustimmen, aber ein Blick auf Shelly, die sich immer noch an Erics Brust klammert, und ich schüttle den Kopf. »Tut mir leid, Kev. Ich *muss.* Aber geht ruhig allein und habt Spaß. Schon in Ordnung. Ihr hattet mich ja ursprünglich eh nicht eingeplant.«

»Charlie.« Erics intensiver Blick brennt sich wie ein Loch in mich.

Ich lächle schwach. »Viel Spaß morgen. Wir sehen uns dann auf dem Ball.«

Ich wende mich zum Gehen, und plötzlich ist Leila mit ihren Freundinnen da und zieht mich in eine Gruppenumarmung. Es ist meine erste. Es bringt mich zum Lachen, obwohl es mir mal wieder das Herz bricht. »Weißt du, was du jetzt brauchst?«, fragt Leila.

»Eine Übernachtungsparty!«, rufen alle Mädchen gleichzeitig. Sie lösen sich wieder von mir, und Leila sieht mich flehend an. Sie blickt sich um und sucht die Zuschauerränge nach ihrer Familie ab. Die Kings warten in der Nähe des Ausgangs und sehen uns mit besorgten Gesichtern zu. »Mom!«, ruft Leila. »Ist es okay, wenn die Mädchen über Nacht bleiben? Charlie war noch nie auf einer Übernachtungsparty!«

Mrs King gibt Leila einen Daumen nach oben, und

Leila grinst mich an. »Das wird dir gefallen. Das ist eines der besten Dinge am Mädchensein.«

»Hey, Jungs haben auch Übernachtungspartys«, sagt Jace leicht schmollend.

Leila schnaubt. »Jungs übernachten bei anderen Jungs. Ihr habt keine *Übernachtungspartys.* Das ist ein Unterschied.«

Jace verdreht die Augen, doch sein Schmunzeln deutet darauf hin, dass er mit seiner Schwester eigentlich einer Meinung ist und sich nur anstellen will. Während die Mädchen alle in unterschiedliche Richtungen verschwinden, wende ich mich an Jace. »Ich hoffe, es macht dir nichts aus, mit deiner Schwester zum Abschlussball zu gehen. Tut mir leid. Ich hätte dich vorher fragen sollen.«

Er hilft mir, den Tragegurt meiner Sporttasche über die Schulter zu streifen und bietet mir seine Hand an. »Kein Problem. Ich will auch nicht mit Shelly unterwegs sein.«

Ich ergreife lächelnd seine Hand. »Danke.«

Als wir weggehen wollen, stoppt mich Eric. Shelly steht mit ihren Freundinnen weiter hinten und wirft mir schon wieder giftige Blicke zu. Ich bin mir ziemlich sicher, dass Eric sie bereits wieder vergessen hat. »Hey. Ich dachte, wir würden uns nachher noch treffen, damit wir reden können.«

Ich schüttle den Kopf. »Sorry. Bin nicht mehr in der Stimmung. Viel Spaß beim Ball morgen. Danach können wir es ja nochmal versuchen.«

Ich gehe davon und weigere mich, zurückzublicken, weil sein trauriger, verwirrter und gekränkter Gesichtsausdruck in diesem Moment einfach zu viel für mich ist.

18

Ich bin die einzige, die mit dem Mannschaftsbus zurück zur Schule fahren muss, und entsprechend still ist die Fahrt auch. Das gibt mir viel Zeit, um über all das nachzudenken, was zwischen Eric und mir falsch gelaufen ist. Wir müssen uns wirklich einfach mal zusammen in einem Raum einschließen, bis wir die Sache wieder in Ordnung gebracht haben. Ich werde ihn nach dem Ball bitten, vorbeizukommen, aber zuerst muss ich mich von dieser abgrundtief bösen Shelly Turner erholen. Mein Gedankenkarussell und die Ruhe im Bus helfen nicht besonders dabei, meine Laune zu bessern. Der Gedanke, dass ich zu meiner ersten Übernachtungsparty fahren werde, sobald ich geduscht und ein paar Sachen gepackt habe, ist das einzige, was mich gerade davon abhält, zusammenzuklappen. Doch als ich mein großes, leeres Haus betrete, breche ich in Tränen aus. Ich lasse mich auf das Sofa fallen und rufe Dad an. Glücklicherweise geht er ran. Es ist ein Videoanruf, aber er legt sein Handy auf das Bett, um seinen Koffer weiterpacken zu können. Er hat gleich noch einen Nachtflug nach Pittsburgh vor sich. »Hey, Süße! Herzlichen Glückwunsch zum Sieg!«

»Dad?«

Als er meine zittrige Stimme hört, nimmt er sofort das Handy in die Hand. »Charlie, was ist los?«

Diese vier Worte öffnen die Schleusen erneut, und ich fange an, lauthals zu schluchzen. »Tut mir leid. Ich wollte dich nicht stören.«

»Süße, du störst mich doch nie. Sag mir, was los ist.«

»Es ist Eric«, schluchze ich.

Dad erstarrt. »Was ist passiert? Ist er okay? Wo ist er?«

»Es geht ihm gut«, sage ich schnell und fühle mich schlecht, dass ich meinem Vater gerade einen solchen Schrecken eingejagt habe. Er liebt Eric wie seinen eigenen Sohn. Er würde es nicht verkraften, wenn ihm etwas zustoßen würde. »Tut mir leid. Nein. Er ist in Ordnung. Es ist nur ... wir haben uns gestritten, und ich kann es nicht mehr ertragen. Ich werde ihn verlieren, Dad.«

»Charlie.« Dad lässt sich seufzend auf das Hotelbett sinken. »Süße, ihr habt euch doch schon tausendmal gestritten. Du wirst ihn nicht verlieren.«

Ich schüttle den Kopf und wische mir hektisch über die Wangen. »Aber noch nie so.«

»Aber ich hab doch eure Videobotschaft gleich nach dem Spiel gesehen. Da wirkte es, als sei alles in Ordnung.«

Mir läuft die Nase, und ich muss ein Taschentuch auftreiben. »Das war praktisch das erste Mal seit einer Woche, dass wir miteinander geredet haben, und direkt danach hatten wir noch einen weiteren Streit wegen seinem bescheuerten Abschlussballdate, die sich wie eine böse Hexe aufgeführt hat. Sie mobbt mich, weil ...«

»Wer *mobbt* dich?«, will Dad wissen. Er springt auf, als hätte er vor, aus dem Hotel zu stürmen und einen früheren

Flug zu nehmen. »Was hat sie gemacht? Warum haben sich Eric, Kevin und Diego nicht darum gekümmert?«

Dad sieht so wütend aus, dass ich lächeln muss. Ich finde endlich ein Taschentuch, putze mir die Nase und trockne meine Wangen. »Schon gut, Dad. Sie ist unwichtig. Ich habe mich selbst darum gekümmert.«

»Wo waren die Jungs?«

Ich schüttle den Kopf. »Sie haben es nicht mitbekommen. Eric ist erst aufgetaucht, als ich ihr schließlich die Meinung gesagt habe. Und Dad, er hat *ihre* Seite ergriffen. Er hat sie einfach in die Arme genommen und mich angesehen, als wäre ich eine schreckliche Person. Er hat nicht mal gefragt, was passiert ist. Als ich sagte, dass ich mich nur verteidigt hätte, meinte er, das würde keine Rolle spielen.«

Und schon sind meine Tränen zurück. »Dad, es ist, als ob er mich *hasst.* Er hasst jetzt alles an mir. All diese Veränderungen, er mag sie nicht. Das ist es, worüber wir gestritten haben. Ich kann nicht aufhören, dieses neue Ich zu sein, und er will es nicht akzeptieren.«

Mein Vater sieht mich erschrocken an. »Aber bist du jetzt wirklich so anders?«

Ich hole mir eine Flasche Wasser aus dem Kühlschrank und schraube den Deckel ab. »Irgendwie schon.« Ich nehme einen große Schluck Wasser und setze mich auf einen der Küchenhocker. »Ich meine, es ist nichts Großes, eher viele kleine Dinge. Ich versuche zum Beispiel offener zu sein. Ich freunde mich mit den anderen Jungs in der Mannschaft an. Ich achte mehr auf mein Aussehen.« Ich verziehe mein Gesicht und füge hinzu: »Ich habe ein Kicherproblem.«

Dads Augenbrauen klettern seine Stirn hinauf. »Du *kicherst?*«

Ich nicke ernst. »Leila macht es auch, und es ist ansteckend, ich schwöre.«

Dad grinst. »Na ja, Süße, wenn Kichern momentan deine schlechteste Angewohnheit ist, wo liegt dann das Problem? Es ist gut, dass du dich bemühst, ein bisschen offener zu sein. Ich versuche seit Jahren, dich dazu zu bringen. Solange du nicht eingebildet, gedankenlos oder zickig bist oder sonst irgendwelche negativen Eigenschaften entwickelst, bin ich froh, dass du endlich herausgefunden hast, wer du bist.«

»Aber …«

»Eric wird auch noch dahinterkommen. Du weißt, dass er nicht gut mit Veränderungen umgehen kann, und du weißt, wie sehr ihn der bevorstehende Draft unter Druck setzt. Sein Leben wird sich bald für immer auf den Kopf stellen, und er weiß, dass er dich nicht mitnehmen kann. Ich bin sicher, dass ihm das Angst macht. Du bist sein Fels in der Brandung. Das warst du schon immer. Er braucht dich jetzt bestimmt mehr als je zuvor, und er hat einfach nur Angst, dass du nicht mehr für ihn da sein wirst, weil du jetzt neue Freunde hast und Dinge ohne ihn unternimmst.«

Das alles ist so spezifisch, dass ich mich frage, ob Eric meinem Dad diese Woche ebenfalls sein Herz ausgeschüttet hat. Es würde mich nicht überraschen.

Ich stöhne, schaue zur Decke und ein paar weitere Tränen rollen mir über die Wangen. »Mach mir doch noch mehr Schuldgefühle, Dad.«

Mein Vater schmunzelt, entschuldigt sich aber nicht.

Er ist immer geduldig und freundlich, aber er zögert nicht, einem die Meinung zu sagen, wenn man es nötig hat. Das respektiere ich. Er behandelt mich wie eine Erwachsene und erwartet von mir, dass ich mich wie eine benehme. Dafür liebe ich ihn, aber jetzt gerade wirkt sich das nicht zu meinen Gunsten aus. »Natürlich bin ich noch für ihn da.«

Dad zieht eine Augenbraue hoch. »Bist du dir sicher? Weiß er das?«

Mir dreht sich der Magen um. Wenn er mich das so fragt, mache ich etwas falsch. »Du hast recht. Ich muss mit ihm reden. Es ist nicht seine Schuld, dass ich diesmal Jace um Hilfe gebeten habe. Ich wollte Eric nicht ausschließen, aber ich brauchte einfach mal die Meinung eines Mädchens. Und Jace hatte Zugang zu einer ganzen Cheerleadertruppe.«

»Und hast du das Eric erklärt?«, fragt Dad. Sein Tonfall sagt mir, dass er die Antwort bereits kennt.

Wieder stöhne ich. »Nicht so richtig ...« Dad sieht mich ernst an. Ich kann ihm nichts vormachen. »Okay, nein, in Ordnung? Es war mir peinlich. Ich habe keinem der Jungs davon erzählt, dass ich lernen will, wie dieser ganze Mädelskram funktioniert. Sie würden es eh nicht verstehen.«

»Versuch es doch mal«, erwidert mein Vater nur.

Ich lasse die Schultern sinken.

»Charlie. Das ist doch alles nur ein großes Missverständnis. Ruf die Jungs an. Lass sie gleich vorbeikommen und rede mit ihnen. Dann werdet ihr euch morgen alle besser fühlen.«

Wahrscheinlich hat er recht. Er ist mein Dad. Er hat

immer recht. Ich bin versucht, Leila anzurufen und ihr zu sagen, dass ich es nicht schaffe, aber sie hat diese Übernachtungssache nur mir zuliebe angestoßen. »Heute Abend kann ich nicht. Nach unserem Streit beim Spiel hat Leila angeboten, eine Übernachtungsparty zu organisieren, um mich zu trösten. Sie warten auf mich.«

Dad scheint kurz nachzudenken, dann schenkt er mir ein Lächeln. »Leila war wirklich gut zu dir, oder?«

Ich könnte heulen, wenn ich nur daran denke, wie wunderbar sie war. »Eine totale Lebensretterin. Du hast ja keine Ahnung. Ich glaube, wir werden für immer Freundinnen sein.«

Wieder lächelt mein Vater. »Das freut mich.« Seine Lippen zucken. »Eine Übernachtungsparty also, ja? Du meinst eine echte? So wie in diesen Teeniefilmen, die du dir immer heimlich auf Netflix ansiehst?«

Ich grinse. Wir teilen uns einen Account, also kann ich meinen Titelverlauf kaum leugnen. »Ja, genau so. Mit einem Haufen Mädchen, die auf dem Boden campen, Filme schauen, sich die Nägel lackieren, Fastfood essen und über Jungs reden. Ich freue mich so darauf, dass es schon peinlich ist.«

Dad schüttelt den Kopf und lacht. »Na dann viel Spaß. Aber du solltest wirklich bald mit den Jungs reden.«

»Das werde ich. Versprochen. Morgen ist der Abschlussball, aber vielleicht können sie ja nach der Mannschaftsfeier am Sonntag länger bleiben. Wir könnten im Garten zelten oder im Spielezimmer durchmachen oder so. Ich weiß, dass am nächsten Tag Schule ist, aber das Schuljahr ist fast vorbei.«

Dad schmunzelt. »Planst du gerade eine Übernachtungsparty mit den Jungs?«

Ich will es abstreiten, doch dann wird mir klar, dass er recht hat, und ich werde knallrot. »Nein«, rufe ich entsetzt. »Natürlich nicht. Ich dachte nur, wir könnten die gemeinsame Zeit nutzen.«

Dad lacht auf. »Du bist schon eine Marke, Kleines.«

»Und du bist unausstehlich.«

Mein Vater grinst, als ob ihn das Nicht-Kompliment mit Stolz erfüllen würde. »Hör mal, ich muss meinen Flug bekommen. Geht es dir etwas besser?«

»Ja, sehr. Danke.«

»Dafür bin ich ja da.«

»Du meinst, dafür ist FaceTime ja da.«

Dad seufzt. »Morgen Früh kann ich dich umarmen.«

Mir wird warm ums Herz. Mein Dad ist wirklich der Beste. »Nicht zu früh. Wahrscheinlich bleiben wir genauso lange auf wie du, also kannst du ausschlafen. Aber können wir zusammen zu Mittag essen?«

Das Gesicht meines Dads leuchtet auf, als hätte ich ihm gerade das gesamte Jahr verschönert. »Abgemacht, meine Kleine.«

»Bye, Dad. Hab dich lieb.«

»Ich dich auch. Bis morgen. Und denk ja nicht, mir wäre nicht bewusst, dass du die Nacht in Jace' Haus verbringst, auch wenn es mit seiner Schwester ist.« Er gibt mir den strengen Dad-Blick.

»Was? Jace wird auch da sein?«, erwidere ich mit gespielter Unschuld. »Das war mir überhaupt nicht klar.«

Dad schnaubt. »Sicher.« Ein weiterer Dad-Blick. »Benimm dich. Geh nicht in sein Zimmer. Verbring keine

Zeit mit ihm allein. Genaugenommen überhaupt keine Zeit zwischen Mitternacht und acht Uhr morgens. Sorge dafür, dass seine Eltern …«

»Wie bitte, Dad? Ich kann dich nicht hören. Die Verbindung ist plötzlich ganz schlecht!«

»Ich meine es ernst.«

»Ich weiß«, lache ich. »Darum ist es ja so lustig.«

»Du wirst mich noch in ein frühes Grab bringen.«

Ich verdrehe die Augen. »Ich bin die beste Tochter im ganzen Universum.«

Dad seufzt. »Das bist du. Hab dich lieb, Charlie. Viel Spaß!«

»Hab dich auch lieb, Dad! Bye! Und ich verspreche auch, nicht schwanger zu werden!«

Ich beende den Anruf, als Dads Gesicht kreidebleich wird und er anfängt herumzuschreien. Es ist einfach viel zu leicht, ihn auf den Arm zu nehmen.

19

Ich bin wahnsinnig aufgeregt, als ich in meinem Schlafanzug vor der Haustür der Kings stehe, meine gepackte Sporttasche über der Schulter und mein Kissen und Schlafsack in den Armen. Die mürrische Bethany macht auf. Sie wirft einen Blick auf mich, verdreht die Augen, wirft die Tür auf und ruft: »Jace! Deine *Freundin* ist hier!«

Ich muss grinsen. Was für ein Früchtchen. War ich in der Mittelstufe auch so schnippisch? Ich hoffe nicht. Allerdings zeigen ihre Worte Wirkung. Jace ist nach wenigen Sekunden an der Tür. Fast so, als hätte er nur darauf gewartet, dass ich auftauche. Er schiebt seine Schwester aus dem Weg. »Ich übernehme dann jetzt. Danke.« Das bringt ihm ebenfalls ein Augenrollen ein.

Jace winkt mich herein und schließt die Tür hinter mir. Er mustert mich, und mein Schlafanzug mit passenden Pantoffeln und dem Logo der Pittsburgh Pirates lässt ihn grinsen. »Süß.«

Ich lächle, aber meine Wangen werden heiß. »Mein Vater bekommt einen Rabatt im Mannschaftsshop. Ich bin mir ziemlich sicher, dass ich inzwischen alles habe, was es da gibt.«

»Die Mädels sind unten im Keller«, sagt er. Ich warte

darauf, dass er mir den Weg zeigt, doch das tut er nicht. Stattdessen nimmt er mir meine Sachen ab und stellt sie neben die Haustür. Dann verschränkt er meine Finger mit seinen und führt mich durch das Wohnzimmer. »Das ist also unser Haus. Es ist kein großes Anwesen auf einem Hügel«, scherzt er, »aber hier bin ich Zuhause.« Die Kings wohnen in einem mittelgroßen Gebäude, das für die Gegend ziemlicher Standard ist. Nicht besonders schick, aber auch nicht schäbig. Und vor allem ist es sehr gemütlich. Es wirkt *bewohnt.* Mein Haus wirkt nie so lebendig. »Ich liebe es«, gebe ich zu.

Als mich Jace zur Treppe nach oben ziehen will, bleibe ich unten stehen und sehe ihn fragend an. »Du hast doch gesagt, die anderen sind im Keller.«

»Das sind sie auch.« Er grinst auf eine Weise, die alle Warnungen meines Vaters bestätigen.

Ich sollte zu den Mädchen gehen, doch stattdessen lasse ich mich von Jace nach oben bringen. Als ich sehe, wohin er mich führt, muss ich grinsen. »Schleppst du mich jetzt ernsthaft in dein Schlafzimmer?«

Das Funkeln in Jace' Augen und sein durchtriebenes Lächeln bereiten mich dennoch nicht auf seine nächsten Worte vor. »Na ja, ich durfte letzte Woche dein Bett ausprobieren. Also dachte ich, es wäre nur gerecht, wenn du jetzt meins ausprobierst.«

Der Spruch ist so übertrieben, dass ich lachen muss, und zwar so sehr, dass ich mich krümmen und mir den Bauch halten muss.

»Nicht gerade die Reaktion, auf die ich es abgesehen hatte«, sagt Jace ironisch.

Ich muss nur noch stärker lachen. »Oh bitte. Das war

genau die Reaktion, auf die du es mit diesem Spruch abgesehen hast.«

Jetzt muss auch Jace schmunzeln. »Stimmt. Willst du mit mir Videospiele spielen, bis Leila dich findet und dich mir für den Rest der Nacht stiehlt? Die Xbox ist *zufällig* in meinem Zimmer gelandet, aber ich habe bequeme Sessel. Zwei Stück, so dass wir uns nicht das Bett teilen müssen.« Er wackelt übertrieben mit den Augenbrauen. »Außer, du willst kuscheln.«

Die Vorstellung, mit Jace zu kuscheln, weckt in mir eine fast schon lächerliche große Welle an Verlangen. Es überkommt mich so stark und schnell, dass es mich beinahe umhaut, und es gelingt mir nicht mal annähernd, diese Reaktion vor ihm zu verbergen. Er erstarrt, zieht überrascht die Augenbrauen hoch und öffnet leicht seine Lippen. Das Ganze ist mir so peinlich, dass ich am liebsten sterben würde. Ernsthaft. Ich möchte bitte im Boden versinken. Mein Gesicht steht in Flammen, und ich habe keine Ahnung, was ich sagen soll. Was Jungs angeht, bin ich so unglaublich unfähig.

Jace erholt sich als erstes und beginnt sich an den Kissen auf seinem Bett zu schaffen zu machen. Es ist ein Doppelbett und steht längs an der Wand. Gegenüber stehen der Fernseher und die Spielekonsole auf einer Kommode. Jace lehnt seine Kissen so gegen die Wand, dass man bequem in Richtung Fernseher schauen kann. Als nächstes wirft er seine Fernbedienung und zwei Controller aufs Bett. Dann streckt er mir seine Hand entgegen. »Komm her.«

Meine Füße bewegen sich keinen Zentimeter. Ich flippe gerade ernsthaft aus. *Passiert das hier wirklich?* Jace nimmt sanft meine Hand und zieht mich zu sich aufs Bett. *Offenbar passiert es.*

Jace lehnt sich rückwärts gegen die Kissen und zieht mich neben sich. Als ich steif wie ein Brett dasitze und mindestens fünfzehn Zentimeter Abstand zwischen uns lasse, schüttelt Jace den Kopf. »Nein, so kuschelt man nicht.«

Er zupft so bestimmt an meinem Ärmel, dass ich gegen ihn falle. Ich keuche überrascht auf und versuche mich wieder aufzusetzen, doch Jace schlingt seine Arme um mich und zieht mich behaglich gegen seine Brust. Ich lasse mich gegen ihn sinken, und langsam entspanne ich mich. Es ist ein wenig wie die Umarmungen von Eric oder meinem Dad, aber gleichzeitig auch anders. *Definitiv anders.* Denn da ist diese aufgeladene Atmosphäre, die dafür sorgt, dass ich nicht mehr weiß, wo oben und unten ist. Meine Augen fallen zu, und ich stoße ein zufriedenes Seufzen aus, ohne dass es mir bewusst ist. Ich könnte in diesem Moment sterben und es nicht mal merken. Ich bin im Himmel. »Fühlt sich kuscheln immer so an?«

Jace lacht leise auf und umarmt mich noch ein bisschen fester. »Mit der richtigen Person schon. Hast du das echt noch nie gemacht?«

»Nicht seit ich als Kind mit meinem Vater Filme angeschaut habe. Und ganz bestimmt nie *so.*«

Jace legt seine Wange an meinen Kopf und beginnt beiläufig mit meinen Haaren zu spielen. »Wie ist das möglich?«

Ich zucke mit den Schultern. »Mit wem hätte ich denn kuscheln sollen? Ich habe bisher nie gedatet.«

Dieses Gespräch sollte mir vielleicht unangenehm sein,

aber ich fühle mich gerade bei Jace so wohl, dass ich ihm alles anvertrauen könnte, und es wäre in Ordnung.

»Was ist mit Sullivan?«, fragt er. »Ich weiß, dass ihr beide nur Freunde seid und nie ein Paar wart, aber habt ihr wirklich nie miteinander gekuschelt? Legt er nicht mal seinen Arm um dich, wenn ihr zusammen ein Spiel schaut?«

Ich schüttle den Kopf. »So war es nie zwischen uns. Das glaubt zwar anscheinend keiner, aber zwischen uns war nie etwas anderes als reine Freundschaft.«

»Aber ihr steht euch so nah.«

»Nah, stimmt. Aber körperliche Zuneigung?« Ich schüttle den Kopf. »Diese Umarmung, die du nach dem Spiel heute gesehen hast? Das war wahrscheinlich der intimste Moment unserer gesamten Freundschaft. Ich kann an einer Hand abzählen, wie oft wir uns so umarmt haben.«

»Er ist ein Idiot«, murmelt Jace, mehr zu sich selbst als zu mir.

Ich lächle, seufze aber gleichzeitig. »Es ist nicht seine Schuld. Eric bekommt daheim nicht viel – oder besser gar keine – Zuneigung. Er hat ziemlich hohe Mauern um sich herum gebaut. Es fällt ihm schwer, selbst Dad und mich reinzulassen.«

»Ich verstehe.« Eine Pause. »Er ist trotzdem ein Idiot.«

Ich sollte stellvertretend für Eric beleidigt sein, fühle mich aber immer noch hauptsächlich geschmeichelt. Es ist ein berauschendes Gefühl zu wissen, dass dich jemand will.

Wir verfallen ein paar Minuten in Schweigen und sind damit zufrieden, einfach nur beieinander zu sein. Ich kann mich nicht erinnern, wann ich das letzte Mal so entspannt gewesen bin. Als Jace das Schweigen bricht, höre ich seine geflüsterte Frage kaum. »Ist es wahr, was Shelly gesagt hat? Bist du in Sullivan verliebt?« Mein Herz macht einen Satz und droht mir aus der Kehle zu springen. Ich will wirklich nicht darüber reden, doch ich schulde es Jace.

»Shelly sagt, es ist offensichtlich.« Er muss schlucken und lockert seinen Griff so, dass wir uns in die Augen sehen können. »Kapiere ich hier irgendwas nicht? Sehe ich nur, was ich sehen will?«

Zum ersten Mal liegt ein Hauch Verzweiflung in seiner Stimme. Oder vielleicht ist es auch Sehnsucht. Ich fühle mich schrecklich, und mir wird klar, dass ich ihm jede Menge widersprüchliche Signale gesendet habe. Dass ich ihn mit meinen diffusen Gefühlen verletzt haben könnte. Und ich will Jace nicht verletzen. Niemals. Er verdient so viel Besseres von mir. Er verdient die Wahrheit. Auch, wenn ich sie selbst nicht genau kenne. »Früher war ich das, ja. Aber jetzt bin ich mir nicht mehr so sicher«, gestehe ich. »Diese ganze Sache hat mich so verwirrt. Ich habe keine Ahnung, was ich fühlen oder denken soll. Was ich wirklich *will.*«

»Könntest du es für mich versuchen herauszufinden?«, fragt er leise.

Ich sehe ihn an, und in seinem Blick liegen so viele Emotionen. Emotionen, mit denen mich noch nie jemand angesehen hat. Sehnsucht. Verlangen. Die Angst, dass ich ihn abweisen könnte.

»Ich werde deine Antwort akzeptieren, egal wie sie ausfällt«, sagt er. »Aber ich muss wissen, wo ich bei dem Ganzen stehe, denn das hier wird für mich allmählich ernst.«

Mir stockt der Atem. Er ist so süß. Und immer, wenn

ich mit ihm zusammen bin, verschwende ich kaum einen Gedanken an Eric. Ich bin mir ziemlich sicher, was *das* bedeutet. »Ich glaube, für mich wird es auch ernst«, antworte ich leise.

Jace setzt sich ein wenig aufrechter hin und nimmt meine Hand. Erst streichelt er sie mit seinem Daumen, dann drückt er sanft seine Lippen darauf. Als ich nach Luft schnappe, lässt er unsere Hände in seinen Schoß sinken, und verschränkt sie miteinander. »Und Sullivan?«, fragt er.

Ich atme tief ein. »Ich liebe ihn«, gebe ich zu. »So viel weiß ich. Was ich nicht weiß ist, wie tief diese Gefühle überhaupt noch gehen.« Ich lege den Kopf zurück in den Nacken und schaue Jace an. »Ergibt das irgendwie Sinn?«

»Vielleicht. Kannst du das noch weiter ausführen?«

Ich lege meinen Kopf wieder an seine Brust. Er küsst mein Haar und lehnt dann seine Wange dagegen. Ich bin ihm dankbar, dass er so verständnisvoll ist. Das war er schon immer, auch was meine Beziehung zu Eric angeht. Ich glaube nicht, dass ich mit jemandem zusammen sein könnte, der Eric nicht als Teil meines Lebens akzeptiert. *Moment mal. Zusammen sein?* Was denke ich denn hier schon wieder?

»Diese ganze Sache hat angefangen, als Eric mir gesagt hat, dass er mit Shelly zum Ball geht. Ich war am Boden zerstört, aber nicht nur aus dem Grund, den ich immer angenommen hatte. Es ging nicht nur darum, dass er mich nicht gefragt hat. Sondern dass er mich gar nicht als jemanden sieht, den er fragen *könnte.* Er hat *mich* überhaupt nicht gesehen. Er hat mich nicht verstanden. Keiner von den Jungs hat das. Und es tat weh. Und wenn mich das mehr gekränkt hat als die Tatsache, dass er mit einem anderen Mädchen ausgeht, was hat das dann zu bedeuten?«

»Willst du wissen, was ich denke?«, fragt Jace, jetzt wieder mit ein wenig mehr Schwung in der Stimme. »Ich denke, es stimmt. Ich denke, du liebst ihn. Er ist dein bester Freund. Deine Familie, in gewisser Hinsicht. Er ist einer der wichtigsten Menschen in deinem Leben. Du liebst ihn. Und du hast für ihn geschwärmt. Das können zwei verschiedene Dinge sein.«

Ich muss ein paarmal blinzeln. So habe ich das noch nie gesehen, aber er hat absolut recht. Meine Gefühle für Eric sind immer so verwirrend, weil sie sich überlagern. Ich empfinde mehr als nur *eine* Art von Gefühlen für ihn.

»Aber romantisch gesehen war es vielleicht nie mehr als das«, sagt Jace. »Eine einfache Schwärmerei.«

»Das ergibt Sinn.«

Jace drückt mich fest an sich und küsst erneut meinen Kopf. »Und jetzt … hat sich dir vielleicht … vor Kurzem … eine neue Option präsentiert. Und du hast dich vielleicht neu verknallt.« Jace' Stimme klingt jetzt beinahe frech, und ich muss grinsen. »*Stärker* verknallt«, neckt er nun.

Ich lache. »Ist das so?«

Jace lässt meine Hand los und umarmt mich fest mit beiden Armen. Glücklich schmiege ich mich an ihn. Er fährt mit seiner Theorie fort. »Also, du liebst Sullivan noch, aber jetzt schwärmst du nicht mehr für ihn, sondern stehst stattdessen auf diesen anderen Jungen.«

Und da geht es wieder los mit dem Kichern. »Oh, denkst du wirklich?«

»Das hoffe ich zumindest.« Wieder drückt er mich. »Aber ich will wissen, was *du* denkst.«

Ich denke, seine Theorie ist mit hoher Wahrscheinlichkeit zutreffend. »Ich weiß nicht«, entgegne ich stattdessen unschuldig. »Ich glaube, ich muss noch mehr über diesen anderen Jungen erfahren.«

»Also …« Jace streicht mir vorsichtig durch die Haare und beginnt, eine Strähne um seinen Finger zu wickeln. »Dieser Junge ist nicht wirklich neu dabei. Er mag dich seit der Mittelstufe, dachte aber immer, er hätte keine Chance. Er dachte, du wärst vergeben.«

Ich beiße mir auf die Lippen, um mein Lächeln zu unterdrücken.

»Aber er sieht echt *gut* aus, ist talentiert und klug, und er ist …«

»Süß?«, frage ich, mit einem frechen Grinsen im Gesicht.

Ich kann praktisch hören, wie er die Augen verdreht. »Romantisch«, korrigiert er. »Er kann ausgezeichnet Zöpfe flechten, und wenn du ihn nett bittest, wird er dir vor deiner ersten Übernachtungsparty einen Zopf flechten.«

»Tja, damit ist die Sache entschieden.«

Ich sehe zu Jace auf. Als sich unsere Blicke treffen, verschwindet das freche Grinsen von seinem Gesicht. »Er sieht dich«, murmelt er. »Dein *wahres* Ich. Das Ich, das du so verzweifelt gesucht hast.«

Oh mein Gott, er wird mich zum Weinen bringen. Meine Augen fühlen sich schon verdächtig feucht an.

»Er hat die frühere Version von dir auch sehr gemocht. Das toughe, aber ein wenig distanzierte Mädchen, das auch in Stresssituationen immer cool blieb. Aber diese vollständigere Version von dir mag er sogar noch viel lieber.«

Im Ernst. Gleich wird mein Herz explodieren. Kann ein Herz explodieren? Meins definitiv. Ein nervöses Kichern entweicht mir, und in seinen Augen liegt auf einmal diese Hitze. Plötzlich ist mein Mund ganz trocken. Ich schlucke, und sein Blick folgt der Bewegung. »Und dieses Kichern«, murmelt er. »Dieses Kichern ist gefährlich.«

Er lehnt sich vor.

Ich höre auf zu atmen. Wortwörtlich.

Sein Blick fällt auf meinen Mund.

Ich schließe meine Augen.

Und warte eine Sekunde.

Zwei.

Dann spüre ich seine Lippen auf meinen. Ganz sanft. Sanfter als alles, was ich je zuvor gefühlt habe.

Okay, *jetzt* bin ich im Himmel. Vorher war ich nur im Warteraum.

Ich keuche auf, und als wäre dies das Signal, lehnt sich Jace noch weiter zu mir. Er *küsst* mich. Ein echter, ehrlicher, richtiger Kuss. Und es ist das Beste, was mir jemals passiert ist.

Nach einem Moment versuche ich, es ihm gleichzutun, und seinen Kuss zu erwidern. Wahrscheinlich bin ich echt schlecht darin, aber allein die Tatsache, dass ich es versuche, scheint ihm zu genügen. Dies ist der beste Kuss aller Zeiten. Und das sage ich nicht nur, weil es mein bisher einziger Kuss ist.

»MOOOOOOM! Jace macht in seinem Zimmer mit seiner Freundin rum!«

Jace und ich fahren ertappt auseinander. Er starrt seine

kleine Schwester wütend an, während ich knallrot anlaufe und versuche, wieder zu Atem zu kommen. Ich habe das Gefühl, es könnte eine Weile dauern.

»Raus aus meinem Zimmer, Kendra!«

Die äußerst mutige Elfjährige blickt auf ihre Füße an der Schwelle zu Jace' Zimmer. Sie verschränkt die Arme und streckt ihm die Zunge raus. »Ich bin nicht *in* deinem Zimmer. Ich bin im Flur. *Du* darfst keine Mädchen in deinem Zimmer haben. Das ist gegen die Regeln.«

Es ist mir zwar schrecklich peinlich, dass sie uns beim Knutschen erwischt hat, dennoch muss ich darüber lachen, *wie* Jace' kleine Schwester ihn ärgert. Das ist so niedlich. Ich muss kichern, und Jace wirft mir einen warnenden Blick zu. »Nicht. Fang bloß nicht mit dem Kichern an.« Natürlich bringt mich das erst recht zum Kichern. »Verdammt, Charlie!«

Er lehnt sich vor, als würde er mich wieder küssen wollen, doch Kendra sorgt dafür, dass dieser Gedanke im Keim erstickt wird. »MOM!!!!!!«

»Ugh. Ken! Raus mit dir!« Jace wirft ein Kissen nach seiner Schwester. Sie wirft es zurück.

Ich kann nicht anders. Ich muss lachen. »Das ist nicht witzig«, sagt Jace, aber auch er muss ein Lachen unterdrücken.

Das Lachen bleibt ihm in der Kehle stecken, als seine Mutter hinter Kendra auftaucht und ihm einen Blick zuwirft, der meinem Dad und Coach Stanton alle Ehre machen würde. Wow.

»Was geht hier vor?«, fragt sie. Aber es ist offensichtlich, dass sie das bereits weiß. Das ganze Haus – wahrscheinlich sogar die ganze Nachbarschaft – hat gehört, was Kendra verkündet hat.

»Mom, wir haben nur geredet.«

»Sie haben geknutscht.« *Vielen Dank auch, Kendra.*

Jace windet sich unter dem Blick seiner Mutter. Ich kann ihr nicht mal in die Augen sehen. »Wir haben die meiste Zeit geredet«, murmelt er. »Es war nur *ein* Kuss. Nur einer.«

»Jace, du kennst die Regeln.«

Jace stöhnt. »Mom, wir sind beide achtzehn. Das Licht war an. Die Tür war weit offen. Wir haben nichts Falsches getan.«

Mrs King ist unbeeindruckt. Sie verschränkt die Arme auf die gleiche Weise, wie die Miniversion von ihr es immer noch tut. »Und was für ein Beispiel ist das für deine jüngeren Schwestern, hm? Willst du wirklich, dass sie denken, es wäre in Ordnung, Jungs zu Hause zu besuchen und mit ihnen herumzuknutschen? *Auf ihrem Bett?*«

Ich wünschte, ich könnte im Erdboden versinken. Ich will verschwinden, weil die ganze Situation so super peinlich ist, aber gleichzeitig ist es irgendwie auch liebenswert, wie Jace mit seiner Mutter diskutiert.

Jace seufzt. »Nein«, erwidert er und knurrt dann überraschend: »Wehe.«

Mrs King verzieht ihr Gesicht, und ich mache das Schlimmste, was ich in dieser Situation tun könnte. Ich pruste los.

Jace sieht mich entsetzt an, doch Mrs King schmunzelt. Sie zwinkert mir zu und lehnt sich gegen den Türrahmen. »Charlie, es ist wirklich schön, dich hier zu haben, und ich bin froh, dass Jace und du … so gut miteinander auskommt.« Wieder werde ich knallrot. »Aber wahrscheinlich hat er vergessen, dir von unserer Regel zu erzählen, dass potentielle feste Freundinnen und Freunde nicht in den Schlafzimmern erlaubt sind …«

Ich nicke schnell und lasse Jace damit eiskalt über die Klinge springen. »Ja, das hat er *praktischerweise* vergessen.«

Sie lacht. »In Ordnung, das erste Mal sehe ich es dir noch nach. Beim zweiten Mal wirst du nach Hause geschickt.«

Ich stehe vom Bett auf. »Ja, Ma'am.«

Mrs King wirft Jace einen weiteren dieser angsteinflößenden Mom-Blicke zu. (So viel schlimmer als die Dad-Blicke, die ich immer bekomme!) »Tut mir leid, Mom.«

»Na also. Und jetzt bring Charlie in den Keller, wo die Mädchen sind, und dann will ich, dass du für den Rest der Nacht hier oben bleibst. Wenn ich dich später unten erwische, bekommst du Hausarrest.«

Zumindest bin ich jetzt nicht mehr die einzige Person mit knallroten Wangen hier im Zimmer.

»Aber ich hab versprochen, dass ich ihr die Haare flechte«, entgegnet Jace.

Mir war nicht klar, dass es sich wirklich um ein Versprechen gehandelt hat, aber okay.

Was auch immer Mrs King erwidern wollte, bleibt ihr durch Jace' absurde Bemerkung in der Kehle stecken. Sie sieht mich fragend an. Ich zucke mit den Schultern. »Soweit ich verstanden habe, gehört es zu einer richtigen Übernachtungsparty, sich die Haare flechten zu lassen.«

»Auf jeden Fall«, sagt Jace so ernst, dass ich fast wieder lachen muss. »Und ich habe es ihr versprochen.«

Er macht einen Schmollmund, den er bei mir besser nie

anwendet, denn ich könnte ihm niemals widerstehen. Seine Mutter offensichtlich auch nicht. Sie schnaubt und wirft die Hände in die Luft. »Oh, also gut. Meinetwegen. Geht. Zwanzig Minuten. Bring sie nach unten, sag hallo, flechte ihr einen Zopf, und dann schaff deinen Hintern wieder hier nach oben und halte dich bis zum Morgen von diesen Mädels fern. Und ich meine bis zum Frühstück-Morgen und nicht irgendwann um drei oder vier Uhr morgens.«

Jace grinst. »Versprochen.« Er packt mich am Handgelenk und zieht mich aus dem Zimmer. Auf dem Weg gibt er seiner Mutter einen Kuss auf die Wange. »Danke, Mom.«

»Du steckst immer noch in Schwierigkeiten, Freundchen!«, ruft sie ihm nach.

20

Als mich Jace schließlich in den Keller bringt, warten dort sieben neu erworbene beste Freundinnen darauf, mich mit Snacks, Psychotests, Filmen und Nagellack aufzumuntern. Sobald meine Füße den weichen Teppichboden betreten, stürzt sich Leila auf mich. »Da bist du ja! Wir wollten schon einen Suchtrupp losschicken.« Sie nimmt Jace meinen Schlafsack und mein Kissen ab. »Ich übernehme ab hier. Du kannst jetzt gehen.«

»Auf keinen Fall.«

»Jace. Nein. Das hier ist jetzt unser Mädelsabend. Hau ab.«

Ich grinse. Der arme Jace. Wird er von den Frauen in diesem Haus immer so unterdrückt? Ich hoffe, dass ihm zumindest sein Vater ein bisschen moralische Unterstützung bietet.

Jace verschränkt die Arme und stampft mit dem Fuß auf. »Ich habe Charlie versprochen, ihr einen Zopf zu flechten. Man hat ihr noch nie die Haare geflochten.«

Leila hält inne und sieht mich an. »Man hat dir noch nie die Haare geflochten?«

Ich schüttle den Kopf. »Höchstens meine Mutter, als

ich noch ganz klein war, aber daran kann ich mich nicht mehr erinnern.«

Leila grinst. »Okay. Wir flechten dir auf jeden Fall die Haare.«

»Oh hey, meine bitte auch«, ruft Stacie, Co-Captain der Cheerleader, von der Mitte des Raums, wo sie sich gerade die Zehennägel lackiert.

»Ich kann das machen«, bietet Mia, der andere Co-Captain, an.

»Großartig. Ich mache Charlies.« Leila grinst mich begeistert an. »Das wird dir sicher gefallen.«

Bevor sie mich wegzerren kann, legt Jace den Arm um meine Taille und zieht mich an seine Brust. »Nein. Charlie gehört mir.«

»Aww«, rufen mehrere der Mädchen. Leila hingegen stampft jetzt ebenfalls mit dem Fuß auf und jammert: »Jace! Das ist *unsere* Übernachtungsparty.«

»Tut mir leid. Ich muss es machen. Das ist jetzt absolut unser Ding, seit du mich beim Shoppen angepriesen hast. Außerdem hat Mom es bereits erlaubt.«

Ich schenke Leila ein mitfühlendes Lächeln. »Stimmt, das hat sie. Aber er hat nur zwanzig Minuten, und danach muss er für den Rest der Nacht in seinem Zimmer bleiben, sonst bekommt er Hausarrest.«

Leila reißt ihre Augen erst überrascht auf, dann kneift sie sie misstrauisch zusammen. »Und warum das?«

»Kein besonderer Grund«, antwortet Jace schnell, führt mich zum Sofa und bedeutet mir, mich hinzusetzen. Mia wirft ihm einen Kamm und ein Haargummi zu.

»Lügner.«

Leila richtet ihren prüfenden Blick auf mich, und sofort

breche ich zusammen. Jace hat nicht gescherzt, als er von ihrer Verhörtechnik gesprochen hat. »Möglicherweise haben wir gegen die Regel verstoßen, dass gewisse Menschen nichts in euren Zimmern zu suchen haben.«

»Ooh«, sagt Cassidy, ein sonst eher zurückhaltendes Mitglied des Cheerleading-Teams. »Ja, diese Regel ist Mrs King ziemlich wichtig. Ich bin überrascht, dass sie dich nicht nach Hause geschickt hat.«

Jace grinst. »Sie hatte plausible Gegenargumente.«

»Aber ich wurde fürs nächste Mal verwarnt.«

Leilas Mund klappt auf. »Was? Wie lange bist du denn schon hier?«

»Noch nicht so lange«, sage ich. Ein bisschen zu schnell. Genau wie Jace.

Leila verdreht die Augen. »Ihr seid *beide* Lügner.« Sie seufzt. »Jace, beeil dich mit dem Flechten, und dann raus mit dir.«

»Ja«, sagt Rachel und wirft einen vielsagenden Blick in Jace' Richtung. »Du musst gehen, weil wir Charlie gleich ausfragen werden, was ihr in deinem Zimmer getrieben habt.«

Sie sieht zu mir und wackelt mit ihren Augenbrauen. Ich werde knallrot, und der ganze Keller bricht in Lachen, Gejohle und Pfeifen aus. Das könnte eine *sehr* lange Nacht werden, aber irgendwie freue ich mich auch darauf, von meinem ersten Kuss berichten zu können.

Jace fährt mit seinen Fingern durch meine Haare und beginnt sie zu flechten. Das leichte Ziehen und Kratzen auf meiner Kopfhaut fühlt sich seltsam gut an. Leila hatte recht. Es ist angenehm, sich die Haare flechten zu lassen.

»Auf keinen Fall«, sagt Jace zu Rachel. »Charlie würde sich niemals über unseren Kuss auslassen.«

»Ihr habt also geknutscht!«, heult Cassidy auf.

»Ich wusste es!«, ruft Rachel.

»Sehr gut, Jace«, murmle ich leise.

Er schnaubt und zieht meinen Kopf so weit nach hinten, dass ich zu ihm aufsehe. »*Du* bist diejenige, die uns als erstes verraten hat, und sie hätten es dir sowieso aus der Nase gezogen.«

Er beugt sich vor und küsst meine Stirn, bevor er meinen Kopf wieder nach vorn schiebt, um weiterflechten zu können. Jedes Mädchen im Raum seufzt kollektiv auf.

»Ihr beiden seid so süß«, schwärmt Mia.

Meine Wangen müssen inzwischen dauerhaft rot leuchten, aber das ist nichts gegen die Demütigung, die wir oben erleiden mussten, also zwinge ich mich zu einem Grinsen und einem »Danke«, das Jace dazu bringt, meine Schultern anerkennend zu drücken.

Ein paar Sekunden später zieht Jace spielerisch am Ende meines Zopfs und tätschelt mein Haar. »Fertig.«

Ich stehe auf und streiche mit den Händen über meinen Hinterkopf. »Hey, das ist ziemlich stramm.«

»Ja, du kannst auch später so schlafen, wenn du willst. Es sollte halten.« Er deutet zum Badezimmer. »Sieh es dir mal an.«

Er folgt mir in den anderen Raum und reicht mir einen kleinen Handspiegel, damit ich auch meinen Hinterkopf betrachten kann. »Wow. Du kannst das echt gut.«

Er zuckt mit den Schultern. »Ich habe immer dabei zugesehen, wenn meine Mom es bei Leila gemacht hat, und irgendwann hat sie mich hingesetzt und gezwungen, es zu lernen.«

»Ein nützliches Talent in einem Haus voller Frauen.«

»Besonders, wenn eine von ihnen Cheerleaderin ist.«

Leila stürmt ins Badezimmer und zerrt Jace hinaus. »Ja, ja, du kannst das ganz toll. Und jetzt hau ab. Es ist unser Mädelsabend, und dieses Mal sind keine Jungs erlaubt.«

Jace packt mein Handgelenk und ich werde mit ihm zu den Stufen gezogen.

»Also gut, verschwinde«, verlangt Leila.

»Ich gehe ja schon.« Jace verdreht die Augen, dann zieht er mich lächelnd an sich, bis ich gegen seine Brust falle. Er legt seine Hand um meine Taille. »Danke für das Gespräch vorhin.«

Ich erröte. Er hält mich weiter in seinem Arm, und ich kann sieben Augenpaare auf uns spüren. »Ähm … kein Problem.«

Er hebt mein Kinn an, und das ist die einzige Warnung, die ich bekomme, bevor er seine Lippen auf meine drückt. Er küsst mich. (Vor allen!) Es ist kein Zungenkuss oder so, aber auch kein flüchtiger Schmatzer.

Ich muss so schockiert und panisch aussehen, wie ich mich fühle, denn er lacht leise, als er sich zurückzieht und mein Gesicht sieht. »Gute Nacht, Charlie.«

»Gibst du uns allen auch einen Gutenachtkuss, Jace?«, fragt Cassidy.

Jace wirft den Mädchen über meine Schulter hinweg sein umwerfendes Lächeln zu. »Gute Nacht, Ladys.« Noch ein flüchtiger Kuss auf meine Lippen und er flüstert: »Bis morgen.«

Er lässt mich los, und als er schließlich die Treppe hinauf verschwindet, setze ich mich auf die unterste Stufe und presse mir die Hände auf die brennenden Wangen. Ich blinzle ein paarmal, bevor ich erkenne, dass Cassidy vor mir steht. Sie streckt mir ihre Hand entgegen. »Komm jetzt. Wir haben uns für den Film *Mean Girls* entschieden, zu Ehren der schrecklichen Shelly Turner.«

Das reißt mich aus meiner Trance, und ich muss lachen. Sie zieht mich hoch, und wir schauen uns den äußerst passenden Lindsay-Lohan-Klassiker an, während wir uns gegenseitig die Nägel lackieren. Die Mädchen sind richtig nett und stellen mir überraschenderweise keine Millionen Fragen über Jace. Aber andererseits, was gäbe es da noch zu sagen? Jace hat ihnen ja praktisch schon alles beantwortet, als er mich vor ihren Augen geküsst hat.

*

Leila hatte recht. Übernachtungspartys sind bis jetzt auf jeden Fall das Beste an dem ganzen Selbstfindungsding. Noch nie hatte ich so viel Spaß. Filme, Tratsch und tiefschürfende Gespräche bis tief in die Nacht. Endlich kann ich mal richtig aus mir herausgehen und ich selbst sein. Ich darf darauf hinweisen, wenn ich einen Jungen im Film attraktiv finde, und ich darf meine Lieblingsdialoge laut mitsprechen. Ich lache, ich weine, und ich freunde mich immer mehr mit den anderen an. (Und ich mache einen Haufen Instagram-Fotos.)

Am Morgen, als wir alle noch hundemüde, aber wegen des Abschlussballs total aus dem Häuschen sind, bringen mir die Mädels sogar einen Tanz zu einem bekannten Popsong bei, damit wir ihn alle zusammen aufführen können, wenn er später am Abend gespielt wird. Ich habe noch nie im Leben getanzt, und vielleicht bin ich nicht besonders anmutig – aber ich bin zumindest koordiniert genug, dass ich es schnell lerne. Es ist irgendwie cool.

Mrs King öffnet oben die Tür zum Keller und ruft nach unten: »Leila! Charlie! Könnt ihr mal kurz hochkommen?«

Leila und ich sehen uns fragend an und gehen zu ihr. Als wir die Küche betreten, bleibe ich wie angewurzelt stehen, denn ich sehe meinen Vater, der mit Jace spricht. Freude durchströmt mich, und es fühlt sich an, als ob er diesmal ewig weg gewesen wäre. »Dad!«, quietsche ich und stürze mich auf ihn, so dass er fast umfällt.

Er lacht und umarmt mich. »Ganz ruhig, Liebes. Du wirst mich noch durchbrechen. Ich werde langsam alt.«

Ich schnaube. Er ist der fitteste Fünfundvierzigjährige auf diesem Planeten. »Tut mir leid.« Bevor ich ihn loslasse, drücke ich ihn noch mal schnell. »Überfallumarmungen. Die sind so ansteckend wie Kichern.«

Er lacht. »Und das Quietschen? Das ist auch neu.«

Ich zucke verlegen mit den Schultern. »Ja. Ich befürchte, ich habe mich vollkommen angepasst. Was machst du hier?«

Dad legt seinen Arm um meine Schulter, als ob er sich nicht dazu durchringen kann, mich loszulassen. Ich denke, er hat mich diesmal genauso sehr vermisst wie ich ihn. »Ich habe meine Kleine vermisst, und ich wollte endlich die berühmt-berüchtigte Leila King kennenlernen, die meine Tochter in eine quietschende, kichernde Blondine verwandelt hat.«

Das ist natürlich nicht ernst gemeint, dennoch lässt Leila verschämt den Kopf sinken und wird rot. Grinsend schleife ich sie zu meinem Vater. »Dad, das ist Leila – die beste Freundin im gesamten Universum. Leila, das ist der beste und nervigste Dad aller Zeiten, Chad Hastings.«

Während sie sich die Hände schütteln, sehe ich mich um und entdecke Jace' Eltern, die uns amüsiert beobachten. »Und kennst du schon Mr und Mrs King?«

Mr King grinst mich an. »Wir haben uns schon selbst vorgestellt.«

»Möchten Sie zum Frühstück bleiben?«, fragt Mrs King meinen Vater nun.

Er wirft einen Blick auf den Riesenberg Essen, an dem Mrs King arbeitet, um die Armee von Teenagermädchen im Haus satt zu bekommen. »Danke, aber ich will Charlie nicht im Weg sein.«

»Aber Dad. Du bist mir doch nicht im Weg.«

Er drückt mich an sich. »Ich habe noch ein paar Dinge zu erledigen und wollte wirklich nur kurz vorbeischauen, um Sie alle kennenzulernen. Und ich habe etwas für die Mädchen mitgebracht, falls das in Ordnung ist?«

Jace, Leila und ihre Eltern tauschen neugierige Blicke aus. Dann sehen sie zu mir, aber ich kann nur mit den Schultern zucken. »Mich braucht ihr nicht fragen. Dad ist ganz groß in Überraschungen.«

Er grinst mich an. »Okay, hier ist die erste.« Er übergibt mir eine Tüte aus dem Converse-Laden, die definitiv groß genug für einen Schuhkarton ist. »Ich glaube, ich habe dein Absatzproblem gelöst.«

Es macht erst klick, als ich den Karton öffne und die blauen Converse All-stars darin sehe. »Nein!«

»Ich hab es bereits abgeglichen. Sie haben die gleiche

Farbe wie dein Kleid, und in denen wirst du dir heute Abend bestimmt nicht den Knöchel verstauchen.«

Dadurch erntet er erneut eine stürmische Umarmung. »Das ist so toll! Danke, Dad!«

Leila klatscht in die Hände und freut sich mit mir. »Oh mein Gott, Charlie, das ist ja so cool! Du wirst so klasse aussehen!«

Dad lacht auf, dann räuspert er sich und reicht mir einen Geschenkgutschein eines teuren Spas. Leila reicht er ebenfalls einen und wendet sich dann an ihre Eltern. »Wenn das für Sie in Ordnung ist, habe ich den Mädchen einen Tag im Spa gebucht, damit sie sich vor dem Ball verwöhnen lassen können.« Er grinst uns an. »Ich habe das Komplettpaket ausgewählt, also könnt ihr so viel auf der Liste machen, wie ihr wollt, inklusive Frisur und Make-up.«

»*WAS?*«, kreischt Leila und starrt meinen Vater mit weit aufgerissenen Augen an. Dann versucht sie sich zu beruhigen und schüttelt den Kopf. »Vielen Dank, Mr Hastings. Das ist sehr nett von Ihnen, aber ein so großzügiges Geschenk kann ich gar nicht annehmen.«

Dad schaut bittend zu Leilas Eltern, die ebenso zögerlich wirken wie sie. »Bitte«, sagt er, und plötzlich klingt seine Stimme zittrig. »Ich wollte mich nur bedanken. Was Leila für meine Tochter getan hat …« Er muss sich räuspern und fährt sich mit der Hand durch seine Haare. »Charlie ist ein vollkommen neues Mädchen. Ich habe sie noch nie zuvor so glücklich und strahlend gesehen. Ich tauge nicht viel, was diesen ganzen Mädchenkram angeht, und wusste nicht, wie ich ihr dabei helfen soll. Ich wusste nicht mal, dass sie es braucht.« Er schüttelt den Kopf und zwingt sich für Leila zu einem Lächeln. »Danke, dass du meiner Charlie eine so gute Freundin bist.«

Mir steigen Tränen in die Augen, und ich lege den Arm um die Taille meines Dads. Er legt seinen um meine Schulter und fleht die Kings praktisch an, sein Geschenk anzunehmen. »Bitte erlauben Sie mir, den Mädchen heute etwas Gutes zu tun.«

Bevor sie sich weigern können, was nun ein bisschen unwahrscheinlicher wirkt als zuvor, melde ich mich zu Wort. »In Wahrheit hat er wahrscheinlich schon bezahlt, ob Leila mitkommt oder nicht. Ich würde mich wirklich freuen, sie bei meinem ersten Besuch in einem Spa dabei zu haben.«

Leila kaut auf ihrer Lippe herum und zittert vor Spannung. Ich glaube, es würde ihr das Herz brechen, sollten ihre Eltern ablehnen.

»Ihr solltet sie lassen«, sagt Jace leise. Ich schenke ihm ein dankbares Lächeln.

Mr und Mrs King sehen sich einen Moment lang an, dann nickt Mrs King. »Also gut. Wenn Sie darauf bestehen. Vielen Dank. Das ist sehr großzügig von Ihnen.«

»Wirklich?«, haucht Leila, als könnte sie nicht glauben, dass ihre Mutter eingewilligt hat.

Leilas Eltern nicken und Leila beginnt aufgeregt zu quietschen, läuft dann zu Dad und zeigt ihm aus erster Hand, woher ich diese neue Umarmungstechnik habe. »Danke, danke, danke, Mr Hastings!«

Dad lacht und tätschelt unbeholfen ihre Schulter. »Gern geschehen.«

Leila lässt ihn los und kommt als nächstes zu mir. Lachend erwidere ich ihre Umarmung. Noch nie habe ich sie so aufgeregt gesehen. »Ich wollte immer schon mal in ein Spa!«, ruft sie. »Das wird so genial!«

Lautlos forme ich ein Dankeschön an meinen Vater und freue mich, dass sie auch etwas Neues erleben kann. Sie hat wirklich viel für mich getan. Und ich bin froh, dass ich in der Lage bin, ihr ein bisschen was zurückzugeben.

21

Das Spa ist unglaublich. Wir beginnen mit einer Runde im Whirlpool, bevor wir beide zum ersten Mal unsere Beine waxen lassen. Das … nun ja, das Endergebnis ist gut, aber sagen wir einfach: Waxing wird nicht meine neue Lieblingssache. Doch die Aromatherapiemassage, das Bodypeeling und die Straffungsbehandlungen gleichen das mehr als aus. Dann bekommen wir eine Gesichtsmaske mit richtigen Gurkenscheiben auf die Augen, genau wie im Film!

Stunden später sind wir bei der Maniküre und Pediküre angelangt. Ich hole mein Handy heraus, um auf die Uhr zu sehen, während meine Füße einweichen, und sehe, dass ich sieben verpasste Anrufe von Eric und einen Haufen Textnachrichten von Jace bekommen habe. Zuerst sehe ich mir die Nachrichten an.

Jace: Hey! Ich hoffe, ihr habt Spaß im Spa. Ich hab mich nur gefragt, ob du nachher unbedingt mit Leila und ihrer Gruppe essen gehen willst?
Jace: Wenn du darauf bestehst, machen wir das natürlich, aber ich dachte, wir könnten auch nur zu zweit irgendwo hingehen, anstatt mit einem Haufen

lauter Footballspieler, die wir kaum kennen. Reynolds hat schon gesagt, dass es für ihn und Rachel okay wäre.
Jace: Aber nur, wenn du willst. Das ist dein Abend.

In meinem Gesicht breitet sich ein Lächeln aus. Es ist, als ob Jace meine Gedanken lesen könnte. So gern ich Leila auch habe und ich jetzt einige ihrer Freundinnen etwas besser kenne, war die Aussicht, den Abend des Abschlussballs mit Fremden zu verbringen, alles andere als berauschend. Besonders, da unser Footballteam den Ruf hat, aus einem Haufen feierwütiger Idioten zu bestehen. (Ihr habt es nicht von mir gehört.)

»Hey, Leila? Wie enttäuscht wärst du, wenn Jace und ich heute Abend doch unser eigenes Ding machen würden?«

Leila schnaubt. »Ich hab mich schon gefragt, wann Jace versuchen würde, aus der Sache rauszukommen. Er hasst es, mit Leuten abzuhängen, die er nicht so gut kennt.«

Ich lache. »Da ist er nicht der einzige.«

Leila seufzt. »Ich weiß. Ihr beide seid wie füreinander geschaffen.« Sie sieht zu mir herüber und nickt. »Ist schon gut. Du wirst mir natürlich fehlen, aber habt ihr beide mal Spaß zu zweit, und wir treffen uns dann später beim Ball.«

»Auf jeden Fall.«

Das Grinsen ist wieder an Ort und Stelle, als ich Jace antworte.

Charlie: Es ist auch dein Abend, und das klingt nach der besten Idee aller Zeiten. Leila sagt, es ist in Ordnung.

Jace: Cool. Kannst du gegen halb sieben fertig sein?
Charlie: Na klar.
Jace: Großartig. Ich hole dich dann ab.

Ich lehne mich mit einem breiten Lächeln im Gesicht zurück. Jetzt freue ich mich *wirklich*. Abgesehen von diesem ersten Spiel, das wir uns zusammen angesehen haben, war die Viertelstunde in seinem Zimmer am Abend zuvor bis jetzt die einzige Zeit, die wir allein miteinander verbracht haben. Ein echtes Date mit Jace lässt die Schmetterlinge in meinem Bauch wieder tanzen.

Meine gute Stimmung wird ein wenig gedämpft, als ich mir Erics Voicemail anhöre. »Was ist?«, fragt Leila, als ich seufze.

»Es ist Eric. Ich muss ihn zurückrufen.« Ich sehe mich im Raum um. Es ist nicht gerade privat, aber ich kann keine weiteren anderthalb Stunden mehr warten, bis wir hier fertig sind. Ich entschuldige mich bei Leila und fühle mich schlecht, weil das unserem gemeinsamen Nachmittag in die Quere kommt. »Tut mir leid. Das dauert nur eine Minute.«

Sie winkt ab. »Tu, was du tun musst.«

Eric geht beim zweiten Klingeln dran. »Ignorierst du meine Anrufe jetzt einfach dauerhaft?«

Ich schließe die Augen und massiere meinen Nasenrücken. Als ich spreche, klingt meine Stimme erschöpft. »Ich habe deine Anrufe nicht ignoriert. Ich war den ganzen Tag im Spa. Das ist der erste Moment, in dem ich das Handy wieder in der Hand habe.«

»Im *Spa?*«

Die Verwirrung in seiner Stimme bringt mich zum Lachen. »Ja, du weißt schon, Massagen, Bodypeeling, Gesichtsmasken, Maniküre, Pediküre. Es war ein Geschenk von meinem Dad für Leila und mich.«

Es entsteht eine kurze Pause. Dann: »Leila.« Seine Stimme klingt angespannt.

Ich verstehe die Frage nicht. »Ja. Damit wir uns entspannen und für den Ball fertigmachen können. Die machen uns auch die Haare und alles. Das Waxing war allerdings nicht sonderlich entspannend. Sondern tut *verdammt* weh. Und ich wurde schließlich mal von deinem Fastball getroffen. Ich muss wissen, wovon ich rede. Aber die Massage war *umwerfend.* Solltest du auch mal ausprobieren.«

Eine weitere Pause, dann ein Seufzen, das mich ein wenig aus dem Konzept bringt. »Eric? Was ist los? Ist alles okay?«

»Ich will, dass du mich zum Ball begleitest.«

Seine Worte schockieren mich. Vor ein paar Wochen war das alles, was ich von ihm hören wollte, und ich verstehe einfach nicht, warum er mich *jetzt* danach fragt. »*Wie bitte?*«

»Mit uns«, korrigiert er. »Mit Diego, Kev und mir.

Mein Herzschlag normalisiert sich wieder. Das ergibt schon eher Sinn. »Eric, das würde ich ja, aber …«

»Ich weiß, dass du nicht mit einer großen Gruppe von Leuten gehen willst, die du kaum kennst. Du magst keine großen Gruppen oder Fremde.«

Ich muss lächeln. Eric und ich mögen gerade an einem schwierigen Punkt unserer Freundschaft sein, aber ich habe nie daran gezweifelt, dass ich ihm wichtig bin. »Du hast recht. Das mag ich nicht. Und darum machen Jace und ich heute Abend auch unser eigenes Ding. Wir haben bereits darüber gesprochen. Wir werden nicht mit Leilas Gruppe gehen. Er mag nämlich auch keine Gruppen und Fremde.«

Wieder seufzt Eric. »Komm mit uns. *Bitte.*«

Ich schließe die Augen. Sein Flehen fühlt sich an wie ein Stich ins Herz.

»Charlie, bitte. Wir sind beste Freunde. Aber wir sehen uns kaum noch. Ich vermisse dich.«

Mein Herz sprudelt über, und mir schießen Tränen in die Augen. »Ich vermisse dich auch, Eric.«

»Dann komm mit uns zum Ball. Wir alle wollen dich dabeihaben.«

Es tut gut, das zu hören, aber ich kann ihm nicht die Antwort geben, die er hören will. »Aber Shelly will mich nicht dabeihaben. Das hat sie jedes Mal, wenn ich sie gesehen habe, mehr als deutlich gemacht. Sie ist gemein. Sie sagt furchtbare Dinge zu mir. Sie hat mich bedroht.«

»Sie hat *was?*«

»Sie ist eifersüchtig auf mich, sie fühlt sich von mir bedroht, und sie hasst mich. Ich habe keine Angst vor ihr, aber ich werde mir von ihr nicht meinen Abschlussball verderben lassen, indem ich ihn mit *ihr* verbringe, während sie mich einen Freak nennt und fett und eine Verliererin und noch tausend andere fiese Sachen, und mir damit droht, die Freundschaft zwischen dir und mir zu zerstören, wenn ich mich nicht von dir fernhalte.«

»Das hat sie alles gesagt?«

»Ja. Und das werde ich mir nicht den ganzen Abend lang bieten lassen. Ich lasse mir von ihr nicht den Abschlussball ruinieren.«

»Dann schieße ich sie ab«, sagt Eric. »Und gehe allein. Ich will eh nicht mit ihr ausgehen, wenn sie dich so behandelt.«

Die Inbrunst in seiner Stimme wärmt mir das Herz. Er hat nicht mal gezögert. Wie ich diese Loyalität vermisst habe. Und ich bin *so* versucht, sein Angebot anzunehmen. Wenn ich nicht schon geplant hätte, mit Jace hinzugehen, hätte ich vielleicht nachgegeben, aber so wie die Dinge jetzt stehen, kann ich das einfach nicht. »Am liebsten wäre ich egoistisch und rachsüchtig und würde dein Angebot annehmen«, gebe ich zu. »Aber es ist auch Shellys Abschlussball, und ich bin mir sicher, dass sie sich schon viel länger darauf gefreut hat als ich. Sag ihr nicht ein paar Stunden vor dem Ball ab. Niemand verdient das.«

»Aber …«

»Nichts aber. Sie wäre am Boden zerstört. Geh einfach mit ihr hin. Sie muss ja offenbar etwas an sich haben, was du magst, wenn du sie zuerst gefragt hast. Geh mit ihr zum Ball. Hab Spaß. Und wir können dann ein anderes Mal abhängen. Wie wäre es nach der Mannschaftsfeier morgen? Die Jungs und du könntet vorbeikommen und wir machen durch? Oder vielleicht werfen wir Kev und Diego auch irgendwann raus und gönnen uns ein bisschen gute alte Eric/Charlie-Zeit.«

Ein langes Schweigen. Länger als ich erwartet habe. Dann ein langes, schweres Seufzen. »Versprochen?«, fragt er leise. Zögernd. »Morgen Abend?«

Die Verletzlichkeit in seiner Stimme ist schockierend. Plötzlich komme ich mir total gemein vor. Hatte mein Vater recht? Denkt Eric wirklich, ich habe ihn einfach gegen neue Freunde eingetauscht? Habe ich ihn genau so sehr verletzt, wie er mich? Diesen Gedanken kann ich nicht ertragen. »Versprochen«, sage ich heiser. »Ehrenwort. Du und ich, morgen Abend.«

Nachdem wir aufgelegt haben, reibe ich mir übers Gesicht und atme tief durch. Diese angespannte Atmosphäre zwischen Eric und mir ist nervenaufreibend. Ich bin froh, wenn wir das endlich hinter uns haben.

Meine Pediküre beginnt, also lehne ich mich zurück in meinen bequemen Massagesessel und seufze. Ich bin gerade am Eindösen, als Leila das Schweigen bricht. »Also hast du dich jetzt mit Eric vertragen?«

Ich sehe sie an. Es ist nicht die Frage, die mich so überrascht, sondern ihr vorsichtiger Tonfall. »Noch nicht«, gebe ich zu. »Darum habe ich ihn gebeten, morgen nach der Mannschaftsfeier zu bleiben. Wir müssen das jetzt endlich mal klären, denn ich kann mit dieser kaputten Freundschaft nicht mehr leben, und ich glaube, er auch nicht. Das ist der schlimmste Streit, den wir jemals hatten.«

Sie zögert, dann fragt sie, immer noch in diesem zurückhaltenden Tonfall: »Weiß Jace, dass du vorhast, Zeit allein mit Eric zu verbringen?«

Der Gedanke an Jace bringt mich zum Lächeln. »Ich sage es ihm heute Abend. Er wird froh sein. Er ist derjenige, der mich dazu ermutigt hat, mich mit Eric zu vertragen.«

Leila runzelt die Stirn. »Bist du dir da sicher?«

Ich verstehe ihre Bedenken, aber was Jace angeht, bin ich mir sicher. »Ja. Das ist eine dieser Sachen, die ich an deinem Bruder am meisten mag. Er versteht mich, weißt du? Er versteht, dass ich einen Jungen als besten Freund habe – genau genommen sind es sogar drei – und er vertraut mir. Er hat sich nie wie Shelly aufgeführt und verlangt, dass ich Eric aufgebe. Ich könnte nie mit jemandem zusammen sein, der Eric nicht in meinem Leben akzeptiert.«

Leila kaut auf ihrer Unterlippe herum und wirkt immer noch besorgt, scheint meine Antwort jedoch zu akzeptieren. »Okay.« Sie ist einen Moment lang still. Dann glättet sich ihre Stirn und sie lächelt. »Also … Jace hat dich *geküsst.*«

Mein Gesicht beginnt zu brennen, und Leila entspannt sich noch mehr. »Du hast keine Ahnung, wie schwer es gestern Nacht für die Mädels und mich war, dich deswegen nicht auszufragen.«

Ich muss lachen. »Kann ich mir denken. Aber ich weiß es zu schätzen. Ich war ein wenig überwältigt von allem.«

Leila kichert. »Ja. Das hat man dir angesehen. War das dein erster Kuss?«

Wenn mich das irgendjemand außer Leila gefragt hätte, würde ich vor Scham auf der Stelle im Erdboden versinken. Aber bei ihr ist es anders. Ich habe das Gefühl, ihr alles erzählen zu können. »Ja. Na ja, ich meine, davor hat er mich in seinem Zimmer geküsst, und *das* war mein erster Kuss. Kendra hat uns erwischt und es deiner Mutter gesagt.«

Leila verdreht die Augen. »Sie ist so eine kleine Petze.«

»Es war echt peinlich, aber der Kuss war unglaublich. Überhaupt nicht unbeholfen. Er hat mich einfach geküsst, und ich bin dahingeschmolzen. Es war der beste erste Kuss aller Zeiten. Bis Kendra dazukam, natürlich.«

Leila rümpft die Nase. »Jetzt wo ich darüber nachdenke, ist es irgendwie eklig. Ich will eigentlich gar nicht wissen, wie mein Bruder küsst.«

Ich muss lachen. »Tut mir leid. Dann erspare ich dir die Details.«

Leila seufzt. »Es ist schon irgendwie seltsam. Ich war noch nie mit einer Freundin von Jace befreundet – nicht, dass er schon so viele davon gehabt hätte.« Sie schaut mich an, und dieser besorgte Ausdruck kehrt zurück. »Ich habe ihn nur noch nie so verknallt gesehen. Er mag dich wirklich gern, Charlie.«

Meine Wangen werden rot, aber gleichzeitig breitet sich ein Lächeln in meinem Gesicht aus. »Ich mag ihn auch sehr.«

Sie studiert mich einen Moment, als wolle sie abschätzen, wie aufrichtig ich bin. In die Stille hinein hält mir die Frau, die meine Füße bearbeitet, ein kleines Fläschchen blauen Nagellack hin. »Ist das die richtige Farbe?«

Ich nicke. Meine Zehen werden zu meinem Kleid passen – nicht, dass das irgendjemand sieht, da ich ja meine Converse tragen werde, aber Leila hat trotzdem darauf bestanden. Sie selbst bekommt ein Blassrosa, das zu ihrem Kleid passt, und fragt dann beiläufig: »Und seid ihr jetzt offiziell zusammen? Du und Jace, meine ich. Seid ihr ein Paar?«

Ich runzle die Stirn. »Ich weiß nicht. Ich meine, wir haben nicht darüber gesprochen, aber wir haben uns geküsst, also … macht uns das nicht zum Paar?«

»Nicht unbedingt. Du solltest heute Abend mit ihm darüber reden, damit es kein Missverständnis gibt. Bei euch beiden weiß man nie, ob ihr jetzt ein Paar seid oder nicht. Ich weiß, dass Eric nur dein Kumpel ist und dass

Jace dir vertraut, aber tief in seinem Inneren ist er bestimmt ein wenig unsicher wegen deiner Beziehung zu Eric. Das wäre jeder Kerl. Ich denke, er wird sich besser fühlen, wenn ihr es offiziell machen würdet. Natürlich nur, wenn es das ist, was du willst …?«

Ich höre die Frage in dieser letzten Bemerkung. Sie macht sich wieder Sorgen. Ich denke ehrlich, dass sie sich mehr Gedanken um meine Freundschaft mit Eric macht als Jace. Als ich sie ansehe, trifft mich die Verletzlichkeit in ihrem Blick direkt ins Herz. »Bitte tu meinem Bruder nicht weh«, sagt sie leise.

Ich ergreife ihre Hand und drücke sie. »Ich habe nicht vor, Jace wehzutun. Wir haben gestern lange geredet, und er hat mir dabei geholfen, meine Gefühle für ihn und Eric besser zu verstehen. Er hat die Dinge für mich in die richtige Perspektive gerückt. Ich liebe Eric. Das werde ich immer tun. Aber Jace ist derjenige, mit dem ich zusammen sein möchte. Ich schwöre.«

Leila atmet tief durch die Nase ein und drückt erneut meine Hand. »Okay. Ich vertraue dir.«

»Danke.«

Plötzlich stößt Leila einen kleinen Jauchzer aus. »Stell dir das nur vor. Wenn ihr heiratet, werden wir Schwägerinnen!«

Ich muss so sehr lachen, dass mir die Spa-Mitarbeiterin irgendwann sagt, dass ich stillhalten soll.

22

Offenbar kann sich ein Mädchen nicht einfach alleine für einen Tanzabend fertigmachen. Freundinnen sind dabei ein Muss. Also fahren wir nach dem Spa bei mir vorbei, holen mein Kleid, die Schuhe und das Ansteckstäußchen sowie eine besondere Überraschung für Jace. Dann geht es wieder zurück zu Leila. Dort stößt Rachel zu uns, und wir drei verbringen gute anderthalb Stunden damit, uns fertigzumachen, obwohl Leila und ich uns ja schon im Spa haben frisieren und schminken lassen. Aber nun helfen wir Rachel bei ihren Haaren und dem Make-up.

Als ich in den Spiegel schaue, erkenne ich die Person mir gegenüber fast nicht wieder. Smoky Eyes, Rouge, roter Lippenstift und eine wundervolle French-Manicure haben mich vollkommen verwandelt. Meine Haare sind zu einem wunderschönen Dutt frisiert, und ein paar lockere Strähnen rahmen mein Gesicht ein. Das helle Königsblau des Kleids betont meine zart-gebräunte Haut, und die goldblonden Haare lassen meine großen blauen Augen strahlen.

Es ist ein bodenlanges Kleid mit angeschnittenen Ärmeln. Das Oberteil ist aus Spitze, während der Rock aus Chiffon besteht und gerade weit genug ausgestellt ist, um sich leichter darin bewegen zu können. Der Schlitz am Bein verleiht ihm den nötigen Hauch Sex-Appeal, ohne es billig wirken zu lassen. (In den meisten Modellen, die ich anprobiert hatte, kam ich mir viel zu nackt vor.) Und meine königsblauen Converse vervollständigen das Ensemble natürlich und lassen die ganze Sache überraschend modern aussehen. Ich glaube, ich habe niemals besser ausgesehen.

Leila und Rachel treten breit grinsend an meine Seite. »Wir sehen so heiß aus«, sagt Leila.

Heiß ist nicht der richtige Ausdruck. *Umwerfend*, vielleicht. Rachel ist wahnsinnig schön in ihrer lilafarbenen Robe, und Leila sieht in ihrem blassrosa Ballkleid aus Rüschen und Tüll wie eine Göttin aus. Ihre nackten Schultern schimmern durch Bodyglitter. Sie hat auch ein bisschen was von einer Barbiepuppe, aber das ist typisch Leila. Sie ist atemberaubend, und ihr Begleiter ein Glückspilz.

Leilas Mutter klopft an die Tür und reißt uns aus unserer Tagträumerei. »Mädels, eure Begleiter sind hier.«

»Komm rein, Mom.«

Mrs King öffnet die Tür und muss bei unserem Anblick nach Luft schnappen. Sie legt ihre Hand über den Mund und bekommt feuchte Augen. »Oh. Ich werde gleich weinen. Ihr seht so hübsch aus! Kommt nach unten. Ich muss Fotos machen.«

Als wir das Wohnzimmer betreten, springen drei Jungs im Smoking auf. Alle drei sehen aus, als hätte es ihnen die Sprache verschlagen. Ich bemerke Mark und Leilas Begleiter Cole kaum, weil mich die Art und Weise, wie Jace mich ansieht, erstarren lässt. In meinem ganzen Leben habe ich mich noch nie so schön gefühlt und das nur durch den ehrfurchtsvollen Blick in Jace' Augen.

Er ist in seinem Anzug aber auch nicht zu verachten. Jace trägt einen klassischen schwarzen Smoking mit königsblauer Krawatte und Einstecktuch, und er sitzt wie angegossen. Als er auf mich zukommt, kann ich nicht anders, als zu erröten. Wie hatte ich nur das Glück, jemanden als Begleiter zu haben, der so attraktiv, nett und perfekt ist?

»Charlie?«, haucht er, und sein Blick wandert über mich, als würde er einen Engel betrachten. Er gibt mir einen Kuss auf die Wange und flüstert: »Du siehst wunderschön aus.«

Ich werde noch roter und grinse. »Du siehst auch nicht schlecht aus.«

»Fotos!«, ruft Mrs King und reißt Jace und mich damit aus dem Moment, in dem wir uns verloren hatten.

Nach gefühlt einer Million und einem Foto gibt Mrs King schließlich auf. (Ihr bleibt nichts anderes übrig, weil Mr King ihr das Handy aus der Hand reißt.) Ich umarme Rachel und Leila und wünsche ihnen viel Spaß.

»Letzte Chance, uns doch zu begleiten«, sagt Leila. »Wir haben noch Platz in der Limo.«

Lächelnd schüttle ich den Kopf. »Nein danke. Aber ich verspreche, dass wir sofort zu euch kommen, wenn wir beim Ball sind.«

Sobald sie aufgebrochen sind, führt mich Jace nach draußen auf die Einfahrt. Er deutet auf seinen klapprigen Corolla und lächelt verlegen. »Nicht gerade eine Limousine, aber er wird uns auch zum Ziel bringen.«

Grinsend ziehe ich einen Schlüssel aus meiner Handtasche. Ich konnte es kaum erwarten, Jace meine Überraschung zu zeigen, seit er gefragt hat, ob wir ohne die anderen zu Abend essen sollen. »Wer braucht schon eine Limo, wenn man einen Maserati haben kann?«

Er blinzelt. »Wie bitte?«

Ich drücke den Entriegelungsknopf des Schlüssels. Der Wagen leuchtet auf und gibt zwei kurze Töne von sich. »Dad meinte, wir können heute Abend eines seiner Autos haben. Der hier ist mein Favorit.«

Schockiert starrt Jace den 150000 Dollar teuren Wagen an. Kichernd lege ich ihm den Schlüssel in die Hand. Er sieht erst auf die Schlüssel, dann zu mir. Er hat immer noch kein einziges Wort herausgebracht. Ich glaube, er hat noch nicht mal geatmet. »Im Ernst?«, krächzt er schließlich.

Jetzt lache ich auf. »Im Ernst.« Ich hake mich bei ihm unter und ziehe ihn zum Wagen. »Komm schon. Das wird dir gefallen. Er fährt sich wie ein Traum.«

Jace kann sich erst aus seiner Starre lösen, als er mir die Tür aufhalten will. Nachdem er sich ans Steuer gesetzt hat, legt er seine Hände auf das Lenkrad und stößt einen langen Atemzug aus. »Und deinem Dad macht es ganz bestimmt nichts aus, wenn ich fahre?«

»Ganz bestimmt. Er fand es sogar ziemlich schade, dass er deine Reaktion nicht sehen kann. Er liebt es, seine Spielzeuge zu teilen.«

Jace schüttelt den Kopf, als könne er es immer noch nicht glauben. Dann drückt er den Startknopf und erstarrt, als das Auto unter ihm zum Leben erwacht. Doch langsam stiehlt sich ein Lächeln in sein Gesicht, und als er mich ansieht, ist es zu einem breiten Grinsen geworden, das mein Herz einen Schlag lang aussetzen lässt. »Der Wahnsinn.«

Ich nicke und schnalle mich an. »Das ist es wirklich. Ich wette, jetzt bist du froh, dass wir den ganzen Weg in die Stadt fahren müssen, um meinen Dad zu treffen, nicht wahr?«

Jace schüttelt erneut fassungslos den Kopf. »Es hat mir vorher nichts ausgemacht, aber jetzt bin ich froh, dass wir einen solchen fahrbaren Untersatz haben.« Er ergreift meine Hand und bringt sie an seine Lippen, bevor er sie sanft drückt. »Danke für die Überraschung.«

Ich grinse. »Danke, dass du mit mir zum Ball gehst.«

Er zieht an meiner Hand und bringt mich dadurch näher an ihn heran. Er kommt mir auf halbem Weg entgegen und küsst mich auf die Lippen. Das ist jetzt wohl eine Sache, die wir jetzt einfach tun. Es fühlt sich genauso prickelnd an, wie gestern Abend. »Dafür musst du mir nicht danken. Ich kann immer noch nicht glauben, dass ich dich begleiten darf.« Er schüttelt den Kopf und sieht mich plötzlich sehr ernst an. »Du hast keine Ahnung, wie lange ich mir schon gewünscht habe, mit dir auszugehen, Charlie.«

Wow. Ziemlich intensiver Themenwechsel. In seinen Augen funkelt ein Verlangen, das mein Herz zum Rasen bringt. Als ob er sehen kann, dass mich seine Worte ein wenig überwältigt haben, setzt er sich wieder aufrecht hin und wendet seine Aufmerksamkeit dem Wagen zu. Nachdem er tief durchgeatmet hat, legt er einen Gang ein und fährt vorsichtig los.

Die Fahrt in die Stadt vergeht in angenehmer Stille. Nicht dass Jace und ich keine Gesprächsthemen hätten, aber ehrlich gesagt glaube ich, dass Jace einfach zu nervös ist, Dads Wagen zu fahren, um sich auf etwas anderes zu konzentrieren als auf die Straße. Es ist echt süß.

Wir betreten das Stadium durch den Angestellteneingang, wo mich die meisten Mitarbeiter bereits kennen, und bekommen Besucherausweise. Ich texte Dad, um ihn wissen zu lassen, dass wir hier sind. Während der Übertragung dürfen wir seine Kommentatorenbox nicht betreten, also müssen wir bis zu einem Inning-Wechsel warten.

Als Dad herauskommt, stolpert er fast über seine eigenen Füße. »Charlie«, flüstert er und blinzelt mich an, als hätte er noch nie etwas Schöneres gesehen. »Mein kleines Mädchen ...« Ihm scheinen die Worte zu fehlen, und er schüttelt den Kopf.

Ich grinse. Dad ist sonst nie um Worte verlegen. »Danke, Dad.«

Als er endlich wieder zu sich kommt, zieht er sein Handy aus der Tasche. »Ich brauche Fotos.«

»Keine Sorge, das hat Mrs King schon übernommen. Sie hat *hunderte* Fotos gemacht, bevor wir gefahren sind.«

»Ich glaube, es waren eher Millionen«, fügt Jace hinzu.

Mein Vater nickt, hält sein Handy aber weiter hoch. »Trotzdem. Ich brauche jetzt sofort eines, damit ich den restlichen Abend lang mit dir angeben kann.« Ich verdrehe die Augen, posiere aber mit Jace gern für ein paar weitere Bilder. Dann streckt Jace die Hand nach Dads Handy aus. »Wie wäre es mit einem Vater-Tochter-Foto?«

Dad grinst so breit, dass es unheimlich ist. Ich muss lachen. »Du hast gerade eine Menge Pluspunkte gesammelt«, sage ich zu Jace. »Dad ist ein Bild- und Videoaholic. Ein totaler Social-Media-Junkie.«

Dad verdreht die Augen und zieht mich an seine Seite. »Na und? Ich will eben mit meiner Süßen angeben.«

Er legt den Arm um meine Schultern und drückt mich, während Jace ein paar Fotos von uns macht. Als Dad – der in dieser Hinsicht fast so schlimm wie Mrs King ist – genug Bilder hat, räuspert er sich und versucht sich an einer angsteinflößenden Dad-Stimme. Doch nachdem ich Mrs King und ihre unheimliche Mom-Stimme erlebt habe, als sie Jace und mich in seinem Zimmer erwischt hatte, wird mir klar, dass Dads Stimme lachhaft dagegen ist. Der große Softie kann damit niemanden täuschen. »Bring sie bitte spätestens um Mitternacht wieder nach Hause«, sagt er Jace.

Ich schnaube. Er hat *Bitte* gesagt. Nicht besonders angsteinflößend.

»Ich dachte eher an elf«, antwortet Jace.

Dad blinzelt und lacht auf. »Eigentlich sollte die Verhandlung ein bisschen anders ablaufen, weißt du?«

Jace zuckt mit den Schultern. »Wir haben morgen ein sehr wichtiges Spiel. Und wir brauchen unseren Schönheitsschlaf.« Er sieht kurz zu mir und grinst. »Na ja, ich jedenfalls. Charlie ist schon schön genug.«

Ich muss lachen. »Du und deine Sprüche.«

Wieder zuckt er mit den Schultern.

Dad lacht uns beide aus. »Okay. Ich muss wieder rein. Habt Spaß beim Ball. Jace, schick mir ein Video von Charlies Tanzkünsten. Wenn die so gut sind wie ihre Sprungtechniken, brauche ich Beweise.«

Ich schlage spielerisch seinen Arm. »Halt die Klappe, Dad.«

Er umarmt mich noch mal und schüttelt Jace die Hand.

»Viel Spaß, seid vorsichtig, trinkt keinen Alkohol, seid um Mitternacht zurück und schrottet meinen Wagen nicht. Oh, und geht noch vorn bei der Rezeption vorbei. Phyllis hat, was du brauchst, Jace.«

Ich schaue meinen Vater stirnrunzelnd an. Sein Tonfall verrät mir, dass er etwas geplant hat. Dann sehe ich zu Jace, und er grinst so breit wie Dad. »Was hast du getan?«

Doch er grinst nur weiter. Dann küsst mich Dad auf die Wange, wünscht uns ein drittes Mal viel Spaß und kehrt in seine Box zurück.

»Ihr beiden habt euch also gegen mich verschworen«, sage ich zu Jace, während wir den Aufzug zum Erdgeschoss nehmen.

»Es ist nichts Schlimmes.« Jace zuckt mit den Schultern und täuscht Lässigkeit vor. »Er hat mich vorhin angerufen, nachdem er erfahren hat, dass wir weder mit Eric noch mit Leila gehen. Es war ihm wichtig, dass wir eine andere Reservierung haben. Als ich ihm von meiner Idee erzählt habe, hat er darauf bestanden, mir zu helfen.« Er grinst in sich hinein. »Dein Dad ist echt cool.«

»Ja, das ist er«, sage ich lächelnd. »Aber verrate ihm nicht, dass ich das gesagt habe. Wenn er fragt, habe ich gesagt, er sei ein wahnsinnig peinlicher Depp.«

Jace lacht. »Das bleibt unser Geheimnis.«

Als wir den Informationsschalter erreichen, wartet Phyllis schon auf uns. Ich gebe ihr unsere Besucherausweise zurück. Sie wirkt sehr gespannt. »Mein Vater meinte, Sie hätten etwas für uns?«

Sie lächelt breit und gibt uns einen riesigen Picknickkorb. Jace nimmt ihn ihr ab, und sie reicht mir noch eine zusammengefaltete Decke. »Ich finde das so toll«, schwärmt sie. »Heutzutage wollen die jungen Leute alle in schicke Restaurants, aber wenn ihr mich fragt, ist ein Picknick im Sonnenuntergang am Fluss so viel romantischer.« Mein Herz wummert. Sie hat recht. Ein Picknick im Sonnenuntergang am Fluss *ist* das Romantischste, von dem ich je gehört habe. So viel besser, als in irgendeinem überfüllten und überteuerten Restaurant zu sitzen. Ich starre Jace an und gebe mein Bestes, meine Begeisterung im Zaum zu halten. »Ein Picknick am Fluss?«

Er schluckt nervös. »Ist das in Ordnung?«

Endlich zeige ich ihm, wie sehr ich mich freue und beginne über beide Ohren zu strahlen. »Das ist perfekt.«

Jace strahlt ebenfalls und hält mir wie der vollkommene Gentleman den Arm hin. Ich hake mich bei ihm unter und werfe Phyllis ein letztes Lächeln zu. Sie grinst breit. »Ihr beiden seid so ein süßes Paar. Habt viel Spaß heute Abend!«

»Danke, das werden wir.«

Sobald wir das Stadion verlassen haben, ist es nur ein kurzer Spaziergang zum Fluss. Wir finden einen schönen grasbewachsenen Fleck und breiten die Decke aus. Dank des Schlitzes in meinem Kleid dauert es etwas, mich richtig hinzusetzen, ohne zu viel Bein zu zeigen. Bei dem Versuch, mich zu bedecken, falle ich fast hintenüber. Ich muss lachen, doch Jace wirkt besorgt. »Alles in Ordnung? Ich habe nicht an dein Kleid gedacht. Sollen wir woanders hingehen?«

»Nein! Das hier ist perfekt. Ich liebe mein Picknick-Dinner.« Jace wirkt nicht so, als würde er mir glauben, also sage ich. »An schick und teuer bin ich gewöhnt. Glaub mir, solche Extravaganzen werden ziemlich schnell öde. So etwas Schlichtes wie ein Picknick hatte ich noch nie. Ich *liebe* es. Das bedeutet mir so viel mehr, als wenn mein Dad einfach irgendwo anders reserviert hätte.«

Jace läuft rot an, und es ist einfach bezaubernd. »Ich hab versucht, mir etwas Romantisches einfallen zu lassen, was ich mir auch leisten kann.«

»Mission erfüllt.« Ich schaue auf den Picknickkorb, an dem auf einer Seite ein Rosenstrauß herausragt, und dann auf das sanft dahinfließende Wasser. Die Sonne beginnt gerade zu sinken. Schon bald wird der Himmel in Orange- und Lilatönen leuchten. »Das ist einfach perfekt, Jace. Vielen Dank.«

Wir öffnen den Korb und finden darin noch warme Grissini und Chicken Parmesan von einem tollen Italiener unweit des Stadions. Ich muss grinsen. Dad weiß, dass es mein Lieblingsrestaurant ist. Jace scheint die Auswahl auch gut zu gefallen. Außerdem ist noch eine Flasche Traubensaft mit transparenten Plastikbechern und ein Stück Cheesecake mit zwei Löffeln im Korb.

Nachdem wir uns auf das Essen gestürzt haben, fragt Jace: »Kennst du eigentlich alle Mitarbeiter in der Pirates-Verwaltung?«

Ich lache. »So ziemlich. Ich bin mit denen aufgewachsen, erinnerst du dich?«

Jace lächelt. »Und hast du vor, nach dem College bei ihnen anzufangen?«

»Ja.« Ich esse einen Bissen und nicke, während ich ihn herunterschlucke. »So sieht der Plan aus. So oder so ein Teil des Teams werden. Ich wünschte, es wäre als Spielerin, aber ich würde mich auch mit einer Trainerposition zufriedengeben. Dafür möchte ich Sportmedizin studieren.

Sobald ich weiß, in welchem College ich angenommen werde. Wahrscheinlich Penn State. Das ist meine erste Wahl, wenn ich kein Team finde.«

Jace lächelt, aber es liegt eine Spur Traurigkeit darin. »Ich wünschte, du könntest dir deinen Traum erfüllen, Charlie. Ich wünschte, ich könnte irgendetwas dafür tun.«

Es gefällt mir, dass Jace nicht darauf besteht, dass es passieren wird, so wie Eric das tut. Jace meint damit nicht, dass ich nicht gut genug wäre, sondern versteht wie ich, dass die Chancen schlecht stehen. Irgendwie ist seine realistische Einschätzung meiner Situation tröstlich. Er fühlt *mit* mir, anstatt die Realität zu ignorieren. Dadurch fühle ich mich von ihm wirklich verstanden. Ich schätze, auf eine gewisse Weise hat er das immer. Er hatte recht, als er sagte, dass er mich sieht, wie ich bin. Das tut er. Und nicht nur das, er *versteht* mich. Das liebe ich an ihm. »Ich habe alles gegeben, was ich konnte, und das muss genug sein. Jetzt kann ich nur noch auf ein Wunder hoffen und dafür sorgen, dass ich einen guten Plan B habe. Ja, Trainer zu sein, ist nicht das Gleiche wie auf dem Spielfeld zu stehen, aber dadurch werde ich weiter Teil des Spiels sein. Ich kann mir einfach nicht vorstellen, Baseball nicht mehr in meinem Leben zu haben.«

Jace verspeist die letzten Bissen seiner Portion und nickt. »Ich auch nicht. Ich hoffe immer noch, dass der Coach mir irgendwo ein Stipendium besorgen kann. Ich würde alles nehmen, Division 1 oder nicht. Der Coach hat gesagt, dass er mir im Sommer helfen wird, Kontakte zu knüpfen, wenn ich bis zum Ende der Saison nichts höre. Er ist zuversichtlich, dass ich nächstes Jahr ein Team haben werde, auch wenn ich es nicht bin.«

Ich verstehe seine Unsicherheit zu hundert Prozent. »Ich denke, du solltest dem Coach vertrauen. Er kennt sich wirklich aus. Er hat im Laufe der Jahre viele Spieler in Teams untergebracht. Wenn er sagt, dass er das für dich tun kann, wird er es auch.«

Jace schenkt mir ein Lächeln, das jedoch nicht ganz seine Augen erreicht. »Wie lautet dein Plan B?«, frage ich und hoffe, damit zu einem Thema zu wechseln, das nicht ganz so deprimierend für uns ist.

»Na ja, …« Jace stößt einen tiefen Seufzer aus. »Ich denke an Sportpsychologie. Genau wie du will ich einfach nur Teil des Teams sein. Ganz egal, wie.«

Nachdem wir das Geschirr wieder im Korb verstaut haben, machen wir uns über den Cheesecake her. Sein Geständnis bringt mich zum Lächeln. »Ich finde, Sportpsychologie wäre perfekt für dich.«

Jace sieht mich überrascht über seinen Löffel hinweg an. »Findest du?«

»Ja, wirklich.« Ich esse einen Bissen und warte, bis mein Mund wieder leer ist. »Denk nur darüber nach. Es gibt einen Grund dafür, warum du unser Mannschaftskapitän bist. Der Coach wählt nicht einfach den besten Spieler aus. Eric wäre ein furchtbarer Kapitän gewesen. Dafür lebt er viel zu sehr in seiner eigenen Welt. Genau wie ich. Vor dir habe ich mich nie so richtig mit meinen Teamkameraden beschäftigt. Aber dir liegt jeder einzelne der Jungs in unserer Mannschaft am Herzen.«

»Genau wie jedes Mädchen in unserer Mannschaft«, scherzt er.

Wahrscheinlich erwartet er, dass ich stöhne oder die Augen verdrehe, doch stattdessen habe ich plötzlich einen

Kloß im Hals. »Ja. Das tust du.« Ich sehe ihn an. »Jace … was du für mich getan hast … du hast mir so geholfen. Ich wollte wirklich aussteigen. Ich *bin* ausgestiegen. Ohne dich hätte ich das Spielen aufgegeben und mich für den Rest meines Lebens dafür gehasst. Du hast es gewusst. Du hast es in mir gesehen. Und du hast mir geholfen, diese Hürde zu überwinden. Du warst aufmerksam, weil es dir wichtig ist. Ich habe keinen Zweifel daran, dass du großartig darin sein wirst, anderen Spielern zu helfen, ihre Probleme zu überwinden. Du wärst ein hervorragender Sportpsychologe.«

Jace muss vor Rührung schlucken, und ihm scheinen auf einmal die Worte zu fehlen. Es tut mir leid, dass ich ihn so emotional aufgewühlt habe, also lächle ich verschmitzt und sage: »Du weißt schon … natürlich erst eines Tages … wenn deine Profikarriere vorbei ist.«

Jace lacht auf und ringt sich endlich ein Lächeln ab. »Natürlich«, sagt er. »Ich kann es kaum erwarten, dir eines Tages auf dem Spielfeld gegenüberzustehen.«

Ich grinse. »Wäre das nicht witzig?«

»Nicht so witzig, wie wenn wir beide im gleichen Team wären und zusammen gegen Sullivan spielen würden.« Er wackelt mit seinen Augenbrauen. »Und wir würden ihn so richtig fertigmachen.«

Jetzt muss ich lachen. Ich hebe meinen Plastikbecher zum Toast. »Darauf, gegen Erics Mannschaft in der Major League zu spielen.«

Jace' Gesicht leuchtet auf diese herzzerreißende Weise auf, die alles um ihn herum zum Strahlen bringt. Auch er hebt seinen Plastikbecher und stößt mit mir an. »Auf uns.«

Beim Trinken beobachtet er mich über den Rand seines

Bechers hinweg, und sein durchdringender Blick lässt mich rot werden. »Auf uns«, murmle ich, und schütte den Rest meines Traubensafts hinunter.

Jace räumt unseren Müll in den Korb und schiebt ihn dann beiseite. Dann streckt er die Beine aus und klopft neben sich auf das Gras, damit ich mich zu ihm setze.

Oh, ihr Schmetterlinge, wie habe ich euch vermisst. Das Kribbeln in meinem Bauch explodiert zu reinstem Chaos, und meine Wangen fühlen sich so heiß an, wie noch nie zuvor. Jace zieht eine Augenbraue hoch und fordert mich damit stumm heraus, ihm entgegenzukommen. Doch ich bin wie erstarrt, also breitet Jace seine Arme aus und sagt: »Komm her, Charlie.«

Seine Kühnheit überrumpelt mich so sehr, dass ich mich endlich in Bewegung setzen kann. Vorsichtig rutsche ich über die Decke, bis ich zwischen seinen Beinen sitze und mit dem Rücken an seiner Brust lehne. Er schlingt die Arme um mich, zieht mich an sich, und zusammen beobachten wir, wie die Sonne über dem Fluss untergeht.

Jace beugt sich vor und haucht mir einen federleichten Kuss auf den Hals. Mich durchläuft ein Schauer, und ich bekomme Gänsehaut an den Armen. Noch nie hat sich etwas so richtig angefühlt wie in diesem Moment. Ich dachte, ich wäre in Eric verliebt, aber ich hatte ja *keine Ahnung*. Das hier mit Jace ist alles, was ich je gewollt habe. Ich fühle mich hübsch und begehrt. *Geliebt.* Und vor allem fühle ich mich, als wäre ich *ich selbst.* Ich verstecke nichts mehr. Ich mache mir keine Gedanken darum, dass ich mich verstellen muss. Ich bin … einfach nur ich. Jace macht es mir so leicht, ich selbst zu sein. Und nun habe ich dank ihm eine viel bessere Vorstellung davon, wer das ist. »Jace?«

Meine Stimme ist nicht mehr als ein Flüstern in der Ungestörtheit des Moments.

»Hm?«

»Ich bin bereit.«

Jace lehnt sich gerade weit genug zurück, dass ich mich umdrehen und ihn ansehen kann. »Bereit für was?«, fragt er.

Meine Wangen werden ganz heiß, und die Schmetterlinge in meinem Bauch verwandeln sich in echte Nervosität, doch ich zwinge mich, auszusprechen, was ich meine. »Offiziell deine Freundin zu sein.« Ich muss schlucken. »Ich meine, wenn du das immer noch willst.«

Jace setzt sich aufrechter hin und sieht mich an. Dann, als ob ihm gar nicht bewusst wäre, was er tut, zieht er mich noch ein bisschen näher an sich heran. In seinem Gesicht breitet sich langsam ein Lächeln aus. »Charlotte Hastings?«

Als er meinen vollständigen Namen sagt und damit bekräftigt, dass ich für ihn mehr bin als einfach nur Charlie, durchfährt mich ein Schauer. »Ja?«

»Willst du meine Freundin sein?«

Als ich ausatme, wird mir klar, dass ich bis jetzt die Luft angehalten habe. »Ja.«

Sein Lächeln lässt sein ganzes Gesicht erstrahlen. Dann fällt sein Blick auf meinen Mund. Mein Herz beginnt wild zu klopfen, doch als er mich küsst, entspanne ich mich. Das hier ist *richtig.* Noch nie war ich mir in etwas so sicher.

23

Das Thema des Abschlussballs, »Unter den Sternen«, lässt mich schmunzeln. Es erinnert mich an mein Picknick mit Jace, weil wir beide versucht waren, den Ball sausen zu lassen und bis kurz vor Mitternacht dort am Fluss zu bleiben. Wenn es nicht nach Sonnenuntergang so kalt geworden wäre, hätten wir das wahrscheinlich auch getan. Die Location, die das Komitee für heute Abend ausgesucht hat, ist wirklich sehr schön und hat einen Balkon mit Wärmelampen, also können wir tatsächlich rausgehen und die Sterne betrachten. Nicht, dass es dank der Lichtverschmutzung der Stadt besonders viele wären, dennoch ist die Atmosphäre ziemlich romantisch.

»Also …«, beginnt Jace und verschränkt unsere Hände ineinander. »Willst du tanzen oder sollen wir nach Mark und Leila suchen?«

Ich sehe mich um und könnte darauf wetten, dass es sich bei der großen Gruppe im Zentrum der Tanzfläche um Leilas Clique handelt. Nein danke. »Lass uns einfach tanzen. Die beiden werden *uns* schon finden.«

Jace' Blick ist auf die gleiche Gruppe Feierwütiger gerichtet. Er wirkt erleichtert, als er sich mit einem Lächeln zu mir umdreht. »Gute Idee.« Er bietet mir seinen Arm an und führt mich auf die Tanzfläche. »Ich muss dir was gestehen«, sagt er, nachdem wir einen ruhigen Ort in einer Ecke der Tanzfläche gefunden haben. »Ich weiß nicht genau, wie man tanzt.«

Ich lache. »Und du denkst, *ich* wüsste es?«

Jace grinst diabolisch. »Eigentlich nicht. Ich habe schließlich deine Sprungkünste gesehen. Es ist ein Wunder, dass du mit deinem Mangel an Anmut so gut Baseball spielen kannst.«

Ich keuche auf und schlage meiner Begleitung spielerisch auf den Arm. Nein, ich schlage meinem *Freund* auf den Arm. Meinem *Freund! Jace King ist mein Freund!* »Halt die Klappe. Ich wusste, dass er dir das Video gezeigt hat.«

Jace muss lachen. »Es war eine ziemlich epische Bruchlandung.«

Es ist mir nicht mal mehr peinlich. Dieser Bauchklatscher war preisverdächtig. »Das war es wohl«, gebe ich zu. »Und trotzdem werde ich meinen Vater jetzt umbringen müssen.«

In diesem Moment beginnt ein langsames Lied. Jace und ich sehen uns erleichtert an. »Wir sind gerettet.« Jace lacht. »Langsam tanzen kann ich. Ich meine, im Grunde ist es nur ein Vorwand, um meine Freundin im Arm zu halten, und *das* kann ich gut.«

Ich verdrehe die Augen, doch innerlich schmelze ich dahin. *Seine Freundin.*

Wir genießen es, uns langsam im Takt zu bewegen. Wir sind still und erfreuen uns an der Gesellschaft des anderen. So könnte es den ganzen Abend bleiben, aber leider bekomme ich nicht die Gelegenheit dazu. Sobald das Lied vorbei ist, fällt Leila über uns her. »Charlie! Jace! Endlich seid ihr da! Ich hatte schon Sorge, ihr würdet uns im Stich lassen.«

Wir lächeln schuldbewusst. Das Picknick hat so lange gedauert, dass wir wirklich ziemlich spät aufgekreuzt sind. »Nein, wir hatten nur ein fantastisches Picknick unten am Fluss.«

»Aww. Wie romantisch.« Und damit ist das Ende ihrer Geduld erreicht. Sie ergreift meinen Arm. »Komm und tanz mit uns.«

Sie zerrt mich zur Mitte der Tanzfläche. Jace wird von mir hinterher geschleift. Auf dem Weg treffen wir Kevin und Diego. »Charlie!«, ruft Kevin. »Bist du das? Du siehst ja großartig aus!«

»Ja, ich hätte nie gedacht, dass du so scharf aussehen kannst«, fügt Diego hinzu. »Ziemlich verstörend, muss ich zugeben.«

Ich verdrehe die Augen.

Kevin legt seine Hand auf den Rücken des Mädchens, das neben ihm steht. »Das sind Rochelle und Allie.«

Kevins und Diegos Begleiterinnen lächeln und winken. Leila lässt mich los und nickt in Richtung ihrer Gruppe im Zentrum der Tanzfläche. »Komm und tanz mit mir, wenn du hier fertig bist.«

Ich verspreche es, dann machen wir mit den Vorstellungen weiter. Kevins Begleiterin ist wahnsinnig hübsch. Sie ist groß und hat lange, seidige schwarze Haare. Sie könnte Model sein. Und dann ist da Diegos Mittelstufen-Date. Er hat recht. Sie *ist* richtig, richtig hübsch. Winzig, aber hübsch.

Ich runzle die Stirn. »Wo sind Eric und Shelly?«

Diego prustet los, und Kevin stöhnt. »Ihr Date läuft nicht so gut«, sagt er.

»Du hattest so recht damit, dich abzusetzen«, fügt Diego hinzu. »Shelly ist ein Albtraum.«

Kevin verzieht das Gesicht. »Was für eine Drama-Queen.«

Das hätte ich ihnen gleich sagen können. »Was ist passiert?«

»Na ja, Kev und ich haben beim Abendessen erwähnt, wie schade es ist, dass du nicht dabei bist.« Diego wirft mir einen vorwurfsvollen Blick zu, aber ich fühle mich nicht im Geringsten schuldig. »Dann hat Shelly etwas ziemlich Fieses gesagt, und Eric ist voll aus der Haut gefahren. Er hat dich verteidigt und gesagt, dass er ihr nur deshalb nicht abgesagt hat, weil du ihm das Versprechen abgenommen hast, sie nicht kurz vor dem Ball sitzen zu lassen.«

»Das kam nicht besonders gut an«, sagt Kevin.

Er deutet auf einen Tisch im hinteren Bereich des Saals. Dort sitzen Eric und Shelly, jedoch voneinander abgewandt. Sie wirken beide stinksauer. Eric tut mir leid. Er hat sich wirklich sehr auf diesen Abend gefreut. Ich bin froh, dass er mich verteidigt hat, fühle mich gleichzeitig aber irgendwie auch dafür verantwortlich, dass der Ball jetzt für ihn ruiniert ist. »Er wirkt unglücklich.«

Kev, Diego und ihre Begleiterinnen nicken mitleidig. »Sie wird ihn bestimmt gleich für ihre Freundinnen sitzen lassen, und dann kann er mit uns abhängen«, sagt Diego.

Als ob er unsere Blicke spüren kann, sieht Eric herüber. Sein Gesichtsausdruck ist nicht zu deuten. Er tut mir wahnsinnig leid, aber ich habe keine Ahnung, wie ich ihm helfen kann. Ich würde ihn ja fragen, ob er sich Jace und mir anschließen will, aber ich weiß nicht, ob er momentan überhaupt in meiner Nähe sein will. »Ich fühle mich schuldig«, gebe ich zu. »Es ist meine Schuld, dass Shelly und er diese ganzen Probleme haben.«

»Nein, es ist Shellys Schuld«, entgegnet Kevin. Der Nachdruck in seiner Stimme überrascht mich. »Du hast nichts falsch gemacht.«

Plötzlich umarmt mich Diego fest. »Es tut uns leid, dass wir solche Idioten waren«, sagt er. »Wir sind ausgeflippt, weil du dich plötzlich so verändert hast, aber wir wollten dir nicht aus dem Weg gehen, und wir hätten Shelly schon viel früher auf die Schliche kommen sollen.«

»Wir hätten dich beschützen sollen«, gibt Kevin zu. »Selbst vor Eric, als er sich wegen Jace, einem Umstyling und all dem so mies aufgeführt hat.« Er reißt Diego von mir los. »Ich will auch«, sagt er und umarmt mich ebenfalls. »Verzeihst du uns?«

Ich bekomme einen Kloß im Hals. Kevin und Diego haben mir genauso sehr gefehlt wie Eric. »Es gibt nichts zu verzeihen. Versprecht mir nur, dass wir immer noch beste Freunde sind.«

Diego schnaubt, und Kevin verdreht die Augen. »Du könntest uns nicht mal loswerden, wenn du es darauf anlegst.«

Das bringt mich zum Lachen. »Versucht habe ich es schon mal. Erinnert ihr euch, als wir zwölf waren und ihr Jungs mich wegen meines ersten Sport-BHs so aufgezogen habt? Ich habe euch gesagt, dass ich euch niemals wiedersehen will. Aber Dad hat euch einfach trotzdem wieder ins Haus gelassen.«

»Heh. Stimmt.« Diego grinst. »Der Sport-BH. Ich erinnere mich. Wir haben immer an den Trägern gezogen. Du warst so sauer, dass du geheult hast.«

»Im Ernst jetzt?«, fragt Jace und klingt dabei so entsetzt, dass es schon fast komisch ist. »Ihr habt sie gemobbt, weil sie einen BH gebraucht hat?«

Diego und Kevin grinsen. Sie verspüren keinerlei Reue. »Ja. Das waren gute Zeiten.« Kevin stößt mir gegen die Rippen und nickt Jace zu. »Du hättest sie mal in der Pubertät sehen sollen. Jetzt sieht sie ja ganz okay aus, aber damals?« Er erschaudert.

»Kevin, halt die Klappe!«, rufe ich erbost. »Als ob du einen hübscheren Anblick geboten hättest. Du hast nur aus schlaksigen Armen und Beinen bestanden und hattest etwa drei Jahre lang keinerlei Koordinationsvermögen. Und *du.*« Ich zeige auf Diego. »Du hast ganz schrecklich gestunken.«

»Das liegt daran, weil er manchmal monatelang nicht geduscht hat«, scherzt Kevin.

»Ein Mal!«, ruft Diego. »Ein einziges Mal, und das war, weil ich einen Weltrekord aufstellen wollte.«

Rochelle, Allie und Jace starren Diego entsetzt an, und er wird knallrot. Kevin und ich hingegen müssen lachen. »Ihr seid beide scheiße«, schmollt er, was Kev und mich nur noch mehr zum Lachen bringt. Die Töne eines bekannten Songs erklingen. Plötzlich ist Leila da und zieht mich entschieden am Arm. »Komm schon, Charlie! Das ist unser Lied!«

Es ist der Tanz, den mir die Mädels während der Übernachtungsparty beigebracht haben. Ich muss zugeben, dass ich mich ein bisschen darauf freue, ihn auszuprobieren. Ich sehe Jace an und zucke hilflos mit den Schultern. Er antwortet mit seiner typischen Kombination aus Kopfschütteln und Schmunzeln, dann winkt er mich davon. Ich weiß, dass er mir folgen und darauf warten wird, mich zu retten, wenn das Lied vorbei ist. Ich verabschiede mich von den Jungs, und sowohl Kevin als auch Diego starren mich an, als könnten sie es nicht glauben, dass sie jetzt sehen werden, wie ich *tanze.* Kevin zieht sogar sein Handy aus der Tasche. Hoffentlich mache ich mich nicht zu sehr zum Affen, sonst wird Dad bestimmt mit einem Compilation-Video beginnen.

Leila schleppt mich mitten auf die Tanzfläche und findet die anderen Cheerleader, die bereits mit dem Tanz begonnen haben. »Bist du bereit?«, fragt sie, nachdem wir einen Platz gefunden haben.

Ich nicke grinsend. So etwas habe ich noch nie gemacht, aber ich schließe mich den anderen Mädchen an und tanze einfach los. Mein Herz klopft wie verrückt, vor Anstrengung und Nervosität. Tanzen macht Spaß.

Nachdem das Lied zu Ende ist, will ich wieder verschwinden, doch Leila nimmt mich an der Hand und beginnt zum nächsten Song zu tanzen. Diesmal gibt es keine choreografierten Bewegungen, also hüpfe ich einfach nur herum und versuche das zu tun, was die anderen machen. Jace schließt sich uns an und wir geben beide unser Bestes, bis ein weiteres langsames Lied beginnt.

Wir ziehen uns ein wenig von der Gruppe zurück, um ein paar Momente für uns zu haben. Er zieht mich an sich, und wir beginnen uns langsam im Takt der Musik zu wiegen. »Hast du Spaß?«, fragt er.

Ich lächle über beide Ohren. »Den größten.«

»Das freut mich. Ich hab auch überraschend viel Spaß. Das ist die beste Tanzveranstaltung, auf der ich je war.«

»Ich muss dir was gestehen«, wiederhole ich seine früheren Worte. »Ich war noch nie auf einer Tanzveranstaltung.«

Jace zieht überrascht die Augenbrauen hoch. »Wirklich?«

Ich zucke mit den Schultern und merke, wie ich mal wieder erröte. »Genau genommen ist das hier auch mein erstes Date. Außer du zählst das Spiel mit, das wir zusammen gesehen haben.«

Jace muss schmunzeln. »Auf keinen Fall. Ich hab mich dir damals aufgezwungen. Das war kein Date.«

»Eigentlich hat *mein Dad* dich mir aufgezwungen. Und am Ende des Abends war ich froh, dass du mitgekommen bist.«

Jace lacht. »Tja, das ist gut, nehme ich an. Also wenn das hier dein erstes Date und deine erste Tanzveranstaltung ist, bedeutet das dann auch, dass ich dein erster Freund bin?«

Wieder erröte ich. Wenigstens bin ich niemand von diesen Leuten, die dann ganz fleckig im Gesicht werden. Ich erröte *sehr hübsch.* Zumindest sagt mein Dad das. Ich bin mir nicht so sicher, ob das stimmt. »Das weißt du doch«, sage ich leise und sehe ihn an. Dann füge ich schüchtern hinzu: »Du bist mein erstes Alles.«

Ich erwarte, dass er mich aufzieht, doch stattdessen wird sein Gesichtsausdruck ganz weich, und leise erwidert er: »Ich fühle mich geehrt. Danke, dass du mir dein Herz anvertraust, Charlie.«

Ein nervöses Lachen dringt aus meiner Brust. »Es dir

anvertrauen? Du hast es mir gestohlen und mich dann davon überzeugt, dass das eine gute Sache ist.«

Jace legt den Kopf zurück und lacht auf, dann zieht er mich enger in seine Arme. »Und wann genau habe ich dir das Herz gestohlen?«

»Ganz ehrlich? Ich bin mir ziemlich sicher, das war, als du meine Einkaufstüten geschleppt hast und Leila mich den ganzen Tag durchs Einkaufszentrum geschleppt hat.«

Wieder muss Jace lachen, aber schnell wird er wieder ernst, und sein Blick fällt auf meinen Mund. Sofort scheint jegliche Luft aus dem Saal verflogen zu sein, und mein Körper geht in Alarmbereitschaft. Ich weiß, dass wir uns schon vorher geküsst haben, aber die freudige Erwartung scheint nicht weniger zu werden, egal, wie oft wir es noch tun. »Ich mag dir an diesem Tag das Herz gestohlen haben, Charlie«, murmelt er, ohne den Blick von meinen Lippen zu nehmen, »aber ich habe dir meins zuerst geschenkt. Und zwar am gleichen Tag auf der Fahrt zum Einkaufszentrum, als du auf dem Beifahrersitz herumgehüpft bist und mit meiner Schwester eines meiner Lieblingslieder mitgesungen hast. Da wusste ich, dass so viel mehr hinter Charlie Hastings steckt, als, außer vielleicht deinem Vater, irgendjemand versteht. Und da wusste ich, dass ich mich hoffnungslos in dich verliebt habe.«

Man sollte meinen, dass mich ein solches Geständnis nervös machen würde, besonders angesichts des Ausdrucks in Jace' Gesicht. Doch stattdessen breitet sich in mir ein warmes, angenehmes Gefühl aus, entspannt mich und vertreibt jegliche Nervosität. Von einem plötzlichen Anflug von Selbstbewusstsein und Freude ergriffen, schlinge ich meine Arme um Jace' Hals und presse meine Lippen auf seine.

Jace erwidert den Kuss, als hätte er vor, uns aus dem Saal werfen zu lassen. Ich glaube nicht, dass er mich vorher schon mal so begierig geküsst hat. Es ist, als würde er mich am liebsten verschlingen wollen. Als ob er es einfach tun *muss.* Ich verstehe das, denn ich empfinde das Gleiche.

Wir reißen uns voneinander los, als sich jemand neben uns räuspert. Es ist Eric, die Arme vor der Brust verschränkt, und er starrt Jace an, als würde er ihn am liebsten umbringen. »Dürfte ich mal kurz stören?«, knurrt er.

Jace lässt meine Taille los, ergreift nach einem Blick auf Erics Stirnrunzeln aber meine Hand und verschränkt unsere Finger ineinander. Er dreht sich zu Eric um, hält mich jedoch dicht an seiner Seite. Ich bin überrascht, dass er mich nicht einfach ohne weiteres freigibt. Es schien immer so, als wäre er mit meiner Freundschaft zu Eric einverstanden. Doch es ergibt Sinn, als er sagt: »Das hängt davon ab. Wirst du ihr wieder wehtun?«

Eric schnaubt. »Ich würde Charlie *niemals* wehtun. Sie ist meine beste Freundin.«

Jace lässt meine Hand immer noch nicht los. »Das kann schon sein«, sagt er mit einer unheimlich ruhigen Stimme. »Aber das ändert nichts an der Tatsache, dass es in letzter Zeit jedes Mal in Tränen endet, wenn du mit ihr sprichst.«

Eric zuckt zusammen. »Das ist *deine* Schuld. Sie ist nicht mehr die Gleiche, seit sie begonnen hat, mit dir abzuhängen. Du hast sie verändert. Wenn du dich nur endlich aus unseren Angelegenheiten heraushalten würdest, wäre alles in Ordnung.«

Und zum ersten Mal, seit ich Jace kenne, sieht er *wü-*

tend aus. Es ist beunruhigend. Normalerweise ist er immer so ausgeglichen, doch jetzt gerade wirkt es so, als würde er Eric gleich eins auf die Nase geben. »Für *dich* wäre alles in Ordnung. *Sie* würde sich immer noch schlecht fühlen.«

»Jace«, murmle ich und lege meine Hand auf seinen Arm, um ihn zu beruhigen. Es gefällt mir nicht, ihn so aufgebracht zu sehen. Es ist einfach falsch.

Jace atmet tief durch, doch Eric scheint es auf einen Streit angelegt zu haben. »Was meinst du damit?«

Eric wirkt aufrichtig beleidigt, und seine vollkommene Ahnungslosigkeit bezüglich der Situation lässt Jace nun völlig ausrasten. »Damit meine ich, dass *ich* nicht der Grund für ihre Veränderung bin, du Genie. Ich hab sie erst näher kennengelernt, *nachdem* sie aus dem Team aussteigen wollte. Sie hat es nicht wegen *mir* getan. Sie hat meine Schwester nicht um Hilfe gebeten, weil sie *meine* Aufmerksamkeit wecken wollte.«

»Jace, nein!«, rufe ich, doch der Schaden ist angerichtet. Ich kann es in Erics Blick sehen. Sein Gesicht ist kreidebleich, und er starrt mich schockiert an. Jetzt kennt er die Wahrheit. Weiß, dass er mehr als ein Freund für mich war. Es spielt keine Rolle, dass meine Schwärmerei für ihn vorbei ist. Unsere Beziehung wird nie wieder so sein wie zuvor. Er wird nun immer Angst vor mir haben. Angst davor, dass ich auf eine Weise für ihn empfinde, die er nicht erwidert.

Jace sieht das Entsetzen in Erics Gesicht, und als ihm klar wird, was er getan hat, reißt er erschrocken die Augen auf. Er flucht und ergreift meine beiden Hände. »Charlie, es tut mir so leid. Ich habe die Beherrschung verloren.«

Ich will ihm sagen, dass es okay ist und alles in Ordnung kommt, aber ich kann mich auf nichts anderes konzentrieren, als auf Eric. Ich verliere ihn. Ich kann es bereits sehen. Ich schiebe mich an Jace vorbei und greife nach Erics Hand. Er tritt einen Schritt zurück, einen Schritt von mir weg, und mir bricht zum ich weiß nicht wievielten Mal das Herz. »Eric, warte. *Bitte.* So ist es nicht mehr. Ich schwöre es.«

Eric schüttelt in kleinen hektischen Bewegungen den Kopf, als würde er versuchen, die ganze Unterhaltung aus seinem Gedächtnis zu löschen.

»Eric«, flehe ich mit brechender Stimme. Ich weiß nicht, worum ich flehe, aber ich bin verzweifelt.

»Ich muss gehen«, flüstert Eric, dreht sich um und rennt praktisch aus dem Saal.

Als ich ihn vor mir fliehen sehe, zerbricht etwas in mir, und ich fühle mich wie betäubt. Es ist, als würde sich mein Hirn ausschalten. Arme legen sich um mich, und Jace zieht mich an seine Brust. Ich sollte weinen, in Panik geraten oder sonst etwas, aber eigentlich fühle ich gar nichts. Das Eric mich verlassen hat, hat mich gebrochen.

»Charlie, es tut mir so leid«, entschuldigt sich Jace erneut. »Wir bringen das wieder in Ordnung. Ihr werdet euch vertragen. Er wird eure Freundschaft nicht so einfach aufgeben. Ich rede mit ihm. Es kommt wieder in Ordnung.«

Ich bin mir nicht sicher, ob ich ihm glauben soll. Nicht, nachdem ich den Ausdruck in Erics Gesicht gesehen habe. »Kannst du mich bitte nach Hause bringen?«

Jace drückt mich fester. »Natürlich. Was immer du brauchst.«

24

Wir sind still auf dem Weg zurück. Jace, weil er sich schuldig fühlt, und ich, weil ich im Kopf immer wieder die Szene mit Eric durchgehe. Als wir am Haus der Kings sind, steigen wir aus, und ich gehe um den Wagen herum zur Fahrertür, die Jace für mich aufhält. Er sieht mich gequält an. »Charlie, es tut mir leid.«

Ich zwinge mich zu einem Lächeln. »Ich weiß. Schon gut.«

Es ist *nicht* gut, aber ich bin auch nicht wütend auf Jace. Es war unausweichlich, dass Eric von meinen Gefühlen für ihn erfährt. Wie sonst sollen wir uns vertragen, wenn ich nicht ehrlich zu ihm sein kann. Doch jetzt gerade fühlt es sich wie das Ende der Welt an.

»Es ist noch früh. Willst du noch mit reinkommen? Was im Fernsehen schauen?«, fragt Jace.

Ich denke einen Moment darüber nach, dann schüttle ich den Kopf. »Ehrlich gesagt will ich am liebsten ins Bett. Wir haben morgen ein großes Spiel vor uns.«

Jace zögert, als ob er noch etwas sagen will, sich dann aber dagegen entscheidet. »Okay. Dann bis morgen.«

Er klingt ein wenig niedergeschlagen, oder vielleicht fühlt er sich auch einfach immer noch schuldig. Ich möchte nicht, dass wir uns so trennen, denn *eine* wacklige Beziehung habe ich schon. Ich will nicht, dass es jetzt auch noch zwischen Jace und mir komisch ist. »Danke, Jace.« Ich nehme seine Hände und trete näher an ihn heran. »Das war ein toller Abend. Das Picknick, der Ball … alles.«

»Sicher?«

»Ganz sicher«, bekräftige ich und presse meine Lippen auf seine.

Der Kuss ist sanft und zärtlich und alles, was mein geschundenes Herz gerade bewältigen kann. Als ich mich von ihm löse, drückt Jace meine Hände. »Dann bis morgen. Erhol dich gut, Charlie.«

»Du auch.«

Sobald ich daheim bin, lasse ich mich auf einen Barhocker an der Kochinsel sinken. Ich nehme mein Handy aus der Tasche und schaue aufs Display. Keine verpassten Anrufe oder Textnachrichten. Ich hatte gehofft, Eric hätte versucht mich zu erreichen. Keine Ahnung, warum er das tun sollte. Er ist ja vorhin praktisch vor mir davongelaufen.

Mit angehaltenem Atem wähle ich seine Nummer. Ich habe nicht die geringste Ahnung, was ich ihm sagen soll, aber so kann es nicht bleiben. Es klingelt und klingelt, doch er geht nicht dran. Als sich die Voicemail einschaltet, lege ich auf und rufe erneut an. Dieses Mal geht direkt die Voicemail dran, was bedeutet, dass er sein Handy gerade ausgeschaltet hat. »Eric«, sage ich heiser nach dem Piepton. »Es ist nicht so, wie du denkst. Ich kann es erklären. Bitte ruf mich an. Oder komm vorbei. Ich bin schon wieder zu Hause. Es tut mir leid, dass ich vorher nicht mit dir geredet habe, aber jetzt bin ich soweit. Bitte. Ich vermisse dich.«

Nachdem ich aufgelegt habe, lasse ich meinen Kopf auf den Küchentresen sinken und schließe die Augen. Diese Sache zwischen Eric und mir hat mich geistig und körperlich so sehr ausgelaugt, dass ich eindöse. Und so findet mich mein Vater eine halbe Stunde später, als er von der Arbeit nach Hause kommt. »Charlie?«

Ich setze mich auf und reibe mir den Schlaf aus den Augen. Meine Gelenke knacken, weil ich im Sitzen geschlafen habe. »Hi, Dad.«

Meine Begrüßung ist nicht gerade enthusiastisch. Dad mustert mich besorgt. »Alles okay?«

Ich habe keine Energie, es ihm zu erklären. Mir ist auch nicht nach weinen zumute. Ich bin einfach nur fertig. Wie taub. Doch ich kann meinen Vater nicht anlügen. Niemals. »Nein«, gestehe ich. »Nichts ist okay.«

Ich beginne damit, die unzähligen Haarnadeln aus meiner Frisur zu ziehen. Dad sieht zu, wie ich ein paar davon auf den Tresen lege, bevor er wieder spricht. »War es Jace?«

Er spricht langsam, als hätte er Angst vor der Antwort. Wahrscheinlich hat er das. Er ist nicht daran gewöhnt, mir bei Problemen mit Jungs oder Herzschmerz zu helfen. Das Ganze ist für ihn ebenso neu wie für mich. Zumindest in diesem Fall kann ich ihn beruhigen. »Nein. Nicht Jace. Er war toll heute Abend. Das Picknick am Fluss war umwerfend und der Ball sehr schön. Und die ganze Zeit hat er sich wie der perfekte Gentleman verhalten.«

Meine Stimme läuft meinen Worten zuwider, also kann ich es Dad nicht verübeln, als er die Stirn runzelt.

Aber ich habe jetzt einfach keine Lust, darüber zu sprechen. Nicht heute Abend. Dafür bin ich zu erschöpft.

Doch mein Vater ist nicht dumm. Er sieht mir noch einen Moment lang zu, wie ich mir die Haarnadeln herausziehe, dann sagt er: »Also Eric.«

Es versetzt mir schon einen Stich ins Herz, nur seinen Namen zu hören. Meine Augen werden feucht. Ich schaue zu Dad, und mir dreht sich der Magen um. »Ich will nicht darüber reden«, murmle ich und wende mich ab. Ich kann mich nicht erinnern, wann ich meinem Vater das letzte Mal nicht in die Augen schauen konnte. Dadurch fühle ich mich nur noch schlechter.

Ich beginne die Haarnadeln ruppiger herauszuziehen, bis sich eine von ihnen in einer Strähne verfängt und ich sie nicht losbekomme. Dad wartet einen Moment lang ab, dann seufzt er, kommt zu mir und nimmt mir die verknotete Strähne aus der Hand. »Lass mich mal.«

Er übernimmt die Haarnadeln, und schließlich beginnen mir doch Tränen über die Wangen zu rollen. Ich liebe meinen Vater. So sehr. Er drängt mich nicht. Ich habe gesagt, dass ich nicht darüber reden will, also redet er nicht darüber. Trotzdem ist er für mich da. Und tut, was er kann, damit ich mich geliebt fühle. »Kann ich dir sonst noch irgendwie helfen?«, fragt er leise.

Ich unterdrücke ein Schluchzen. »Das tust du doch schon.«

Wir verstummen, während er weiterarbeitet. Als er fertig ist, schüttelt er meine Haare durch, um zu sehen, ob er eine Haarnadel übersehen hat. »Ich glaube, das war es«, sagt er und tritt zurück. Ich drehe mich zu ihm um, bin mir aber sicher, dass mein Make-up total verschmiert ist.

Er ignoriert es. »Sollen wir einen Film schauen? Wir könnten uns Popcorn machen. Wir haben zwar nur dieses fade Zeug ohne Geschmack, aber wir könnten ja dieses eine Mal schummeln und ein bisschen geschmolzene Butter dazu tun.«

Jetzt holt er aber die ganz schweren Geschütze raus. Er weiß, wie sehr ich gebuttertes Popcorn liebe. Aber ich kann ihm nicht die Reaktion geben, die er sich erhofft. Nicht heute Abend. Ich schüttle den Kopf, und sein Lächeln erstirbt. »Tut mir leid, Dad. Ich fühle mich gerade nicht danach. Außerdem ist es schon spät. Ich sollte endlich schlafen gehen. Morgen ist das große Spiel.«

Er zwingt sich zu einem Lächeln, auch wenn ich sehen kann, dass er nicht glücklich darüber ist. Die Sorgenfalten auf seiner Stirn vertiefen sich, und ich kann ihm ansehen, dass er etwas sagen möchte, sich aber zurückhält. Ich entkomme, bevor der Damm bricht und er mich zwingt, mich hinzusetzen und ihm alles zu erzählen. »Gute Nacht, Dad. Bis morgen.«

*

Ich schlafe ziemlich unruhig. Als mein Wecker um zehn Uhr morgens klingelt und ich mich aus dem Bett wälze, fühle ich mich bereits erschöpft. Das wird ein langer Tag, und ich habe ja nur das wichtigste Spiel meines Lebens vor mir.

Nach einer kurzen Dusche mache ich mir einen Pferdeschwanz und gehe zum Frühstück nach unten. Ich höre den Krach, bevor ich sehe, woher er kommt. Meine Küche ist ein Meer aus Blau und Gold. Am Esstisch sitzen etwa zwanzig Mädchen, alle in den Trikots der Roosevelt Ravens, und arbeiten an glitzernden handgemachten Schildern.

Ich schleiche mich an der Cheerleadertruppe vorbei und bahne mir meinen Weg zu der kleinen Gruppe von Jungs an der Kücheninsel, die Vollkornpfannkuchen und Obstsalat essen. Am Herd stehen Leila und Rachel. Sie tragen Schürzen und halten Pfannenwender in der Hand.

»Was ist denn hier los?«, frage ich, als ich mich auf den freien Platz zwischen Jace und Reynolds setze. Diego und Kevin schlingen Pfannkuchen herunter, und überrascht stelle ich fest, dass Cabrera und Springer ebenfalls hier sind.

»Hey! Da ist sie ja!«, zwitschert Leila.

Rachel stellt einen Teller mit einem großen Pancake vor mich hin. »Hunger?«

»Danke.« Ich greife nach dem Sirup und vollführe innerlich einen Freudentanz, als ich feststelle, dass es sich um das *gute* Zeug handelt und nicht um die zuckerfreie Variante. »Im Ernst, was ist das hier alles?«

»Dein Vater hat mich heute Morgen angerufen und gesagt, dass du vielleicht ein bisschen zusätzliche Aufmunterung brauchst, damit du für das Spiel heute in die richtige Stimmung kommst«, sagt Leila und gibt noch Obstsalat auf meinen Teller. Dann breitet sie ihre Arme aus und deutet auf alle Leute in meiner Küche. »Also habe ich für Aufmunterung gesorgt.«

»Und ich habe zur moralischen Unterstützung ein paar Teamkameraden mitgebracht«, sagt Jace.

Ich schaue mich um und verspüre einen Stich in meinem Herz. Als ob sie alle meine Gedanken lesen könnten, schütteln sie den Kopf. »Wir haben ihn angerufen und Nachrichten hinterlassen«, sagt Kevin. »Aber sein Handy ist aus.«

»Er führt sich auf wie ein Vollidiot, Charlie, aber er kommt schon darüber hinweg«, fügt Diego überzeugt hinzu. »Du weißt, dass er das wird.«

Ich schlucke einen dicken Knoten Zweifel hinunter und nicke, um mich selbst von seinen Worten zu überzeugen. »Er kommt drüber weg. Das muss er.«

Als mir peinlich bewusst wird, dass die Stimmen im Raum verstummt sind, räuspere ich mich und wende mich lächelnd an meine Teamkameraden. »Ich bin überrascht, dass ihr Jungs so früh dafür aufgestanden seid.« Sie beginnen zu grinsen. »Machst du Witze?«, fragt Reynolds. »Jace sagte was von Cheerleadern und Pfannkuchen. Wie hätten wir da widerstehen sollen?«

»Wir sind allerdings ein bisschen enttäuscht, dass sie nicht ihre Röckchen tragen«, fügt Cabrera hinzu.

Ich schwöre, dass die gesamte Cheerleadertruppe synchron die Augen verdreht. »Tut mir leid«, sagt Mia, und trotz Cabreras taktloser Bemerkung klingt sie aufrichtig. »Das hätten wir, aber wir mussten die Uniformen am Ende der Saison abgeben. Wir sind zwar nicht in Uniform, aber wir feuern euch trotzdem aus vollem Herzen an.«

Plötzlich stehe ich aus einem ganz anderen Grund kurz vorm Weinen. Es rührt mich, dass all diese Leute hergekommen sind, um mich zu unterstützen. Als ich mir ihre Gesichter ansehe, bemerke ich schließlich, dass mein Dad mit am Tisch sitzt und grinst, als hätte er den Spaß seines Lebens. Ich schüttle den Kopf. Hätte ich mir denken können, dass er heute Morgen aufs Ganze geht. »Ist das die komplette Cheerleadertruppe?«

»Ja, jede einzelne von uns«, sagt Mia stolz. »Ein Aufmunterungsnotfall ist schließlich ein Aufmunterungsnotfall.«

»Außerdem seid ihr zwar nicht das Footballteam, aber ihr seid trotzdem Ravens«, erklärt Stacie. »Ravens unterstützen einander.«

»Wir freuen uns, zur Abwechslung mal das Baseballteam anzufeuern«, sagt Rachel und nickt eifrig. »Das habt ihr verdient. Denn ihr steht kurz davor, State Champions zu werden!«

Das löst allgemeinen Jubel aus. Ich bin traurig wegen Eric, aber ich kann nichts gegen das Lächeln tun, das sich auf meinem Gesicht ausbreitet. Das ist einfach so lieb. »Ich danke euch«, sage ich, und ganz egal, wie sehr ich auch dagegen ankämpfe, steigen mir doch Tränen in die Augen und meine Stimme bricht.

»Mann, Hastings«, sagt Kevin und wirkt entsetzt, mich so emotional zu sehen. »*Heulst* du etwa?«

Bevor ich es abstreiten kann, grinsen sich Diego und er an. Ich weiß, was sie sagen werden. Schließlich habe ich sie tausendmal gezwungen, sich mit mir *Eine Klasse für sich* anzuschauen. »Heulen gibt's nicht beim Baseball!«, sagen sie in bester Tom-Hanks-Manier.

Alle müssen lachen. Auch ich, und es hilft mir, mich wieder einzukriegen. Glücklicherweise klingt meine Stimme wieder normal, als ich sage: »Aber mal im Ernst, Leute. Das hier ist unglaublich. Vielen Dank, dass ihr gekommen seid.«

»Gern«, sagt ein süßer männlicher Cheerleader. Er

grinst mir verschwörerisch zu. »Wir Freaks müssen einander doch unterstützen.«

Ich würde mich schlecht fühlen, wenn die Bemerkung von jemand anderem als Nick Moody käme. Er war der erste Junge, der sich in der Geschichte der Roosevelt High der Cheerleadertruppe angeschlossen hat. Er hat den Großteil der Saison damit verbracht, der einzige Junge in einem Mädchenteam zu sein. Wenn jemand weiß, wie ich mich fühle, dann er.

»Freaks for the win«, sagt Cassidy und knufft Nicks Schulter. »Wir müssen zusammenhalten.«

Sie hält ein großes Schild mit meiner Nummer darauf hoch. Darauf steht *Los, Charlie!* Ein anderes Mädchen, an dessen Namen ich mich nicht erinnern kann, hält ein weiteres hoch, auf dem mir *Charlie in die MVP!* entgegenleuchtet. Und ein Mädchen, das wie ihre Zwillingsschwester aussieht, hat ein Schild mit der Aufschrift: *Charlie for President!* Ich muss kichern, woraufhin Jace seine Arme um mich legt und flüstert: »Was habe ich dir über das Kichern gesagt?«

Ich stoße ihn mit dem Ellbogen an, als er meinen Hals küsst, denn mein Dad ist immerhin im Zimmer. Und ganz gleich, wie sehr er Jace mag, jetzt kneift er missbilligend die Augen zusammen. Ich zucke verlegen mit den Schultern und esse meinen Pancake weiter. Als ich meinen Teller abspüle, steht Dad auf und sagt: »Also gut, Leute, Aufbruch. Charlie und die Jungs müssen einen Bus bekommen.«

Das Team fährt mit dem Bus zu jedem Außenspiel – einschließlich der State Championships – also machen wir uns alle zur Schule auf, wo der Bus auch schon wartet. Ein

Großteil des Teams ist bereits da. Die Cheerleader steigen aus ihren Autos und bilden ein Spalier, durch das wir zum Bus gehen. Es ist seltsam, aber es zaubert ein Lächeln auf mein Gesicht. Ich bin die letzte unserer Gruppe, die einsteigt, nachdem ich mich von Leila und den Mädchen verabschiedet habe.

Der Coach wirft mir einen verwirrten Blick zu, als er mich auf seiner Anwesenheitsliste abhakt. »Hast ja ein ziemliches Gefolge, Hastings.«

Ich habe keine Ahnung, was ich darauf antworten soll, also grinse ich nur und zucke mit den Schultern. Der Coach wirft einen Blick auf die Cheerleadertruppe und zieht eine Augenbraue hoch. »Kommt ihr etwa alle zum Spiel?«

Leila strahlt ihn an. »Darauf können Sie wetten, Coach. Wir werden an vorderster Front stehen.«

Coach Stanton muss grinsen. »Gut. Wird ja auch Zeit, dass ihr mal das beste Team der Roosevelt High anfeuert.« Er versucht grimmig zu klingen, doch es gelingt ihm nicht. »Und jetzt verschwindet von hier, ihr lenkt die Spieler ab.«

Während sich die Cheerleader auf mehrere Wagen verteilen – einschließlich des Escalades meines Vaters – folge ich Jace zu einem leeren Platz in der Mitte des Buses. Doch bevor ich mich setzen kann, ruft jemand: »Was war das denn, Charlie? Bist du jetzt plötzlich eine Cheerleaderin?«

Ich mustere die Gesichter der anderen Spieler und entdecke Eric. Er starrt mich mit einem Blick voller unterschiedlicher Emotionen an. Er wirkt ziemlich zerzaust und hat dunkle Ringe unter den Augen, als ob er genauso schlecht geschlafen hat wie ich. Mir rutscht das Herz in die Hose, aber ich will mich nicht von ihm herunterziehen lassen, nachdem sich meine Freunde heute Morgen so viel Mühe gemacht haben, mich aufzumuntern. Ich reiße meinen Blick von Eric los und konzentriere mich auf den Typen, der mich angesprochen hat. Ich grinse breit und sage: »Klar, warum nicht?« Dann imitiere ich so gut ich kann eine Cheerleaderin, rufe »Los, Team, los!« und klatsche in die Hände.

Es folgt ein Moment der Stille, als ob alle geschockt wären, dass ich mitgespielt habe, doch dann bricht der Bus in Gelächter aus.

»Yo, Hastings, tu uns einen Gefallen und bleib beim Baseball!«

»Ja, das war furchtbar!«

»Mein Hund wäre ein besserer Cheerleader!«

Mir gefällt, wie sie mich aufziehen. Endlich bin ich *wirklich* Teil des Teams. Es mag vielleicht das letzte Spiel sein, aber ich bin wahrhaftig eine von ihnen, und das fühlt sich gut an. Jace lässt sich auf einen leeren Platz fallen und zieht mich neben sich. Dabei lacht er, als würde er verstehen, warum ich gerade so glücklich bin. Plötzlich bin ich voller Dankbarkeit. »Vielen Dank für heute Morgen. Das habe ich nach gestern wirklich gebraucht. Womöglich hast du mir dieses Spiel gerettet.«

Jace lächelt. »Das waren eher dein Vater und Leila, aber natürlich heimse ich gern die Lorbeeren dafür ein, wenn es mir dafür einen Kuss einbringt.«

Ohne zu zögern lehne ich mich vor und küsse ihn. Ich glaube, er ist von der Energie dahinter überrascht, denn er grinst gegen meine Lippen, bevor er seine Hände auf meine Wangen legt und den Kuss mit Nachdruck erwidert. Seine Hände gleiten in meine Haare und zerstören meinen Pferdeschwanz.

Als das ganze Team zu pfeifen und zu jubeln beginnt, reißen wir uns voneinander los. Mein Gesicht wird knallrot, aber Jace grinst. »Ihr seid ja nur neidisch«, ruft er lachend über meine Schulter. Er gibt mir einen letzten Kuss und streicht dann die Haare, die sich aus meinem Pferdeschwanz gelöst haben, hinter mein Ohr. »Tut mir leid mit deiner Frisur.«

Von wegen. Es tut ihm überhaupt nicht leid. Und mir tut nicht leid, was ich jetzt von ihm verlangen werde. »Schon gut. Du kannst es wiedergutmachen, indem du mir einen Zopf flechtest.«

Er blinzelt. »Was? Du meinst jetzt?«

Grinsend befreie ich meine Haare aus dem ruinierten Pferdeschwanz und halte ihm das Haargummi hin. »Genau. Ich hab vorhin noch gedacht, dass ein geflochtener Zopf unter meinem Helm so viel besser wäre, als ein sperriger Pferdeschwanz.«

Jace sieht sich um. »Denkst du *wirklich*, ich flechte dir vor der ganzen Mannschaft einen Zopf?«

Ich werde ihn garantiert nicht vom Haken lassen. Also zucke ich nur mit den Schultern. »Dein Ego kann es verkraften.«

Jace verzieht sein Gesicht.

»Bitte?«, frage ich, möglicherweise unter Einsatz meiner Wimpern und einer vorgeschobenen Unterlippe. (Ja, ich klimpere mit den Wimpern und mache einen Schmollmund.)

Jace' Entschlossenheit bröckelt. Er macht meine Lieblingskombi aus Kopfschütteln und Schmunzeln und bedeutet mir dann, mich umzudrehen. »Juhu!« Ich klinge wie Leila. »Danke!« Ich gebe ihm schnell einen Kuss, bevor ich mich umdrehe. »Du bist der beste Freund aller Zeiten.«

»Dafür schuldest du mir was«, warnt er. »Einen Film und eine Runde im Pool *ohne* meine Schwester, und ein weiteres Spiel in der ersten Reihe.«

»Nächsten Samstag«, verspreche ich. »Du kannst den ganzen Tag haben.«

»Okay, dafür lohnt es sich.«

Jace schiebt seine Finger in mein Haar und als er anfängt, es mir zu flechten, dauert es keine zwei Sekunden, bis es jemand bemerkt und die anderen beginnen, ihn aufzuziehen. Das ganze Team beteiligt sich und es hört erst auf, als wir das Spielfeld betreten. (Es tut mir immer noch nicht leid.)

25

Das Spiel beginnt holprig. Die Greenfield High ist nicht grundlos in den State Championships. Sie sind gut. *Richtig* gut. Wir sind besser, aber Eric ist heute absolut nicht in Form, und Greenfield nutzt das zu seinem Vorteil. Sie haben bereits zwei Runs und einen Kerl auf der First ohne Outs. Es ist nicht das schlimmste Szenario, aber wir sind auch erst im dritten Inning. Unsere Verteidigung ist gut, aber wir haben noch einige Innings vor uns, die wir unbeschadet überstehen müssen. Und wenn Eric weiter danebenhaut, sieht es finster aus.

Eric vermasselt einen weiteren Wurf, und der Gegner trifft ihn. Glücklicherweise ist es ein direkter Schuss zu Jace am Shortstop, und er fängt ihn mit einem beeindruckenden Sprung aus der Luft. Es ist ein wunderschöner Zug, und ich hoffe, dass die Talentscouts auf der Tribüne aufgepasst haben. Jace verdient es, am College zu spielen.

Ein Aus. Noch zwei vor uns. Ein Runner auf der First. Die nächsten beiden Pitches sind ziemlich heftig, aber es gelingt mir, sie zu stoppen. Doch der dritte entwischt mir. Ich springe auf, renne hinterher und habe das Glück, dass er vom Backstop zu mir zurückprallt. Rivera, unser zweiter Baseman, kennt mich gut genug, um für meinen Wurf bereit zu sein. Er fängt ihn, gerade rechtzeitig, um den Runner auf Second zu bekommen. Mann, ich liebe dieses Spiel.

Zwei Outs und keine Base Runner. Eine viel bessere Situation. Ich fühle mich ein wenig zuversichtlicher, doch als Eric drei weitere Bälle verhaut, ertrage ich es nicht mehr. Ich zeige eine Auszeit an und gehe zum Mound. Die Infielders wollen dazukommen, doch ich scheuche sie zurück. Das Team soll nicht mitbekommen, wie ich Eric zusammenstauche. »Hey«, sage ich, als ich bei ihm bin. Er trieft geradezu vor Frust. So schlecht war er seit Jahren nicht. »So sehr ich die ganzen Gelegenheiten auch zu schätzen weiß, die du mir gibst, um die Talentscouts zu beeindrucken, wäre es mir lieber, du würdest deinen Job machen. Was ist los?«

Wütend schüttelt er den Kopf. »Ich kann mich nicht konzentrieren.«

»Warum nicht? Was ist das Problem?«

Eric funkelt mich böse an, und plötzlich verstehe ich. Er hat unser Drama aufs Feld mitgebracht. Mir bleiben nur wenige Sekunden, bevor der Schiedsrichter kommt, um meinen kleinen Besuch zu beenden. »Eric, ich bitte dich. Ja, wir haben gerade Probleme, aber das existiert hier auf dem Spielfeld nicht. Jetzt gerade gibt es nur uns beide, wie immer. Wir spielen Bälle zuwerfen.« Ich packe ihn an der Schulter und schüttle ihn leicht durch. »Wir brauchen dich. Diese Mannschaft braucht dich. *Ich* brauche dich. Dies ist mein letztes Spiel, wahrscheinlich für immer. Ich würde hier gern mit einem Sieg rausgehen, und das kann ich nicht ohne dich.«

Eric muss schlucken und atmet tief durch. Sofort beginnt er sich zu beruhigen. »Genauso«, murmle ich. »Du bist Eric Sullivan. Du stehst kurz davor, rekrutiert zu werden. Und jetzt fang an zu spielen, damit du es auch verdienst.«

Nach einem weiteren Atemzug sieht er mich an, und in seinen Augen liegt ein stummes Dankeschön. Er starrt mich mit einer Intensität an, die ich sonst nur von ihm kenne, wenn er spielt. »Ich liebe dich, Charlie. Mehr als alles auf der Welt.«

Der Zeitpunkt seiner Bekanntmachung schockiert mich ein wenig, aber das Gefühl ist keine Überraschung. Es fällt mir leicht, es zu erwidern. »Ich liebe dich auch, Eric. Mehr als alles andere, außer Dad.« Ich schenke ihm ein kurzes Lächeln. »Und jetzt Schluss mit der Gefühlsduselei und hilf mir, dieses Spiel zu gewinnen.«

Schließlich kommt der Schiedsrichter und zwingt uns auseinander. Ich werfe Eric einen letzten Blick zu. »Du schaffst das, Sullivan.«

Er lächelt zurück. »Dank dir, Hastings.«

Ich laufe zurück zur Home Plate, und nachdem ich mir meinen Helm wieder aufgesetzt habe, gebe ich ihm das Zeichen, vollen Einsatz zu bringen, um die Profis auf ihn aufmerksam zu machen. Als der Ball auf mich zurast und schmerzhaft in meinem Handschuh landet, grinse ich. Er ist zurück. Und das sind sehr schlechte Neuigkeiten für die Greenfield High.

*

Nach dem Spiel, das wir sechs zu zwei gewinnen – und mir gelingt ein 3-run Home Run – stürzt sich Eric auf mich, noch bevor ich meine Schutzkleidung ausziehen kann. Er umarmt mich, als gäbe es kein Morgen mehr. Ich umarme ihn ebenfalls. So stehen wir da, während das restliche Team um uns herum unseren Sieg feiert. »Danke«, flüstert mir Eric ins Ohr.

»Tut mir leid«, flüstere ich zurück.

»Mir auch.«

Unser Moment wird gestört, als wir beide mit eiskaltem Gatorade geduscht werden. Jace und Mark halten lachend den leeren Behälter. Ich will Jace umarmen, doch Mark und er heben mich stattdessen auf seine Schultern. Lachend lasse ich mich von ihnen wie eine Heldin präsentieren. Wenn es eine perfekte Art gibt, meine Baseballkarriere zu beenden, dann so. Ich kann in dem Wissen aufhören, dass ich es bis zum Schluss durchgezogen und immer mein Bestes gegeben habe. Und hey, sobald ich das College abgeschlossen habe, kann ich weitermachen. Vielleicht nicht als Spielerin, aber ich werde dennoch dazugehören. Ich werde mich nicht davon abhalten lassen.

Schließlich setzen Mark und Jace mich ab. Ich schlinge meine Arme um Jace und küsse ihn, bevor er mir wieder entwischen kann. (Er scheint es aber gar nicht so eilig zu haben.) Als wir uns wieder voneinander lösen, werfe ich die Hände in die Höhe und rufe: »Siegerparty bei mir!«

Jubel bricht aus, und auf dem Weg in die Umkleideräume bekomme ich Umarmungen und High-Fives von jedem Spieler. Ein paar ziehen mir sogar spielerisch am Zopf. Reynolds gibt mir einen Klaps auf den Hintern, woraufhin Jace ihm einen verpasst. Mark lacht hysterisch und verschwindet in der Männerumkleide. Jace und ich bleiben zögernd davor stehen, weil wir uns nicht trennen wollen. »Bist du bereit, dass die Mannschaft über dein Zuhause herfällt?«, scherzt Jace.

Ich lache. »Warum denn nicht? Heute Morgen war doch schon die komplette Cheerleadertruppe da.«

»Stimmt.«

»Tatsächlich freue ich mich schon darauf«, gestehe ich. »Sag es niemandem, aber Dad hat das Team eingeladen.«

Jace rümpft die Nase. »Welches Team?«

Ich grinse. »Die Pirates.«

Es dauert einen Moment, bis er es kapiert, doch dann reißt er die Augen auf, und ich muss lachen. »Dein Dad hat die *Pittsburgh Pirates* zu unserer Mannschaftsfeier eingeladen?«, flüstert er.

Ich nicke. »Es ist ihr freier Tag. Die meisten haben zugesagt. Ein paar waren heute sogar beim Spiel.«

Jace blinzelt. »Wow.«

»Ja. Ich kann es kaum erwarten, den Blick der Jungs zu sehen.«

Schließlich überwindet Jace seinen Schock und grinst. »Ja. Das wird großartig. Reynolds wird sich einnässen.«

»Genau das habe ich auch gesagt«, erwidere ich.

Plötzlich wird Jace ernst und sieht mich mit einer Leidenschaft in den Augen an, die mich erröten lässt. »Du bist einfach unglaublich, Charlie Hastings. Danke, dass du meine Freundin bist.«

Ich verdrehe die Augen. »Weil es ja so furchtbar ist.«

Jace grinst und presst seine Lippen auf meine. Ich schlinge meine Arme um seinen Hals, doch unser Kuss wird unterbrochen, als sich Eric räuspert. »Tut mir leid«, sagt er zu Jace, als würde er sich für die Störung entschuldigen. Überraschenderweise wirkt er aufrichtig. Er sieht mich an und räuspert sich erneut. Diesmal ist es eine nervöse Geste. »Ähm, dein Dad hat gesagt, er würde mit meinem Dad nach Hause fahren, wenn du mit mir fahren willst.«

Worum er eigentlich bittet, ist die Gelegenheit, unter vier Augen mit mir zu sprechen. Ich schaue zu Jace, um sicherzugehen, dass ihm das recht ist. Es überrascht mich nicht, als er mich ermutigend anlächelt. »Nur zu. Ich weiß, dass ihr zwei miteinander reden müsst.«

Ich bin so dankbar, den verständnisvollsten Freund der Welt gefunden zu haben. »Danke. Wir sehen uns dann bei mir.«

»Ja, bis gleich.« Er legt Eric die Hand auf die Schulter. »Gutes Spiel, Sullivan.«

Eric nickt. »Du auch.«

Der Austausch ist nicht gerade freundschaftlich, aber respektvoll, also bin ich zufrieden damit.

*

Nach einer kurzen Dusche wartet Eric am SUV meines Dads auf mich. Ich bin so nervös, dass ich praktisch zittere. Wenn wir unsere Beziehung jetzt nicht wieder kitten, besteht die Möglichkeit, dass wir es nicht hinbekommen, bevor er nächsten Monat geht. Und ich *muss* die Dinge wieder in Ordnung bringen. Ich kann ihn nicht verlieren. »Hey.« Ich weiß, sehr originell, aber mir fällt nichts anderes ein. »Bist du soweit?«

Er öffnet die hintere Tür, damit ich mein Zeug auf die Rückbank werfen kann, dann macht er mit der Beifahrertür weiter. Ich bin geschockt. Jace tut das immer für mich, doch Eric hat das vorher noch nie gemacht. »Danke«, sage ich, während ich auf den Beifahrersitz sinke und er die Tür für mich schließt.

Während er um den Wagen zur Fahrertür geht, versuche ich meine Nerven zu beruhigen. Er setzt sich ans Steuer, doch statt den Motor zu starten, sitzt er nur da. Er schließt die Augen und atmet tief durch. Offenbar bin ich hier nicht die einzige, die nervös ist. Seine Hände sinken vom Steuer auf seinen Schoß und schließlich richtet er seinen schmerzerfüllten Blick auf mich. »Ich liebe dich, Charlie. Mehr als alles andere. Aber du bist meine Familie. Ich kann dich einfach nicht anders sehen.«

Sein gequälter Gesichtsausdruck lässt mein Herz bluten. Ich greife nach seiner Hand. »Das weiß ich doch.« Ich schenke ihm ein aufrichtiges Lächeln. »Das habe ich immer gewusst. Darum konnte ich ja am Anfang auch nicht mit dir reden. Darum habe ich zuerst Jace mein Herz ausgeschüttet.«

»Tut mir leid.«

»Das braucht es nicht. Du hast nichts Falsches getan.«

Eric schluckt. Er blickt auf meine Hand, die seine hält, und verschränkt unsere Finger ineinander. Es ist eine platonische Geste, aber eine, die bedeutet, dass er sich mir nah fühlen möchte. Ich weiß ganz genau, wie er sich fühlt. »Also ist es wahr?«, fragt er so leise, dass ich ihn fast nicht hören kann. »Was Jace gestern Abend gesagt hat? Dass du das alles wirklich wegen mir gemacht hast? Du bist wirklich in … ich meine, du bist wirklich …«

Er kann die Worte nicht mal aussprechen. So sehr schmerzt es ihn, zu denken, dass ich in ihn verliebt bin. Es ist nicht so, dass er von der Vorstellung abgestoßen ist, sondern nur, dass er die Gefühle nicht erwidern kann. Und er hasst es, dass es mir das Herz brechen könnte. Es dauert ein paar Sekunden, bis ich meine Gedanken geordnet habe. »Ja und nein«, sage ich schließlich.

Eric runzelt verwirrt die Stirn und wartet darauf, dass ich mehr sage. Ich seufze und drücke seine Hand. »Darauf gibt es keine einfache Antwort. Ja, die Tatsache, dass du Shelly zum Abschlussball eingeladen hast, war der Auslöser. Ja, ich war verzweifelt. Ja, ich hatte Gefühle für dich, von denen ich wusste, dass ich sie nicht haben sollte. Aber ich konnte nicht anders. Es ist sehr leicht, dich zu lieben.«

Er schließt erneut die Augen. Sein Adamsapfel hüpft und heiser sagt er: »Tut mir leid.«

Wieder drücke ich seine Hand. »Schon gut, Eric. Es geht mir gut. Es ist nicht so, wie du denkst.« Auf Erics Stirnrunzeln hin schenke ich ihm ein sanftes Lächeln. »Ich war so verwirrt, als du mir von Shelly erzählt hast, aber nicht nur, weil ich dachte, dass ich in dich verliebt bin. Es steckte so viel mehr dahinter. Deine Reaktion darauf, dass ich auch zum Ball gehen will, hat eine riesige Identitätskrise ausgelöst, die mich vollkommen überrascht hat.«

»Was meinst du damit?«

»Ich meine … ich bin ein Mädchen.«

Erics Stirnrunzeln wird tiefer. Er ist immer noch vollkommen verwirrt. »Natürlich bist du ein Mädchen.«

Ich seufze. »Ich meine nicht biologisch. Natürlich bin ich biologisch ein Mädchen. Ich meine … ich bin es auch innerlich – ein auf Pink und Liebesfilme stehendes Mädchen.«

Eric schüttelt den Kopf. »Nein, bist du nicht. Du bist …«

»Doch«, erwidere ich. »Das bin ich. Tief im Innern bin ich nicht so burschikos, wie alle denken und von mir erwarten. Im Grunde meines Herzens bin ich ein Mädchen. Das war ich schon immer. Ich habe diesen Teil von mir nur so lange unterdrückt, weil ich Angst hatte, dass du, Kev und Diego mich sonst nicht mögen würdet. Und ich wollte euch nicht verlieren.«

»Charlie …« Seine Stimme bricht, als wäre er den Tränen nah.

»So wahrgenommen zu werden, war lange Zeit in Ordnung für mich, und um ehrlich zu sein, hätte ich gar nicht gewusst, wie ich hätte anders sein können. Doch je älter ich wurde, desto stärker wurde mir klar, dass ich so nicht glücklich war, und desto schwerer wurde es, *einer der Jungs* zu sein.«

Einen Moment lang sitzen wir schweigend da, und es fällt mir schwer, zu atmen. Ich habe keine Ahnung, was Eric denkt. Wird er es verstehen? Kann er mich so akzeptieren, wie ich jetzt bin? Das muss er. Alles andere könnte ich nicht überleben.

»Du hättest es mir sagen sollen«, sagt Eric leise und sieht aus dem Fenster.

Meine Antwort ist ebenso leise. »Das konnte ich nicht.« Jetzt sind es meine Augen, die geschlossen sind. Meine Stimme bricht vor Emotionen. »Als ich dich nach dem Abschlussball gefragt habe, haben die Jungs und du … ihr habt mich ausgelacht, weil die bloße Vorstellung, ich könnte mich wie andere Mädchen benehmen, euch so lächerlich vorkam. Ihr konntet euch nicht ernsthaft vorstellen, dass ich hingehen will. Das tat weh. Ja, ich war in dich verknallt, und ich wusste, dass du meine Gefühle nicht erwiderst, aber das war *nichts* verglichen mit dem Gefühl, dass du mich gar nicht richtig siehst. Es kam mir so vor, als würde mich *niemand* wirklich sehen oder es verstehen. Ich wollte nicht aus dem Team aussteigen, weil ich wegen dir und Shelly traurig war. Sondern weil ich am Ersticken war und nicht wusste, wie ich es wieder in Ordnung bringen kann.«

Schließlich sieht mich Eric an. Sein Blick ist zurückhaltend. »So unglücklich warst du?«

Ich seufze erneut und schüttle den Kopf. »Ich war nicht unglücklich«, erkläre ich schnell, denn er wirkt wieder verletzt. »Diego, Kev und du seid die besten Freunde, die man sich vorstellen kann. Ich habe ein tolles Leben, den besten Vater der Welt und Freunde, die für mich töten würden. Ich liebe euch Jungs. Aber ich war hin- und hergerissen. Ich wusste, dass etwas nicht stimmt – dass ich *mehr* brauche. Ich wusste nur nicht genau, wie ich es bekommen sollte. Ich war so verwirrt, dass ich das Gefühl hatte, nicht mehr atmen zu können. Ich habe mich in meinem eigenen Leben gefangen gefühlt.«

Eric starrt aus dem Fenster und umklammert das Lenkrad so fest, dass seine Fingerknöchel weiß werden. »Und dann kam King dazu, als du verletzlich warst, und hat alles an dir geändert«, sagt er, beinahe vorwurfsvoll.

Ich passe meinen Tonfall dem seinen an. »Nein. Das sage ich ja gerade. Jace hat mich nicht verändert. *Ich* habe mich verändert. Ich habe Jace um Hilfe gebeten, weil ich verzweifelt war, und er hat Leila mit an Bord geholt. Ich habe Leila gebeten, mir zu zeigen, wie man weiblicher sein kann, weil es das ist, was ich wollte, und ich es allein nicht hinbekommen habe. Das alles, was ich in den letzten Wochen durchgemacht habe, war *meine* Entscheidung.« Als ich sehe, wie sich Erics Kiefermuskulatur anspannt und er mich immer noch nicht ansehen will, schleicht sich Verzweiflung in meine Stimme. »*Eric*, die beiden haben mir so sehr geholfen. Sie haben mir gezeigt, wer ich bin, und mir das Selbstvertrauen geschenkt, diese Person zu sein. Mein Leben fühlt sich jetzt richtiger an als jemals zuvor. Das einzige, was noch nicht stimmt, ist dieser Streit zwischen dir und mir, und ich kann es nicht mehr ertragen.«

Er sagt immer noch nichts, und ich fühle mich verletzlicher als jemals zuvor in meinem Leben. »Ist es denn wirklich so furchtbar … mein neues Ich? Das Umstyling, die neuen Freunde, dass ich mich mehr öffne, und ja, schon gut, das Kichern?«

Das bringt Eric endlich zum Schmunzeln. Er wirft mir einen Seitenblick zu. »Das Kichern ist echt seltsam.«

Ich lache leise, doch die gelockerte Atmosphäre hält nur kurz an. »Aber ist es so seltsam, dass du nicht mehr mit mir befreundet sein willst?«

Eric reißt entsetzt die Augen auf. »Wie kannst du mich das auch nur fragen? Ich werde niemals aufhören wollen, mit dir befreundet zu sein. Niemals. Egal was passiert.«

Ich muss schlucken. »Aber du warst so wütend.«

»Weil Jace dich mir gestohlen hat! Alles war in Ordnung, und dann hängst du eines Tages plötzlich mit ihm ab, statt mit mir, und erzählst ihm all deine Geheimnisse, die du mir nicht anvertrauen wolltest. Du hast mich ausgeschlossen, Charlie. Von jetzt auf gleich, ohne Vorwarnung oder Erklärung.«

Meine Augen füllen sich mit Tränen, und ich schüttle verzweifelt den Kopf. »Das stimmt nicht. Ich habe versucht, mit dir zu reden, dir zu erklären, was ich konnte, aber du warst von Anfang an so wütend, und du hast mein neues Ich *gehasst.* Du hast alles gehasst, was mich so viel glücklicher gemacht hat. Es hat sich angefühlt, als würdest du *mich* hassen.«

Als mir die ersten Tränen über die Wangen laufen, lenkt Eric sofort ein. Sein Gesichtsausdruck und seine Stimme werden so weich, dass mir ganz flau wird. »Hey, hey, hey. Ich könnte dich niemals hassen.« Er zieht mich über die Mittelkonsole, um mich zu umarmen. Es ist ziemlich unbeholfen, aber das ist mir egal. »Ich habe mir solche Sorgen um dich gemacht und war eifersüchtig auf deine neuen Freundschaften, und verletzt, weil ich nicht kapiert habe, was los ist, aber ich hasse dich doch nicht. Das könnte ich *niemals.* Trotz des Kicherns.«

Die letzte Bemerkung lässt mich natürlich kichern, und endlich lacht auch Eric. Er wischt mir die Tränen aus dem Gesicht und lehnt sich dann zurück. Ich atme tief durch. Unser Gelächter verebbt, aber es fühlt sich an, als ob mir ein riesiger Stein vom Herzen gefallen wäre.

Eric durchbohrt mich mit einem seiner typisch intensiven Blicke und fragt: »Und du bist jetzt wirklich glücklicher?«

Ich nicke. »Ich fühle mich zum ersten Mal in meinem Leben wohl in meiner Haut.«

»Und King?«, fragt er. »Bist du wirklich glücklich mit ihm? Denn wenn nicht, wenn er dir wehtut, dann lege ich ihn um.«

Es ist kein Scherz, aber ich lache trotzdem. »Wenn er mir wehtut, helfe ich dir. Und Kev und Diego können Schmiere stehen.«

Eric schmunzelt, aber nicht lange. »Und was ist dann mit …«

»Mit dir?« Ich will mich dazu zwingen, nicht rot zu werden. Aber ich glaube nicht, dass es funktioniert. »Versteh das jetzt nicht falsch, aber ich bin darüber hinweg. Meine Gefühle für dich sind jetzt wieder so, wie sie sein sollten. Versprochen.«

Eric sucht in meinen Augen nach der Wahrheit meiner Worte. »Wegen King?«

»Na ja«, ich zucke mit den Schultern. »Zwischen Jace und mir war es von Beginn an sehr leicht. Er gibt mir das Gefühl, etwas … Besonderes zu sein.« Und jetzt sind meine Wangen definitiv rot. »Er hat das Ich gesehen, das ich sein wollte, als es niemand anderes getan hat. Er versteht mich einfach. Und die Art, wie er mit mir umgeht … noch nie hat mich jemand so behandelt, als würde er mich *anhimmeln.* Jace tut das.«

Eric kneift die Augen zusammen, und ich warte mit angehaltenem Atem auf seine Reaktion. Er macht eine finstere Miene, aber sie wirkt nicht bedrohlich. »Meinetwegen. Wenn er das tut, erlaube ich dir, mit ihm zusammen zu sein.«

Ich schnaube. »Du *erlaubst* es?«

»Ja«, sagt er ernsthaft. »Ich führe eine neue Regel ein. Wenn du mit jemanden zusammen sein willst, braucht es meine Erlaubnis. Ich werde dich nicht mit Idioten ausgehen lassen, Charlie. Ende der Geschichte.«

Sein Beschützerinstinkt bringt mich zum Schmunzeln, dennoch verschränke ich meine Arme und sehe ihn skeptisch an. »Meinetwegen. Aber das gilt für uns beide. Das nächste Mal, wenn du mit jemandem wie Shelly ausgehen willst, bekommst du eine verpasst.«

Eric erschauert. »Bitte tu das. Diese Frau ist ein Albtraum.«

»Das ist sie wirklich«, sage ich lachend.

Als wir wieder ernst werden, stelle ich Eric eine letzte Frage. »Ist jetzt wieder alles in Ordnung zwischen uns?«

Eric zögert, als ob er erst darüber nachdenken muss. Er stößt einen langen Seufzer aus und startet endlich den Wagen. Dann wirft er mir einen Seitenblick und ein schiefes Lächeln zu. »Ja, Hastings. Alles wieder in Ordnung.«

26

Als wir bei mir ankommen, gehen wir auf direktem Wege nach draußen, und der ganze Garten ist wie verwandelt. Alles ist in den Schulfarben Blau und Gold geschmückt. Die Caterer – ja, Dad hat für die Mannschaftsfeier meines Schulteams ein Catering engagiert – haben einen riesigen Grill aufgebaut, und der Essensduft lässt einem das Wasser im Munde zusammenlaufen. Unter Pavillons stehen lange Tische, und dahinter riesige aufblasbare Wasserrutschen und Hindernisparcours. Es sieht aus wie eine Miniversion von *American Ninja Warrior.* Eric und ich müssen lachen, als wir eine Wagenladung Wasserpistolen und -ballons sehen. Außerdem gibt es einen Tisch mit GoPros und Schutzhelmen. »Denkst du, Chad wird jemals erwachsen werden?«, fragt Eric.

Ich grinse. »Niemals.«

Und wo wir gerade von dem Kindskopf sprechen, kommt Dad zu uns herüber gejoggt, als er uns entdeckt. Er deutet auf den Garten. »Und was denkt ihr? Ich hab die Eventplaner ganz schön auf Trab gehalten, während wir beim Spiel waren.«

Ich lege meinen Arm um seine Taille und drücke ihn. »Es ist fantastisch, Dad. Das Team wird es lieben.«

Dad drückt mich zurück und schenkt mir das ultimative Lächeln stolzer Eltern. »Ihr habt es verdient, Leute. *State Champions.* Selbst ich war während der Highschool nicht in einem Championshipteam.«

»Wann kommen denn die anderen?«

Dad wirft einen Blick auf seine Uhr. »Innerhalb der nächsten fünfzehn bis zwanzig Minuten, also macht euch schick.«

Eric und ich kehren ins Haus zurück, um uns fertigzumachen, und als ich wieder im Garten bin, sind bereits ein paar Dutzend Gäste da. Es ist eine gute Mischung aus meinen Mannschaftskameraden und ihren Familien, den Cheerleadern, die Dad offenbar heute Morgen beim Frühstück eingeladen hat, und jede Menge Leute von Dads Arbeit. Reynolds steht bei Jace und kommt aufgeregt auf mich zugesprungen, als er mich sieht. »Hastings! Alter! Weißt du, wer hier ist?«

Ich muss grinsen. »Oh, keine Ahnung, vielleicht die Hälfte der *Pittsburgh Pirates?*«

Er nickt hektisch. »Die Hälfte der Pittsburgh Pirates!«

Und dann fällt mich Mark Reynolds, Fanboy der Pittsburgh Pirates, mit einer Umarmung an, die Leila King alle Ehre gemacht hätte. In seiner Begeisterung quietscht er sogar ein bisschen. (Ich bin gleichzeitig froh und seltsam enttäuscht, dass er sich nicht einnässt.)

Als er mich wieder loslässt, tritt Jace an meine Seite. Er gibt mir einen Kuss auf die Wange und sieht Eric an. »Habt ihr euch endlich wieder vertragen?«

Eric verschränkt die Arme und starrt meinen Freund finster an. Es ist eine alberne Demonstration von Dominanz, aber ich lasse Eric diesen Moment. »Das haben wir«, brummt er. »Und du darfst mit ihr ausgehen. Aber ich schwöre, wenn du ihr wehtust, werde ich dich zerstören.«

Jace nimmt die Drohung gelassen hin. Er nickt und erwidert lässig: »Gleichfalls, Sullivan. Gleichfalls.«

Eric kneift die Augen zusammen und sie starren sich eine gefühlte Ewigkeit lang an. Dann nickt Eric plötzlich, Jace nickt ebenfalls, und sie geben sich die Hand. Ich schätze, sie haben eine Art Waffenstillstand erreicht. »Großartig, jetzt sind wir alle wieder Freunde«, unterbricht Mark Jace' und Erics Moment. »Lasst uns jetzt endlich diesen Hindernisparcours ausprobieren.«

Marks Begeisterung lockert die Atmosphäre, und wir schauen uns alle gemeinsam an, wie Reynolds auf dem Parcours versagt. Eine Stunde später sitzen wir bei einem unglaublichen Essen, Coach Stanton steht auf und vergibt Preise. Ich sitze zwischen Dad und Jace, mit Leila und ihren Eltern auf einer Seite und Eric mit seinen Eltern auf der anderen. Als ich mich umschaue, wird mir klar, dass ich von vielen Leuten umgeben bin, die mir in den letzten paar Wochen echt ans Herz gewachsen sind. Es kommt mir unglaublich vor, wie weit ich in dieser kurzen Zeit gekommen bin.

Nachdem der Coach alle Anstecker, Varsity Letters und Zertifikate verteilt hat, die die Spieler verdient haben, grinst er und bittet Dad, aufzustehen. Alle jubeln, aber Eric, Kev, Diego und ich jubeln am lautesten.

»Wie ihr alle wisst«, sagt Coach Stanton, nachdem der Applaus aufgehört hat, »war Chad Hastings so großzügig, die heutige Feier auszurichten.« Er wartet eine weitere Applauswelle ab. »Darüber hinaus hat er aber auch noch eine

Überraschung für all unsere Spieler, von der er euch jetzt erzählen wird.«

Alle Jungs sehen mich an, aber ich bin genauso ahnungslos wie sie. Dad und seine Überraschungen …

»Danke, Coach«, sagt Dad, als er das Mikrofon übernommen hat. Er reibt sich die Hände und grinst meine Mannschaftskameraden an. »Ihr Jungs habt in den letzten vier Jahren viel Spott einstecken müssen, weil ihr ein Mädchen im Team habt. Und ich weiß, dass das erste Jahr eine ziemliche Umstellung für euch gewesen sein muss. Aber ihr habt Charlie angenommen und sie sowohl als Person und auch als Spieler respektiert. Ihr habt sie als eure Teamkameradin akzeptiert und sie gegen alle Kritiker verteidigt.«

Dad stockt und seine Stimme zittert, als er inbrünstig sagt: »Ich danke euch. Danke dafür, dass ihr meiner Kleinen das Gefühl gegeben habt, eine von euch zu sein. Dass ihr sie auf dieser ganzen Reise ermutigt und unterstützt habt. Es bedeutet Charlie und mir unendlich viel, also wollte ich euch als Dankeschön für vier Jahre des Zusammenhalts etwas Gutes tun.«

Wieder klatschen und jubeln alle, und diesmal ist es für mich. Meine Wangen werden knallrot, als Reynolds ruft: »Wir lieben dich, Hastings.«

Dads Grinsen wird immer breiter. Sobald die Menge wieder ruhig ist, sagt er: »Ich trage immer noch meinen ersten Championshipring, den ich im College bekommen habe. Er hat einen besonderen Platz in meinem Herzen. Ihr habt heute etwas Großes geleistet, und ich dachte, ihr solltet dafür eure eigenen Ringe bekommen, um euch immer an diesen Sieg zu erinnern.«

Die Jungs beginnen zu tuscheln, als ein paar angeheuerte Servierkräfte mit Tabletts nach vorne kommen, auf denen kleine Samtschatullen liegen. »Und ich war mir so sicher, dass ihr euch heute den Titel erkämpfen würdet, dass ich diese Ringe schon vor Wochen habe anfertigen lassen, damit sie heute für euch fertig sind. Also vielen Dank für den Sieg, denn sonst wäre das hier ziemlich peinlich.«

Alle lachen, und Dad winkt uns heran. »Kommt her und holt euch eure Ringe. Ich habe mit euren Eltern die Größen geklärt, also sollten sie passen.«

Wir gehen alle nach vorn, und mein Vater gibt mir meinen Championshipring. »Danke, Dad.«

Er drückt mich und gibt mir einen Kuss auf die Stirn. »Ich bin stolz auf dich, Trantüte.«

Sobald wir alle unsere Ringe haben, stehen die anderen Gäste auf und applaudieren uns. Danach kehren wir an unsere Plätze zurück, und der Coach übernimmt das Mikro wieder. Er hält eine hübsche Plakette in der Hand. »Und jetzt haben wir ein paar letzte Preise, die ich gern verteilen würde. Wenn ihr bitte herkommt, wenn ich euren Namen aufrufe, und hierbleibt, bis ich fertig bin …«

Springer bekommt den Preis als bester Schüler, da ihm ein Notendurchschnitt von 1,1 gelungen ist. Niemand ist überrascht. Was Springer an Sporttalent fehlt, gleicht er durch seine Intelligenz wieder aus. Der Preis für den größten Charmebolzen geht an niemand anderen als Reynolds. Ich bin mir ziemlich sicher, dass sich der Coach diesen Preis dieses Jahr speziell für ihn ausgedacht hat, weil er so ein Spinner ist und ihn alle dafür lieben.

»Der Preis für den herausragendsten Sportler, gewählt

von mir und dem Rest des Sportfachbereichs, geht an … Eric Sullivan!«

Auch darüber scheint niemand überrascht zu sein. Eric, wie immer ein wenig zurückhaltend, geht widerwillig nach vorn, um seinen Preis anzunehmen. Er stellt sich neben Reynolds, der ihm einen dicken, feuchten Schmatzer auf die Wange gibt. Das Publikum lacht, aber Reynolds hat Glück, dass er dafür keine aufs Auge bekommt. Ich lache über Erics genervtes Gesicht.

»Also, Eric …« Der Coach stellt ihm die gleiche Frage, die er jeden Preisträger gefragt hat. »Wie sehen deine Pläne für nächstes Jahr aus?«

Erics Wangen werden ein wenig rot. »Das hängt allein vom Draft ab, Coach. Ich werde für das Team spielen, das mich will, und wenn irgendwas schiefgeht und ich es nicht schaffe, bin ich bereit, einen Platz an der Penn State anzunehmen, um in der Nähe meiner Familie zu bleiben.«

Sein Blick geht zu mir, und er schenkt mir ein kleines Lächeln. Ich zwinkere ihm zu und wieder wird er rot. Ich kenne seinen Plan B. Wir haben bereits ausgemacht, dass wir uns für die Alma Mater meines Vaters entscheiden, wenn es bei uns nicht klappt, damit wir zusammenbleiben können.

Der Coach klopft ihm auf die Schulter. »Ich bin mir sicher, dass du beim Draft keine Probleme haben wirst. Jede Mannschaft könnte sich glücklich schätzen, dich zu bekommen.«

»Danke, Coach.«

Stanton greift hinter sich und nimmt sich eine weitere Plakette. »Die nächste Auszeichnung ist meine persönliche Wahl als Coach. Es ist mir nicht leichtgefallen, weil ich dieses Jahr so ein unglaublich engagiertes und talentiertes Team habe, aber schlussendlich gab es einen Spieler, der sich mehr als jeder andere ins Zeug gelegt hat, um dieses Team zusammenzuhalten. Kein anderer Schüler, den ich je trainiert habe, hat sich mehr seiner Mannschaft verschrieben, als dieser junge Mann. Darum habe ich mich für Jace King entschieden!«

Jace scheint überrascht zu sein, auch wenn ich keine Ahnung habe, warum. Der Coach hat es genau auf den Punkt gebracht. Man muss sich ja nur ansehen, was er dieses Jahr für mich getan hat. Und so kümmert er sich um jedes einzelne Mitglied unseres Teams. Er blinzelt mich überwältigt an. Grinsend ziehe ich ihn zu mir, um ihn zu küssen. Das Team jubelt und flippt völlig aus, als Jace nach vorne geht. Ich pfeife und applaudiere wie eine Verrückte. Ich bin so stolz auf ihn.

Nachdem ihm der Coach die Plakette gegeben und seine Hand geschüttelt hat, wirkt Jace' Lächeln auf einmal ein wenig gezwungen. Mir blutet das Herz, weil ich weiß, dass ihm der Coach die gleiche Frage stellen wird wie allen anderen, und ich weiß, dass Jace auf eine gute Antwort gehofft hat, er aber keine hat.

Coach Stanton zieht Jace neben sich und legt ihm einen Arm über die Schulter. »Ich weiß, wir haben diese Saison alle den Atem angehalten und uns gefragt, wo du nächstes Jahr spielen wirst, und ich denke, es wird Zeit, die Antwort darauf zu erfahren. Jace … da sind ein paar Leute, die gerne mit dir reden würden.«

Jace reißt überrascht die Augen auf, als ein Mann in einem Poloshirt mit dem Logo der University of North Carolina und ein weiterer in einem Shirt der Penn State zum

Podium kommen. Der erste Mann streckt seine Brust raus und grinst breit. »Jace, ich habe gesehen, was ich sehen musste, und ich würde Ihnen gern ein volles Stipendium anbieten, um ab Herbst an der UNC zu spielen.«

Ich und mit mir alle übrigen Gäste schnappen nach Luft, und Leila beginnt aufgeregt zu quietschen. Jace ist vollkommen sprachlos. Aber es spielt keine Rolle, denn bevor er etwas sagen könnte, tritt der andere Mann vor. »Wie es aussieht, haben Sie eine große Entscheidung vor sich, junger Mann, denn die Penn State bietet Ihnen ebenfalls ein Vollstipendium an, um für uns zu spielen.«

Ich schließe mich Leilas Gequietsche an und laufe nach vorn, um meinen Freund fest zu drücken. Er hat keine andere Wahl, als mich festzuhalten, und ich bin mir ziemlich sicher, dass er ohne mich einfach umfallen würde. »Glückwunsch, Jace! Ich *wusste*, dass du es schaffst!«

Ich gebe ihm einen so dicken Kuss auf die Lippen, dass mein Dad entsetzt »*Charlie!*« ruft.

Ich trete zurück und zucke verlegen mit den Schultern. »Sorry, Dad. Ich konnte nicht anders.«

Ich will wieder zurück an meinen Platz gehen, doch der Coach hält mich auf. »Bleib noch einen Moment lang da, Charlie. Nicht weglaufen.«

Ich sehe den Coach neugierig an. Er winkt mich an seine Seite. Jace rutscht rüber, damit ich neben ihm stehen kann, und der Coach legt einen Arm um meine Schultern. Jace ist an meiner anderen Seite und wir verschränken unsere Finger ineinander. Er zittert immer noch von dem Schock, nicht nur ein, sondern gleich zwei Stipendiatsangebote bekommen zu haben.

»Eine letzte Auszeichnung habe ich dieses Jahr noch zu

vergeben«, sagt Stanton. »Dieser Preis wurde von all deinen Teamkameraden gewählt, und alle waren sich einig, dass du das Herz und die Seele dieser Mannschaft bist.« Ich muss schlucken. Es gibt nur einen Preis, der vom Team gewählt wird. Ich habe mich für Jace entschieden. Ich kann nicht glauben, dass die Mehrheit der Jungs für mich gestimmt hat.

Der Coach hält eine hübsche Plakette mit meinem Namen darauf hoch. »Zum ersten Mal überhaupt hat jedes einzelne Mitglied des Teams die gleiche Person zum wertvollsten Spieler des Jahres gewählt. Charlie, Süße, es gab nur einen einzigen Wahlzettel, auf dem nicht dein Name stand, und ich glaube, das war deiner.« Alle außer mir lachen. Ich bin immer noch viel zu gerührt, dass mich mein Team ausgewählt hat. »Herzlichen Glückwunsch, Charlie.«

Wir warten den Applaus ab, und mein Lächeln wird so angespannt wie das von Jace bis eben noch war, denn ich weiß, was jetzt kommt, und ich bin ebenso niedergeschlagen, wie er es gewesen ist. Ich weiß jedoch, dass keine Überraschungsangebote auf mich warten. Zumindest habe ich einen Plan B. Ich werde an der Penn State studieren, vielleicht wird Jace sich ebenfalls dafür entscheiden, und wir können nächstes Jahr zusammen sein. Meine Baseballkarriere ist zwar vorbei, aber das Leben könnte schlimmer sein.

»Also gut, Charlie. Willst du uns in deine Pläne für nächstes Jahr einweihen?«

Ich zwinge mich zu einem Lächeln und Jace drückt meine Hand. »Na ja, ich hoffe immer noch auf ein Wunder und finde hoffentlich jemanden, der mich nächstes

Jahr annimmt – ganz egal wer. Hauptsache, ich kann spielen. Aber da das unwahrscheinlich ist, lautet mein Plan B, an der Penn State Sportmedizin mit Trainingsschwerpunkt zu studieren. Und nach meinem Abschluss werde ich dann so lange vor dem Büro der Pirates kampieren, bis sie mich annehmen.«

Ich werfe ein paar der Entscheidungsträgern nachdrückliche Blicke zu und bringe damit wieder alle zum Lachen. Der Chef meines Dads ruft: »Wir warten nur darauf, dass du deinen Abschluss machst, Charlie. Du weißt, dass du immer einen Platz bei uns hast.«

Ich schenke ihm ein breites Lächeln und habe plötzlich einen Kloß im Hals. Ja, das Leben könnte wirklich schlimmer sein.

Der Coach lässt uns ein letztes Mal alle beklatschten, dann gibt es Nachtisch. Anschließend verteilen sich die Gäste auf die unterschiedlichen Aktivitäten. Es ist kaum zu glauben, aber die Hälfte der anwesenden Profispieler steuern direkt auf die Wasserpistolen zu. Ich schätze, es handelt sich bei ihnen auch nur um große Jungs.

Ich bleibe bei meinem Dad und mache mit ihm die Runde, um den Gästen für ihr Kommen zu danken und um mir zu einer großartigen Saison gratulieren zu lassen. Jace ist die ganze Zeit an meiner Seite und nimmt die Glückwünsche mit mir zusammen entgegen. Schließlich treffen wir den Cheftrainer der Penn State. Jace erstarrt ein wenig vor Ehrfurcht und dankt ihm überschwänglich für sein Angebot. »Bedeutet das, Sie nehmen es an?«, fragt der Mann.

»Oh. Ähm. Na ja. Ich, äh …« Jace ist wirklich bezaubernd, wenn er so sprachlos ist. »Ich weiß es noch nicht«, spuckt er schließlich aus. »Ich will das erst mit meinen Eltern und Coach Stanton besprechen, aber ich gebe zu, dass die Tatsache, dass Charlie wahrscheinlich dort sein wird, die Wahrscheinlichkeit schon ein wenig in Richtung der Penn State verlagert.«

Der Trainer schaut mich an, als ob er gerade schwer über etwas nachdenken würde. Ich verstehe nicht, was das sein sollte. Er kneift die Augen zusammen, verschränkt die Arme und sagt: »Na, dann sollte ich Ihnen den Deal wohl noch ein wenig versüßen.«

Jace und ich erstarren. »Was meinen Sie damit?«, fragt er den Trainer zögernd.

Der Mann beäugt mich noch ein wenig mehr. »Sie sind eine beeindruckende Spielerin«, sagt er zu mir. »Ihre Statistik spricht für sich, und nachdem ich Sie in Aktion gesehen habe, gebe ich zu, dass der Hype um Sie gerechtfertigt ist. Wenn Sie ein Junge wären, würde ich Sie anflehen, für uns zu spielen. Aber das sind Sie nicht«, sagt er schroff. »Und das macht die Dinge kompliziert.«

Mir stockt der Atem. Warum sagt er mir das? Warum damit anfangen, wenn er mich dann doch nur ablehnt. Was wäre der Sinn dahinter?

Entweder bemerkt er meinen inneren Aufruhr nicht oder er ignoriert ihn, denn er redet einfach weiter. »Die Sache ist die. Ich brauche dringend einen guten Catcher. Meine beiden derzeitigen Spieler machen dieses Jahr ihren Abschluss, und ich habe nur einen einzigen weiteren, um sie zu ersetzen.«

Ich atme immer noch nicht. Er kann nicht sagen, was ich denke, dass er sagt. Auf keinen Fall wird er mich fragen, ob ich für sie spielen will.

Ich bekomme einen weiteren musternden Blick und dann, als ob er die Entscheidung spontan gefällt hätte, sagt der Cheftrainer der Penn State: »Hier ist mein Angebot. Ich will Sie für die Sommersaison in meiner Mannschaft haben.«

Ein aufgeregtes Quietschen entringt sich meiner Kehle. Meine Augen werden so groß, dass es wehtut. Ich habe das Gefühl, etwas sagen zu müssen, doch ich kann nicht. In diesem Moment will ich nicht mal blinzeln, aus Angst, ich könnte damit Unglück auf mich ziehen. Dad wirkt genauso überrascht wie ich. Er legt mir den Arm um die Schulter und zieht mich an sich. Ich bin mir sicher, er will sich selbst damit ebenso Halt geben wie mir.

Der Trainer fährt mit seiner Rede fort, als hätte er sie vorher eingeübt. »Ich weiß, dass dies normalerweise Spielern vorbehalten ist, die mindestens seit einem Jahr College-Baseball spielen, aber ich habe mit den Liga-Vertretern gesprochen und die Erlaubnis bekommen, Sie im Sommer in die Auswahl zu nehmen.«

»Atmen, Charlie«, murmelt Jace.

Ich atme tief ein und fange an zu zittern.

»Betrachten Sie es als langes Tryout. Ich will sehen, wie Sie zu meinen anderen Spielern passen, bevor ich eine längerfristige Verpflichtung eingehe.«

Ich blinzle ein paarmal. Passiert das hier wirklich? Das kann nicht sein. *Es passiert wirklich!*

»Ich muss wissen, ob Sie eine zu große Ablenkung darstellen oder ob meine Jungs eine Frau in ihrem Team akzeptieren können. Ich kann nicht meine komplette Saison riskieren, um Sie spielen zu lassen, ganz egal, wie talentiert Sie sind.«

Ich löse meine Zunge vom Gaumen und finde irgendwie meine Stimme wieder. »Ich verstehe, Coach. Ich weiß, dass ich ein Risiko bin, aber ich werde alles tun, was nötig ist. Ich will das hier. Mehr als alles andere. Ich werde jeden Tag hart dafür arbeiten. Selbst wenn ich niemals an den Start gehe.«

Jace drückt meine Hand. »Sie wird sich ihren Respekt verdienen, Coach«, sagt er. »Daran habe ich keinen Zweifel.«

Der Trainer denkt darüber nach und nickt langsam. »Außerdem muss ich die Reaktion der anderen Teams in der Liga und den garantierten Medienzirkus berücksichtigen, den Sie verursachen werden.«

Wieder spricht Jace für mich. »Das arbeitet normalerweise zu ihren Gunsten.«

Der Trainer sieht ihn fragend an, doch ich bin es, die antwortet. »Die Leute unterschätzen mich. Andauernd.«

»Sie nehmen sie nicht ernst, und dann bringt Charlie sie ziemlich schnell zum Schweigen«, schließt sich mein Vater endlich der Unterhaltung an. »Die Hälfte der Zeit wissen sie nicht mal, wie ihnen geschieht, bevor es zu spät ist.«

Ich sehe ihn an, und sein Blick ist ebenso fieberhaft wie meiner. Sein Lächeln ist so breit, wie ich es noch nie gesehen habe.

»Es gibt keine Garantie«, sagt der Trainer warnend. »Ich kann nichts versprechen.«

»Ich werde Sie überzeugen«, sage ich mit einem Nachdruck, der ihn zu beeindrucken scheint. Mein selbstbewusstes Auftreten ist keine Fassade. Ich bin fest entschlossen. Dieses winzige Fünkchen Hoffnung hat bereits ein

Feuer in mir entzündet. Auf keinen Fall bekomme ich diese Chance, nur um dann doch wieder weggeschickt zu werden. Auf keinen Fall. Das ist keine Option. Ich werde tun, was immer nötig ist.

»Und ich kann Ihnen kein Stipendium anbieten«, fährt der Trainer fort. »Das muss den Jungs vorbehalten bleiben, von denen ich weiß, dass sie sicher spielen werden.«

»Kein Problem«, sagt mein Dad. »Wir können ihre Studiengebühren und die Mannschaftsausgaben übernehmen.«

Der Trainer nickt, als hätte er diese Antwort erwartet. »Dann sehen wir uns in ein paar Wochen im Camp, und wenn alles hinhaut, haben wir dann für Sie vielleicht auch einen Platz in der Herbstauswahl.«

Endlich gelingt es mir zu lächeln, und sobald ich das tue, kann ich nicht mehr damit aufhören. Ich bin mir ziemlich sicher, dass ich so breit lächle, dass es in meinem Gesicht festfrieren wird. Mir wurde gerade die Chance angeboten, College-Baseball zu spielen. *COLLEGE-BASEBALL!* An einer Division-1-Uni. Meiner ersten Wahl. Der Alma Mater meines Vaters.

Dad drückt mich so fest an seine Seite, dass mir die Rippen wehtun, aber es ist mir egal. Ich könnte gerade vor Glück sterben. Endlich verliere ich vollends die Fassung, beginne wie eine Fünfjährige im Zuckerschock zu kreischen und meinen Vater wild zu umarmen. In meinen Augen liegen Freudentränen. Nachdem ich sie getrocknet habe, wende ich mich wieder an den Cheftrainer. Zum ersten Mal, seit wir uns getroffen haben, lächelt er. »Vielen Dank, Coach. Ich verspreche, dass Sie es nicht bereuen werden.«

Als nächstes springe ich Jace in die Arme. Er fängt mich auf und wirbelt mich herum. »Ich wusste, dass du es schaffst.«

»Du auch, Mr. Vollstipendium.«

Jace grinst und küsst mich. »Sieht so aus, als wüsste ich, an welcher Uni ich ab Herbst studiere.«

»Oh! Ich auch! Ich auch!«, quietscht Leila und bringt sich mit der gleichen sprudelnden Energie in die Unterhaltung ein, mit der sie alles im Leben angeht.

»Was?«, frage ich und muss warten, bis sie sich ausreichend beruhigt hat, um sich zu konzentrieren.

Sie kaut auf ihrer Lippe herum und hüpft von einem Bein aufs andere, bis sie es nicht mehr aushält und wieder aufjauchzt.

»*Leila!*«, dränge ich sie, während Jace gleichzeitig »*Leelee*« sagt.

»Tut mir leid!«, sprudelt es aus ihr heraus. »Ich bin einfach nur so aufgeregt! Gestern kam die Bestätigung, dass meine finanzielle Unterstützung bewilligt wurde. Ich gehe auch an die Penn State!« Sie packt meine Hände und beginnt wieder auf und ab zu hüpfen. »Ich konnte es kaum erwarten, es dir zu sagen. Wir können uns ein Zimmer teilen!«

Ich weiß, dass ich vor Coach Stanton, meinem Team, meinem zukünftigen Trainer und den ganzen Profispielern die Fassung bewahren sollte. Aber das tue ich nicht. Ich umarme Leila wild, und zusammen hüpfen wir kreischend herum. Wir hören erst auf, als mich eine Hand von Leila wegzieht.

Als ich mich umdrehe, steht Eric mit offenen Armen vor mir. Wieder sollte ich mich besser zurückhalten. Doch ich kann es nicht. Ich springe ihn mit so viel Wucht an, dass er fast hintenüberkippt, doch er fängt mich und lacht sogar. »Mit diesem Quietschen klingst du wie ein sterbendes Schwein.«

Das wiederum bringt mich zum Kichern. Eric stiehlt Jace' berühmte Kombi aus Kopfschütteln und Schmunzeln. »Charlie Hastings, du bist so ein *Mädchen.*«

Ich grinse wie ein Honigkuchenpferd. »Stimmt. Und ich bin stolz darauf.«

Leseprobe

Kelly Oram

Das Avery Shaw Experiment

Erscheint am 30.07.2021

1

Um das volle Ausmaß meines Schocks zu begreifen, den ich erlitt, als mir Aiden Kennedy das Herz brach, muss man die ungewöhnlichen Umstände unserer Beziehung bis zu diesem Punkt verstehen.

Aiden und ich kennen einander schon unser ganzes Leben lang. Unsere Mütter lernten sich in einem Geburtsvorbereitungskurs kennen und wurden sofort zu besten Freundinnen. Sie hatten den gleichen ausgerechneten Geburtstermin und mussten sich beide während des Kurses ständig übergeben, was sie noch enger aneinanderschweißte.

Aiden und ich wurden am gleichen kalten Wintertag geboren: am 11. Februar 1997. Als Babys gingen wir in die gleichen Krabbelgruppen und Spieltreffen. Als wir ein bisschen älter waren, wurde es der gleiche Kindergarten, und dann die gleiche Grund- und weiterführende Schule. Wir haben den gleichen Freundeskreis, nehmen an den gleichen außerschulischen Aktivitäten teil und haben sogar jeden einzelnen unserer Geburtstage zusammen gefeiert.

Ich bin schon seit Jahren hoffnungslos in Aiden verliebt, aber trotz meiner geheimen unsterblichen Zuneigung waren wir nie etwas anderes als beste Freunde. Da mir klar war, dass sich Jungs in Sachen Liebe und Romantik langsamer entwickeln, habe ich geduldig darauf gewartet, dass mich Aiden gefühlstechnisch einholen würde. Ich hatte nie einen Zweifel daran, dass er mich eines Tages als das Mädchen sehen würde, das ich bin, und mir meinen ersten Kuss schenkt. Dann würden wir zusammen zum Abschlussball gehen und schließlich zu Mr und Mrs Aiden und Avery Kennedy werden. Selbst unsere Namen passen perfekt zusammen.

Doch letztes Silvester hat Aiden die Bombe platzen lassen, die mein Leben für immer verändert hat. Meine Mutter und ich verbrachten die Weihnachtsferien wie jedes Jahr in der unglaublich schicken Wohnung der Familie Kennedy in Park City. Es war kurz vor dem Abendessen, und Aiden und ich schauten uns eine faszinierende Dokumentation über die Auswirkungen von Steroiden auf den menschlichen Körper an.

„Wo in aller Welt steckt dein Bruder?" Aidens Mutter Cheryl stand in der Küche und betrachtete stirnrunzelnd den Stapel voll schmutzigem Geschirr im Spülbecken.

Genau genommen war Grayson Kennedy zwar nicht *mein* Bruder, aber ich zuckte nicht mal mit der Wimper, bevor ich die Frage seiner Mutter beantwortete. „Er ist vor ungefähr einer Stunde ins Fitnessstudio runtergegangen."

„Mit nacktem Oberkörper", fügte Aiden schnaubend hinzu. „Die neuen Nachbarn in der 7B haben wohl eine extrem gutaussehende Tochter. Offensichtlich ist sie ein ... was hat er noch mal für ein Wort benutzt?"

„Whooty", antwortete ich lachend.

„Ein Whooty?", wiederholte Cheryl fragend.

„Kannten wir auch noch nicht. Aber wir haben es nachgeschlagen."

Fröhlich zitierte Aiden die Definition, die wir auf urbandictionary.com gefunden hatten. „‚Ein weißes Mädchen mit hübschem Gesicht, einer schlanken Taille und einem üppig geformten Hintern.'"

Cheryl stieß ein langes, erschöpftes Seufzen aus, aber dennoch lag eine Spur Belustigung in ihrer Stimme, als sie sagte: „Wie kommt er bloß immer auf dieses Zeug?"

Wie aufs Stichwort stürmte genau in diesem Moment Grayson durch die Wohnungstür und beantwortete die Frage seiner Mutter. „Manche Menschen haben eben ein besonderes Talent." Er schlenderte in die Küche – immer noch mit nacktem Oberkörper, inzwischen aber schweißgebadet – nahm seine Mutter in die Arme und gab ihr einen feuchten Schmatzer auf die Wange. „Hab dich lieb, Mom! Was gibt's zum Abendessen? Ich bin am Verhungern."

„Igitt!", kreischte Cheryl und wedelte ihn beiseite. „Das ist ja widerlich, Grayson! Ich dachte, ich hätte dich besser erzogen!"

Grayson runzelte die Stirn. „Seit wann ist es unhöflich, seine Mutter zu umarmen und ihr zu sagen, dass man sie lieb hat?"

Wieder seufzte Cheryl, musste aber schmunzeln. Als sie den Schmollmund im Gesicht ihres Ältesten sah, schob sie ihm schnell einen Cookie mit Schokoladenstückchen in den Mund.

Und wie manche Leute ein besonderes Talent haben. Grayson Kennedy konnte jedes Mädchen, das er traf, um den kleinen Finger wickeln. Und das tat er auch, wenn man dem, was in der Schule über ihn erzählt wurde, Glauben schenken konnte. Und das konnte man.

„Ich hab dich auch lieb, mein Schatz", sagte Cheryl.

„Aber du stinkst. Geh bitte duschen, und dann kommst du wieder und spülst das Geschirr."

„Ich soll spülen?", jammerte Grayson und ging Richtung Kühlschrank.

Glücklicherweise konnte ihm Cheryl noch ein Glas in die Hand drücken, bevor er direkt aus der Milchpackung trank. „Ja. Du sollst spülen. Du warst an der Reihe, dich nach dem Mittagessen um das Geschirr zu kümmern. Wenn das nicht gleich erledigt ist, wirst du dich auch noch um das Geschirr vom Abendessen kümmern und Avery ist aus dem Schneider."

„Großartig", rief ich über meine Schulter hinweg aus dem Wohnzimmer. „Bitte, Grayson, schiebe es noch ein bisschen länger hinaus."

Erst jetzt bemerkte Grayson seinen Bruder und mich auf dem Sofa. „Was treibt ihr zwei Trottel denn da?"

„Wir lernen alles über Steroide", antwortete ich fröhlich. „Du solltest wissen, dass sie Akne, Hodenatrophie, verringerte Spermienzahl, Prostatavergrößerung und Gynäkomastie verursachen können."

Grayson wirkte angemessen entsetzt. „*Gynäkowas* bitte?"

„Vergrößerte Brüste bei Männern", übersetzte Aiden. „Du solltest also besser damit aufhören, bevor du dir Averys BHs leihen musst."

Bei der Erwähnung meiner Unterwäsche musste ich nach Luft schnappen und schlug Aiden gegen die Schulter.

Hinter mir lachte Grayson. Ich wusste, dass gleich sein Konter kommen würde, aber ich weigerte mich, ihn anzusehen. Sekunden später spürte ich seinen warmen Atem in meinem Nacken. Er flüsterte gerade leise genug, dass seine Mutter ihn nicht hören konnte. „Ich mag meine BHs bunt und aus Spitze, Aves. Ich denke nicht, dass deine Sammlung zu mir passen würde."

Am liebsten wäre ich im Boden versunken. Grayson gehörte zwar praktisch zur Familie, aber er war immer noch einer der attraktivsten und beliebtesten Jungs unserer Schule. Wie er jetzt mit dieser leisen, sexy Stimme über meine Unterwäsche redete, verschlug mir irgendwie den Atem. Außerdem hatte er natürlich recht. Meine Unterwäsche bestand aus schlichter weißer Baumwolle.

„Mom! Grayson hackt wieder auf Avery herum!"

Aidens Ruf riss mich aus meiner kleinen Panikattacke. Grayson hatte seinen Blick noch immer auf mich gerichtet, und ein teuflisches Lächeln umspielte seine Lippen, also tat ich das Einzige, was mir in diesem Moment einfiel: Ich schnüffelte und tat dann so, als müsste ich würgen. „Igitt. Deine Mom hat recht. Du stinkst wirklich. Bitte geh woanders deinen Schweiß verteilen."

Lachend kehrte Grayson auf der Suche nach mehr Cookies in die Küche zurück.

„Warum ist dein Bruder eigentlich so ein wandelndes Hormon?", fragte ich Aiden. „Denkst du, es ist das viele Training? Ich meine, mit dem Kraftsport, dem Snowboarding und dem Basketball muss er doch so ungefähr fünfundachtzig Prozent der Zeit auf Endorphinen sein. Denkst du, dass da ein Zusammenhang besteht? Je aktiver der Sportler, desto größer die Sucht nach Sex?"

Aiden zuckte mit den Schultern. „Wahrscheinlich. Denk nur an den Ruf von so manchen Profisportlern."

„Ha! Vielleicht sollten wir das zum diesjährigen Thema unseres Experiments für den Wissenschaftsclub machen."

Aiden sah mich skeptisch an. „Wie genau würdest du diese Theorie denn untersuchen?"

Ich dachte an die praktische Anwendung, die für ein solches Experiment nötig sein würde, und lief sofort wieder rot an.

„Meinetwegen", gab ich nach, auch wenn die Vorstellung, wie Aiden und ich zusammen trainierten, um anschließend wild herumzuknutschen, ziemlich reizvoll war. „Aber wir müssen uns bald etwas einfallen lassen. Der Wettbewerb ist dieses Jahr schon im März. Das gibt uns nicht viel Zeit."

Aidens Körper versteifte sich auf einmal. Ich sah ihn gerade noch rechtzeitig an, um zu bemerken, wie er ein bisschen grün um die Nase wurde.

„Was ist los mit dir?" Ich wollte schon scherzen, dass er zu viele Steroide genommen hatte, aber er wirkte zu erschrocken, um Witze zu machen. Er hatte etwas auf dem Herzen, also stellte ich den Fernseher leise, setzte mich auf und schenkte ihm meine volle Aufmerksamkeit.

„Alles okay?"

„Ja." Aiden schluckte. „Es ist nur … ich wollte eh mal mit dir darüber reden."

„Worüber?"

Er atmete tief durch. „Ich werde dieses Jahr nicht an der Science Fair teilnehmen."

Ich brauchte einen Moment, um diese Neuigkeit sacken zu lassen. Seit der sechsten Klasse hatten wir *immer* zusammen an der Utah State Science Fair teilgenommen. Jedes Jahr.

„*Was?*“

„Ähm … na ja … weißt du … Miles Fuller ist weggezogen, also braucht der Debattierklub jemand Neues, sonst können sie nicht mehr an ihren Wettbewerben teilnehmen. Mindy Perez und ich hatten letztes Schuljahr zusammen diesen Rhetorikkurs … und sie hat mich gebeten, für Miles einzuspringen. Sie hat gesagt, ich habe Charisma und ein Talent dafür, Leute von Dingen zu überzeugen.“

Für eine komplette Minute lang fehlten mir die Worte. Aiden sprach zwar meine Sprache, dennoch ergaben seine Worte für mich keinen Sinn. „Du bist dem Debattierclub beigetreten?“

Er nickte.

„Aber die treffen sich zur gleichen Zeit wie der Wissenschaftsclub.“

„Ich weiß.“ Aiden schaute auf seinen Schoß, als könnte er mir nicht mehr in die Augen sehen. „Ich bin aus dem Wissenschaftsclub ausgetreten. Ich habe Mr Walden deshalb schon eine Mail geschrieben.“

„Du bist *ausgetreten?*“ Meine Stimme hüpfte so viele Oktaven nach oben, dass sie mitten im letzten Wort brach. Das hatte den unangenehmen Nebeneffekt, mich wie eine Maus klingen zu lassen. „Aber du bist mein Vizepräsident!“

„Du bist doch eh viel besser mit all dem Wissenschaftskram.“

„Ja, aber ich bin keine Anführerin. Darum haben uns die anderen ja beide gewählt. *Zusammen.* Ich *brauche* dich.“

Aiden verzog sein Gesicht und schüttelte nachdrücklich den Kopf. „Tust du nicht.“

„Gut“, sagte ich, obwohl in Wirklichkeit gar nichts gut

war. „Aber selbst wenn du nicht mehr offiziell Teil von uns bist, könntest du den Wettbewerb doch noch mit mir machen. Die anderen haben alle schon ihre Partner. Ich müsste allein teilnehmen."

Endlich sah mir Aiden in die Augen. Sein Blick war jetzt noch schuldbewusster. „Dafür werde ich keine Zeit haben. Mindy sagt, die Debatten werden ziemlich intensiv. Und dann sind da ja auch noch die ganzen Leistungskurse dieses Jahr. Der Science Fair ist super viel Arbeit."

„Ich weiß! Und wir haben bereits bis Januar gewartet, um loszulegen. Allein schaffe ich das nicht. Dann muss ich auch aussteigen."

„Nein, du schaffst das", sagte Aiden. „Du bist so großartig, Avery. Du findest einen Weg. Das tust du immer. Und hey, ohne mich, der dich sowieso nur runterzieht, wirst du zur Abwechslung wahrscheinlich endlich mal den ersten Platz machen."

„Halt die Klappe! Das werde ich nicht! Ohne dich falle ich auseinander!"

Aiden seufzte und griff nach meiner Hand. „Aves", sagte er langsam. „Das ist noch so ein Grund, warum ich Mindy zugesagt habe. Ich glaube, ich brauche mal ein bisschen Zeit für mich."

Für einen Moment schien die Zeit stillzustehen … wie ein Herz, das einen Schlag aussetzte. Und als es wieder anfing zu schlagen, hatte sich mein Leben für immer verändert.

„Zeit für dich? Was meinst du damit?" Ich *wusste*, was er damit meinte. Ich hoffte nur inständig, dass ich mich irrte, denn ansonsten riss er mir gerade das Herz aus der Brust, und das würde ich nicht ertragen können. „Willst du damit sagen, dass du nicht mehr mit mir befreundet sein willst?“

Schnell schüttelte Aiden den Kopf. „Natürlich nicht. Wir werden immer Freunde sein. Das weißt du doch. Aber, Aves, wir verbringen mehr Zeit zusammen als siamesische Zwillinge. Ich denke, es würde uns guttun, vielleicht auch mal mit anderen abzuhängen, weißt du? Getrennt voneinander. Und …“ Ein weiteres Schulterzucken und Schlucken. „Ich will unsere Geburtstage dieses Jahr nicht zusammen feiern. Ich will mein eigenes Ding machen.“

Jemand schnappte überrascht nach Luft, und in der Küche fiel etwas klirrend zu Boden. Ich war dankbar für die Ablenkung, bis ich sah, wie uns Cheryl entsetzt anstarrte. In ihren Augen standen Tränen, und sie hatte die Hand vor den Mund gepresst. Das Glas, das sie in der Hand gehalten hatte, war auf dem Boden um ihre nackten Füße in ebenso viele Teile zersprungen wie mein Herz.